향가 여요의 역사

박 노 준

향가 여요의 역사

초판 1쇄 인쇄 2018. 2. 1.
초판 1쇄 발행 2018. 2. 7.

지은이 박노준
펴낸이 김경희
펴낸곳 ㈜지식산업사
   본사 10881, 경기도 파주시 광인사길 55(문발동)
    전화 (031)955-4226~7 **팩스** (031)955-4228
   서울사무소 03044, 서울특별시 종로구 자하문로6길 18-7(통의동)
    전화 (02)734-1978, 1958 **팩스** (02)720-7900
한글문패 지식산업사
영문문패 www.jisik.co.kr
전자우편 jsp@jisik.co.kr
등록번호 1-363
등록날짜 1969. 5. 8.

책값은 뒤표지에 있습니다.

ISBN 978-89-423-9041-0 (93800)

이 책을 읽고 저자에게 문의하고자 하는 이는
지식산업사 전자우편으로 연락 바랍니다.

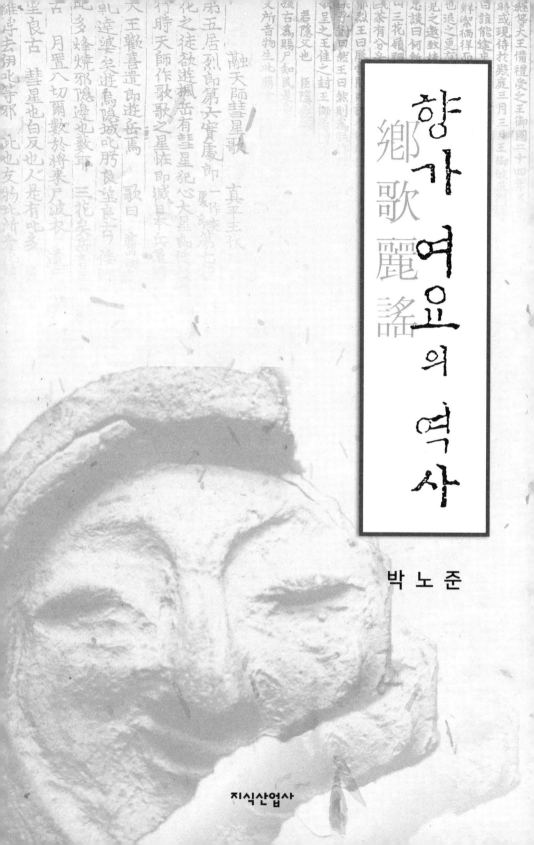

향가 여요의 역사
鄉歌 麗謠

박노준

지식산업사

책머리에

시가사詩歌史 집필은 시가문학詩歌文學 연구의 최종 단계에 해당하는 작업이다. 여러 하위 장르에 속해 있는 중요 작품들을 제대로 분석하고 독해하는 일에서부터 시작하여 작품끼리의 연관성 규명, 시대와의 관계, 작품에 내재되어 있는 작자 또는 화자의 사상과 정서, 갈래의 뚜렷한 특질 등을 사적史的인 안목으로 두루 섭렵하고 파악한 연후에야 기필起筆할 수 있는 그런 글쓰기다. 이미 고인이 된 국문학 연구 1~2세대 학자들부터 오늘에 이르기까지 학계 선후배 동학들이 쏟아 낸 헤아릴 수 없이 많은 논저 가운데 꼭 참고하여야 할 연구물도 보태야 하므로 이 작업처럼 힘들고 어려운 일도 없다.

이렇듯 해내기가 매우 어려운 일인지라 나는 진즉 시가사 집필에 대해서는 생각조차 하지 않았다. 감당할 수 있는 능력도 없는데 섣불리 착수하였다가 동학들의 공감을 이끌어 내지 못하고 관심권 밖으로 밀려나느니 차라리 손을 대지 않는 것이 현명하다고 생각하였다.

이렇게 그쪽에는 눈길조차 돌리지 않고 지내 오다가, 수년 전 《향가여요 종횡론》(2014)을 펴낸 뒤 얼마 지나지 않아서 문득 뜻밖의 아이디어가 떠올랐다. 시가문학의 '전사全史'는 엄두조차 못 낼지언정, 나의 주 전공 분야인 향가와 속요는 분류사分類史의 성격으로 정리할 수 있지 않겠는가 하는 생각이었다.

정년퇴임한 지 올해로 15년에 접어들었다. 솔직히 고백하거니와 매일, 매월, 매년을 살면서 느끼는 바는 주체할 수 없이 남아도는 것인즉 '시간'이라는 사실이다. 때때로 이 넘치는 여유의 시간이 나를 채찍질하면서 놀지 말고 '향가·여요 문학사' 쓰기를 서두르라고 독촉하는 것 같았다. 뒷날 누군가에 의해서 전사가 나오겠지만, 그에 앞서 하위 갈래의 여러 분류사가 전공자의 노력으로 완성되고 그것이 모아져서 전사의 바탕이 되는 것, 이 과정을 밟는 것이 수준 높은 시가사를 생산해 내는 가장 바람직한 방법이라는 결론에 이르렀다. 마지막에는 어느 한 사람에 의해 통사通史가 완성된다 할지라도 그동안 여러 연구자가 갈래별로 축적한 결과물이 밑바탕이 되어야 마땅하다는 사실에 생각이 머물게 되었다. 이 책이 나오기까지 속사정을 밝히면 대체로 위와 같다.

2014년까지 내가 펴낸 향가·속요에 관한 여러 권의 학술서를 들자면 《신라가요의 연구》(1982), 《고려가요의 연구》(1990), 《향가여요의 정서와 변용》(2001), 《향가여요 종횡론》(2014) 등과 교양도서인 《옛사람 옛노래 향가와 속요》(2003) 등이 있다. 이 도서들이 이 책의 바탕이 되어 대종을 이루고 있다는 사실을 밝힌다. 예의 전저前著가 없었다면 이 책의 집필과 출간은 아예 불가능하였음은 다시 말할 여지가 없다. 학문 연구 마지막 단계의 결실이 그에 앞선 천착 과정과 지금까지 연구결과의 도움이 없이 어떻게 나올 수 있으랴. 이 점 밝히면서 이 책의 일부는 이미 발행되었던 책 가운데 사서史書에 맞게 발췌·요약하거나 그대로 옮긴 것도 있다. 그 과정에서 얼마쯤 이번에 새로 탐구한 결과가 보태진 것이다.

이 밖에 꼭 강조해 둘 것이 두엇 있다. 일반적으로 문학사는 기존의 축적된 연구 결과를 글 쓰는 이의 관점과 사관에 따라 요점만 발췌해서 기술하는 것이 정형화되어 있다. 그러나 이 책에서는 그와 같은 뼈대 중심의 글쓰기에서 벗어나 텍스트마다 어느 정도의 작품론을 곁들여 실체를 좀 더 뚜렷하게 부각시키는 방법론을 채택하였다. 말하자면 향가·속요 관련 논저를 따로 읽지 않아도 되게끔 개론서概論書의 성격도 갖추도록 집필한 것이다. 이는 여태까지 단문으로 요약하여 작품의 윤곽만을 어렴풋하게 파악하는 것으로 끝났던 시가사 서술에서 탈피하기 위함이요, 또한 종적인 연결이 거의 불가능한 향가·속요사의 미흡함을 이런 식으로 조금이나마 보충하기 위해서이다. 이런 방식의 향가·여요사 서술은 내가 이번에 꼭 실현해야겠다고 단단히 작심한 것이었다. 작품론이 다소 두드러질지라도 괘념치 않기로 하였다. 그 과정에서 텍스트의 사적인 의의와 의미를 그때그때 기록하였다.

또 하나는, 같은 장르 안에서 내용과 성향이 같거나 유사한 작품은 말할 것도 없고, 각기 다른 장르에 속해 있는 노래임에도 서로 맥이 통하는 텍스트가 있으면 이를 연결시켜서 역사의 흐름 위에 함께 올려놓는 일을 잊지 않았다는 점이다. 이러한 관심과 발상을 비록 많지는 않으나 근·현대시에까지 이어가면서 우리의 시가문학사詩歌文學史가 옛 시대로 마감되는 것이 아님을 입증코자 하였다. 사관史觀에 대하여 한마디 하자면, 역사학적인 관점이 주류가 되겠으나 거창하게 사관 운운하기가 부담이 되는 작품들은 그냥 읽기로 하겠다. 자매학문을 과도하게 대입하거나 인용하면 작품의 본모습과 본뜻을 왜곡하는 쪽으로 이끌기 쉬우므로 적절한 선에서 조절하였다.

이 책을 쓰기까지 필자는 반세기 동안 참으로 많은 선후배 동학들의 업적에서 크고 작은 도움을 받았다. 그분들의 논저를 4년 전에 간행한 《향가여요 종횡론》의 참고문헌란에 모아 놓았는데, 이번에 펴내는 이 책의 참고 논저도 이를 바탕으로 하되 그 이후 새로 읽은 저서와 논문을 보태었다. 책을 읽는 데 자주 맥이 끊어지는 폐단을 덜어내고자 각주는 되도록 줄였다.

약 2년여에 걸쳐 쉬엄쉬엄 집필하는 동안 내가 가장 신경을 쓴 것은 독자들로부터 "산수傘壽에 이른 고령자의 책이 정성을 들였다 한들 과연 참신성을 기대할 수 있을까"라는 소리를 듣지 않으려고 무척 애를 쓴 것이었다. 나의 입장에서 참말을 하자면, 장수하는 이 시대에 고령의 나이가 결정적으로 무슨 의미가 있는가. 지금의 80세는 얼마 전까지의 나이를 기준으로 셈한다면 60대 안팎의 연령에 지나지 않는다. 그러므로 기억력 등 일부는 쇠퇴하였으나 판단하고 논증하는 다른 영역은 그런대로 살아 있다고 말할 수 있다. 거북한 소리를 듣지 않으려고 노력하였지만 그 결과에 대한 평가는 독자의 몫임은 두말할 필요 없다.

출판을 맡아 준 지식산업사 김경희 사장님께 감사의 뜻을 전한다. 맹다솜 님을 비롯한 편집실 여러분의 꼼꼼한 손질에 고마움을 표한다.

2018년 1월
용인 연원마을 佳山書屋에서
朴魯埻

차 례

제 2 부
여요(속요) 문학사 　　　/ 145

제 1 부

향가 문학사

신라는 향가鄕歌의 나라였다. 기록에 따르면 "신라 사람이 향가를 숭상한 지가 오래되었다"(《三國遺事》, 〈월명사 도솔가月明師兜率歌〉조條)라고 하였다. 이 말은 향가를 좋아하는 신라인들이 많았다는 말과 통한다. 또한 신라 말엽에 왕명으로 향가집인 《삼대목三代目》이 편찬되었다고 하였다(《三國史記》, 新羅本紀 51대 眞聖女王 2년). 왕명에 따른 것이니 국가사업이었음을 알 수 있다. 각간角干 위홍魏弘과 대구大矩 화상, 이 두 사람이 신라 전 시대의 노래를 모아서 특별히 가집歌集을 엮은 것을 보면 누대에 걸쳐 전해 오던 향가의 편수가 우리가 짐작할 수 없으리만큼 많았으리라는 점을 쉽게 추정할 수 있다.

대부분의 노래들은 그 내용과 주제가 손에 잡히지 않는 추상적인 것이 아니라 현실세계의 이러저러한 문제들과 직결되어 있는 것들이다. 많은 사람들이 세상을 살면서 수시로 향가에 의존했음을 이로써 직감할 수 있다. 향가의 형세는 신라에서 끝나지 않고 고려왕조 중엽 초기(16대 예종, 12세기 초)에 까지 이어졌다. 실로 그 수명이 천수백 년 동안 계속되었음을 알 수 있다.

사정이 이와 같고 보면 '향가문학사'는 당연히 풍성하고 화려해야 마땅하다. 다수의 작가들이 빚어낸 헤아릴 수 없이 많은 작품들이 제각기 독창적인 내용과 표현으로 장식되어서 독자들의 눈길을 끌어야 정상이라는 뜻이다. 일본의 고가집古歌集인 《만엽집萬葉集》에 약 130년 동안(629~759년 무렵) 생산된 작품 수가 무려 4천 5백 편쯤 전해 오는 것을 참작할 때, 그들보다 문화가 앞서 있던 신라의 향가가 그 질과 양에 있어서 저들의 노래보다 우월했으리라고 믿고 있기 때문이다.

그러나 현실은 그와 영 딴판이라는 사실, 두루 알고 있는 바

다. 향가의 보고라 할 수 있는 《삼국유사三國遺事》의 것과 《균여전
均如傳》의 번해飜解 향가, 그 외에 몇 편쯤 더 있는 것까지 다 포
함한 현전 작품 수가 고작 20편(〈보현십원가〉 11수를 1편의 연작으
로 셈하면) 미만이다. 이렇듯 초라하기 그지없는 작품 수로 거창
하게도 시가사詩歌史를 기술한다는 것 자체가 참으로 무리하기 짝
이 없는 노릇이다.

　그러므로 참말을 말하자면 '향가문학사鄕歌文學史'라는 제목으로
글을 쓰는 일은 원천적으로 무리한 작업이라고 할 수 있다. 학문
의 어느 분야든 역사로 아우르려면, 다루고자 하는 사건, 사실史
實이나 작품 또는 대상 인물들이 시대의 흐름에 따라 서로 연결
될 수 있는 '선線'의 형태로 놓여 있어야 한다. 끈으로 이어질 수
없는 '점點'의 모습으로 있어서는 안 된다. 그런데 유감스럽게도
현전 향가들은 '종縱'으로 꿸 수 없는 상태로 존재해 있다. 세월
의 흐름은 아랑곳하지 않고 어쩌다가 한 수, 또는 몇 수, 간헐적
으로 듬성듬성 '점'의 형태로 자리를 잡고 있다는 뜻이다.

　이런지라 역사를 논할 때면 반드시 설정해야 할 시대 구분, 말
하자면 '여명기(잉태기)—발육·성장기—절정기—쇠퇴기' 등으로 나
누는 일조차 손댈 수 없는 지경임을 지적하지 않을 수 없다.

　시대 구분을 시도한 학자의 논문이 전혀 없는 것은 아니다. 어
려움을 무릅쓰고 향가의 역사적인 흐름을 시대적인 관점에서 나
눈 예가 몇 있다. 손이 닿는 곳에 있는 책에서 최근의 것부터 그
보기가 되는 예를 들면 아래와 같다.

　먼저 신재홍이다. 그는 3대 유리왕(1세기)부터 19대 눌지왕(5세
기)까지 5백 년 동안을 초기로 보았고, 신라가 삼국을 통일한 668
년을 기준으로 그 앞뒤 130여 년의 작품 동향을 살펴볼 때 6세

기~7세기 후반이 중기, 7세기 후반~8세기가 후기, 9세기 초반~1
0세기 초반이 말기에 해당된다고 하였다. 고려시대의 향가는 제
외하고 신라의 것만 대상으로 삼았다. 이렇게 네 시대로 나눈 뒤,
이를 발생-성장-난숙-쇠퇴 식의 유기적 관점에서 명명하는 것은
삼가야 한다고 강조하였다. 그 이유 가운데 하나가 "신라 전 시
기에 걸친 향가 자료가 극히 빈약하다는 점들로 인해서이다"라고
하였다.

　다음은 서철원이다. 그는 시대 구분의 분류표를 제시하지는 않
았다. 불가능하다고 느꼈기 때문이었을까. 그러나 26대 진평왕
대·27대 선덕왕 대에 잇달아 3수가 출현된 이래 후대 여러 왕 대
의 작품 수를 열거한 뒤, 그 가운데 33대 성덕왕~35대 경덕왕
대의 60년 사이에 7수가 집중된 현상에 관심을 표명하면서 이 시
대를 중심축으로 향가의 사적 동향을 조명해 볼 수 있지 않을까
하는 식의 생각을 피력하고 있다. 그도 현전 작품만으로 역사적
체계를 세우는 일은 무리라고 전제하였으나, 거시적으로는 위와
같이 특정한 한 시대를 부각시켜 그 앞뒤의 시대를 살필 수는 있
다는 뜻의 말을 하고 있다. 이 부분은 필자의 관점과 우연찮게
일치한다.《삼국유사》의 불교 편향적 한계와 그로 말미암은 향가
작품의 제한적 등재 등을 생각하면 향가의 전사全史는 기술 불가
하다고 겸해서 언급하고 있다.

　김승찬도 보기에 편한 분류표는 내놓지 않고 설명문에서 짧게
말했다. 향가 전체가 아닌 중심적인 하위 갈래인 사뇌가의 변화
로 향가의 시대적 흐름을 가늠하고 있다. 요약하면 첫째, 3대 유
리왕(1세기 중엽) 시기와 21대 소지왕 때부터 26대 진평왕(5세기
말엽~6세기 중엽) 대를 역사적으로 중요한 전환기로 보았다. 이때

최초의 가악인 〈도솔가〉가 제정되고, 이에 따라 향가의 한 갈래
인 '차사 사뇌격'이 형성되면서 이 양식의 노래, 변격 양식의 노
래 등이 줄곧 창작되어 향가의 주류를 이루었다고 추정하였다.
여기까지를 1기로 설정한 듯하다. 그 뒤로 향가는 5세기 말엽~6
세기 중엽의 시대적인 변화에 따라 새로운 이데올로기를 반영한
다. 이어서 신라가 국가 주체성을 확립하면서 차사 사뇌격 양식
의 노래가 일부 귀족층의 연향에만 향유되었는데, 이것이 아마 2
기에 해당될 것이다. 끝으로 3기에는 중앙집권적 중세사회를 건
설하고자 하는 귀족계층이 중심이 되어 전래의 차사 사뇌격 노래
의 우수한 형식 요소 일부를 수용한다. 한편, 노래의 내용 종결에
필요한 격구 형식의 사뇌가를 창출한 바, 여기에는 5~6세기에 완
성된 향찰문자(박병채 설)가 지대한 영향을 끼쳤다고 하였다.

끝으로 김학성의 견해다. 그의 분류표는 매우 상세하다. 시대
구분 이외에도 각 시대마다 중심 담당층의 성격, 중심 하위 장르,
표현 형식, 주요 인접장르, 주요 창작 계기 등을 요약해 놓아서
이해에 큰 도움이 된다. 그 가운데 시대 구분만 옮기면, 제1기 형
성기(3대 유리왕~17대 내물왕, 1~4세기), 제2기 발전기(17대 내물
왕~삼국통일, 4~7세기), 제3기 전성기(삼국통일 이후~신라 쇠퇴기간,
7~10세기), 제4기 쇠퇴기(신라 쇠퇴~고려 18대 의종, 10~12세기)로
나누고 있다.1)

이상 네 명 가운데 신재홍·김학성은 향찰 표기 작품과 기타
표기문자 불명의 가사부전 시가 전부를, 서철원·김승찬은 향찰

---

1) 신재홍, 《향가의 미학》, 집문당, 2006, 90면; 서철원, 《향가의 역사와 문화사》,
   지식과 교양, 2011, 11~13면; 김승찬, 《신라 향가론》, 부산대학교 출판부,
   1999, 9~11면; 김학성, 《한국 고시가의 거시적 탐구》, 집문당, 1997, 58면.

표기 작품만 놓고 정리하였다.

이처럼 시대 구분을 시도하는 학설이 여럿 있지만 작품의 수가 워낙 빈약하므로 명료한 견해를 이끌어 내는 데 어려움을 겪은 흔적이 역력하다. 이런 사정을 감안한다면 이 글의 제목을 〈현전 향가의 자취 살피기〉쯤으로 정하는 것이 합당하지 않은가 싶다. 그럼에도 과감하게 '향가문학사'라는 제목을 지키기로 한 까닭은, 텍스트의 질과 양이야 어떻든 사적인 고찰과 조명은 현전의 상태를 인정하고 존중하는 데서부터 출발하는 것이 모든 학문의 공통된 방법론이기 때문이다. 논의와 평가의 자료가 극히 빈약하다는 이유 때문에 역사적인 조명 작업을 거두어들이거나 외면한다면 이른 시기의 문학이나 문화 현상의 존재와 흐름 자체를 지워 버리는 결과로 이어지기 때문이다. 그런 일만은 막아야 될 것이다.

지금까지 언급한 바를 염두에 두고 기술하는 이 글은 그러므로 불가능한 향가의 시대 구분이나 파악이 안 되는 성장 과정 등의 방면에 대해서는 거의 관심을 표명하지 않을 것이다. 흩어져 있는 작품들을 그냥 그 상태로 놓고 읽겠다는 뜻이다. 다만 어느 특정 시기에 여러 작품이 몰려 있는 현상이 나타나는데, 그런 시기를 향가의 난숙기, 또는 절정기로 간주하고 그 직전·직후 시대와 연결시켜서 집중적으로 살피는 일은 있을 것이라는 점을 말해 둔다.

향가는 신라 및 고려 당시엔 누구나 이해할 수 있는 쉬운 노래였다. 무명의 아낙네가 작품을 만들어 내는 등의 사례로 보아 그렇게 판단할 수 있다. 그런 노래가 후대인들에게는 해석하기 매우 어려운 문학으로 굳어져 있고, 거기에다 작품과 짝을 이루고 있는 서사기록 또한 비유나 상징 및 기타 여러 가지 이해하기 힘든 내용으로 되어 있어서 오늘날에 와서는 고전문학의 여러 갈래 가운데 가장 난해한 장르로 통한다. 두루 알고 있는 사실을 이렇게 새삼 얘기하는 까닭은, 도저히 알 수 없는 것이 나오면 무리하게 풀려고 시도하지 않고 그냥 미해결로 놔두겠다는 점을 피력하기 위해서다. 이 책에서는 작품의 주제, 작자의 사유세계와 정서, 시대상에 대한 반응 및 창작 배경 등에 치중할 터이므로 형식 면에 관해서는 간단히 언급하는 것으로 끝낼 예정이다. 기타 부수하는 문제들은 그때그때 거론키로 하되 줄기가 아닌 소소한 가지류의 것들은 논외에 두기로 하겠다.

아무리 논리적으로 타당한 글을 쓴다 할지라도 빈구석이나 허술한 데가 적지 않을 것이다. 이는 필자의 능력이 부족하기 때문이지만, 각도를 달리하여 따지자면 그것이 정상이라 하겠다. 향가를 무슨 재주로 아귀가 맞게 해석할 수 있는가. 《삼국유사》부터가 비논리·비과학적으로 서술되어 있지 않은가. 그러니 똑 떨어지게 풀이하려는 과도한 욕심은 버리고 다만 근사하게 성찰하고자 노력할 따름이다.

논의를 시작하기에 앞서 대상 작품들의 출전을 밝히면 아래와 같다.

❖ 《삼국유사》의 작품
• 제2권 기이紀異 제2
    – 〈모죽지랑가慕竹旨郎歌〉(효소왕 대 죽지랑孝昭王代竹旨郎 조)
    – 〈헌화가獻花歌〉(수로부인水路夫人 조)
    – 〈안민가安民歌〉·〈찬기파랑가讚耆婆郎歌〉(경덕왕·충담사·표훈 대덕景德王·忠談師·表訓大德 조)
    – 〈신공사뇌가身空詞腦歌〉(원성대왕元聖大王 조)

- 〈처용가處容歌〉(처용랑 망해사處容郎望海寺 조)
- 〈서동요薯童謠〉(무왕武王 조)

- 제3권 탑상塔像 제4
  - 〈도천수대비가禱千手大悲歌〉(분황사천수대비맹아득안芬皇寺千手
    大悲盲兒得眼 조)

- 제4권 의해義解 제5
  - 〈풍요風謠〉(양지사석良志使錫 조)

- 제5권 감통感通 제7
  - 〈원왕생가願往生歌〉(광덕 엄장廣德嚴莊 조)
  - 〈도솔가兜率歌〉·〈제망매가祭亡妹歌〉(월명사 도솔가月明師兜率歌 조)
  - 〈혜성가彗星歌〉(융천사 혜성가 진평왕 대融天師彗星歌眞平王代)

  제5권 피은避隱 제8
  - 〈원가怨歌〉(신충괘관信忠掛冠 조)
  - 〈우적가遇賊歌〉(영재우적永才遇賊 조)

❖ 그 외 문헌에 실려 있는 작품
- 〈송사다함가送斯多含歌〉(《화랑세기花郎世記》)

- 〈보현십원가普賢十願歌〉(《균여전均如傳》)

- 〈도이장가悼二將歌〉(《평산신씨 장절공유사平山申氏壯節公遺事》)

제1장 향가의 개념과 그 범위

향가는 어떤 노래인가. 그 개념과 성격을 어떻게 규정하는 것이 타당한가. 향가의 역사를 기술하기에 앞서 그 본질을 파악하는 것이 바른 순서일 것이다.

'향가'라는 명칭과 그에 대하여 짧게나마 몇 마디 설명을 더한 기록이 실려 있는 문헌을 들자면 《삼국유사》, 《균여전》, 《삼국사기三國史記》, 《화랑세기花郞世紀》 등을 꼽을 수 있다. 여기에 문헌은 아니지만 향가 연구에 일정한 몫을 하고 있는 '현화사 비음기玄化寺碑陰記'가 보태진다.

먼저 《삼국유사》다. 이 문헌에서는 모두 네 번에 걸쳐 향가에 대하여 언급하고 있다. ① 〈월명사 도솔가月明師兜率歌〉 조를 보면 35대 경덕왕(景德王, 742~765년 재위) 때 월명사가 어전御前에서 향가인 〈도솔가〉를 지어서 읊었다는 기록이 맨 먼저 나온다. ② 그보다 앞서 죽은 누이동생의 천도薦度를 위하여 재齋를 지내면서 향가 〈제망매가〉를 지었다는 사실과 ③ 신라 사람들이 향가를 숭상하기가 오래되었는데 이 향가에 의하여 이따금 천지귀신이 감동하는 일이 자주 있었다는 설명이 뒤따르고 있다. 이렇게 〈월명사 도솔가〉 조에는 두 편의 작품과 함께 세 번에 걸쳐 향가의 명칭과 그에 관련된 기록이 나온다. 그렇기 때문에 필자는 이 조목을 '향가조鄕歌條'라고 명명해 오고 있다. 〈영재우적永才遇賊〉 조는 세수歲數 근 아흔인 승려 영재永才가 산속에서 60여 도적들을 만난 사건을 적고 〈우적가〉를 실어 놓은 것으로, 그 시작 부분에 그가 향가를 썩 잘하였다는 문구가 올라 있다.

《삼국유사》에 이어서 향가에 관해 또 중요한 책을 들자면, 고

려 11대 문종(文宗, 1046~1083년 재위) 20년(1075년)에 혁련정赫連
挺이 지은 《균여전》이다. 여기에 균여의 〈보현십원가普賢十願歌〉
가 향가라는 이름으로 실려 있다. 정사正史인 《삼국사기》 신라 5
1대 진성여왕(眞聖女王, 887~897년 재위) 2년(888년) 조에 향가를
수집하여 《삼대목》을 편찬하였다는 사실이 짧게 기록되어 있다.

고려 8대 현종(顯宗, 1010~1031년 재위) 13년(1022년)에 세운 '현
화사 비음기'는 문헌이 아닌 비석이지만 향가사를 논할 때면 꼭
언급된다. 거기에 임금이 '향풍체가鄕風體歌'를 본떠서 친히 노래
를 짓고 이어서 신하들에게 〈경찬시뇌가慶讚詩腦歌〉를 바치도록
하였다는 글이 적혀 있다. 향풍체가나 시뇌가가 향가를 가리키는
명칭임은 다시 말할 필요가 없다.

끝으로 《화랑세기》다. 33대 성덕왕(聖德王, 702~737년 재위) 3년
(704년) 김대문金大問이 화랑의 계보를 기록해 놓은 이 책은 오랜
세월동안 행방이 묘연하여 일실된 것으로 치부되었다. 그러다가
1980년대에 그 필사본이 나타나서 학계를 흔들어 놓았다. 거기에
향가와 관련된 내용과 작품 한 편이 실려 있어서 학계는 비상한
관심을 기울이기에 이르렀다. 갑자기 형체를 드러낸 이 《화랑세
기》에 대하여 역사·국문학계는 진위 여부를 놓고 예리하게 대립
하고 있다. 필자는 그동안 이것이 진본의 누대 반복된 필사본이
라고 생각하였으나 가짜라고 주장하는 쪽의 주장도 물리칠 수 없
어서 여태까지 거론 자체를 피해 왔다. 그러다가 이번에 이 책을
집필하면서 숙고 끝에 진본으로 인정하고 미실의 노래를 수용키
로 하였다. 그 까닭을 몇 들자면, 우선 어느 특정인이 만들어 낸
위작의 책 내용이 이토록 다채롭고 풍부하기 어렵다. 황당한 내
용이 문제가 된다고 하나, 비록 그 성격이 다르지만 비현실적 속

성이 넘쳐나는 《삼국유사》는 일연一然이 직접 쓴 책으로 누구나 의심 없이 인정하고 있다. 이 책이 귀중한 자료집이라고 할지라도 통삼統三 이후 화랑도에 대한 관심이 극히 축소된 점을 감안할 때 굳이 위작을 만들어 낼 필요가 과연 있었는지도 실로 의문이다. 합리적인 사유는 아니지만, 소수의 작품만 전해옴에 따라 자료에 굶주린 향가학계의 갈증을 조금이나마 풀어보자는 욕망도 작용하였다. 이런 몇 가지 점을 고려하여 미실의 노래를 일단 받아들여서 이른 시기의 향가로 규정키로 하였다. 〈6세 세종世宗〉조에 미실美室이 애인 사다함斯多含이 출정할 때 향가인 〈송사다함가〉(또는 〈송랑가送郎歌〉)를 지어 부르며 전송하였다는 대목이 작품과 함께 보인다. 또한 〈7세 설원랑薛原郎〉 조에는 "문노文弩의 낭도들은 무예를 좋아하고 의협심이 강한 반면, 설원랑의 낭도들은 향가를 잘하였는데 이들 무리를 가리켜 운상인雲上人이라고 칭하였다"는 사실 등 두 군데에서 향가에 관한 기록이 나온다.

이상 몇 문헌을 살핀 결과 모두 아홉 번에 걸쳐 향가라는 명칭과 몇 편의 작품, 그리고 그와 관련된 짧은 설명문이 뒤따르고 있음을 확인할 수 있었다. ① 이 노래들을 포함하여 위 문헌 등에 작품이 전해 오는 여타 향가 전부와, ② 가사는 전해 오지 않고 작품명과 내용 및 창작 배경의 요지만 실려 있어서 향가로 단정 짓기 어려운 장르 미상의 것까지 모두 합한 신라시대의 시가(가요)의 수는 대략 60편쯤으로 계산하는 것이 학계의 통설이 아닌가 싶다.

이렇듯 빈약한 자료이지만 이들 문맥으로 우리는 현대 연구자의 관점이 아닌 신라 당년에 어떤 노래를 향가로 규정하였는지를 짐작할 수 있다. 명시적으로 언명하고 있지 않을지라도 '향가'라

는 명칭이 들어 있는 예의 단문短文들을 세심하게 살펴보면 향가
가 될 수 있는 가장 핵심적인 필수 요건이 무엇인지를 마침내 유
추할 수 있다.

구체적으로 검토키로 한다. 위 아홉 중 작품이 수록되어 있지
않고 책명만 있는 《삼대목》 관련 《삼국사기》, 《화랑세기》의 두 조
목 가운데 〈7세 설원랑〉 조, 이 둘을 제외한 그 나머지 일곱은
향가 명칭과 함께 '향찰로 된 작품'을 수록하고 있다. 〈송랑가〉·
〈월명사 도솔가〉·〈제망매가〉·〈우적가〉·〈보현십원가〉, 그리고 비
석이므로 작품이 새겨 있지 않으나 존재했던 것이 확실한 〈향풍
체가(연작)〉 등이 바로 그것이다.

자, 정리하기로 하자. 향가라는 명칭 아래 《삼국유사》·《균여전》
·《화랑세기》 등에 실려 있는 향가 작품의 가장 뚜렷한 특징은 과
연 무엇인가. 요컨대 특수문자인 '향찰鄕札'로 표기되어 있다는 것
이다. 향찰 표기, 이것이 향가의 필수 요건이라는 사실이 여실히
판명된다. 그런 점을 어느 문헌에서도 꼬집어서 밝히지 않은 까
닭은 그 시대에는 굳이 명기할 필요가 없는 상식에 해당되는 것
이기 때문이었을 것이다. 다수의 연구자들이 향가와 향찰 표기는
필수적인 것이 아니라고 주장하고 있는데,[2] 위의 여러 문헌에 나

---

2) 향가는 본시 한시나 범패에 대한 대칭이므로 우리말과 글로 된 모든 노래는
   다 이에 속하며, 향찰로 표기된 노래만이 향가는 아니라고 주장하는 학자가
   지배적으로 많다. 신라시대에만 국한된 것이 아니라고도 하였다. 더 나아가
   향찰 표기 여부가 향가를 규정하는 절대적·필수적인 요건이 될 수 없다고 강
   조하는 학자도 있다. 향찰과 향가의 관계에 대한 기존의 학설을 이렇게 둘로
   크게 나누어 놓고 이 가운데 어느 하나를 지지하는 학자 몇 분을 구분 없이
   들면 다음과 같다.
     조지훈(〈신라가요연구논고〉, 《민족문화연구》 1집, 고려대학교 민족문화연구
   소, 1964, 135~136면), 황패강(《향가문학의 이론과 해석》, 일지사, 2001,

타난 현상은 그것이 옳지 않음을 지적하고 있다. 문학에서 무엇보다도 중요하고 선행되어야 하는 것은 표기문자다. 한자로 되어 있기 때문에 한문학漢文學이고, 영어로 되어 있으므로 영문학이다. 우리의 토양에서 생산된 모든 문학이 표기문자가 어떻든 그 모두가 '우리문학', '한국문학'인 것은 맞지만, 향찰로 된 것만은 향가다. 후대의 속요·시조·가사문학에서 필수요건으로 꼽을 수 있는 것이 있듯이 향가는 향찰을 그 첫째 요건으로 삼고 있다. 명토를 박기 위해서 다시 말한다. 일연 스님이 향찰로 된 〈도솔가〉와 〈제망매가〉를 수록한 조항에서 "신라 사람들이 향가를 숭상하기가 오래되었는데……"라고 언급하였을 때, 그 '향가'가 어떤 것이었을까를 더듬어 보면 이야기는 끝난다.

향가가 되기 위해서는 무엇보다도 향찰 문자를 사용해야 한다는 사실이 이처럼 설명을 통해서가 아닌, 작품의 실체적인 모습으로 명백히 밝혀진 상태에서 우리가 필히 해결해야 할 다음의 몇 가지 문제를 성찰키로 하자.

첫째, 《삼국유사》 소재 14편의 노래 가운데 '향가라고 칭했고

152~153면), 윤영옥(《신라시가의 연구》, 형설출판사, 1980; 《정여 윤영옥 박사 학술총서 진행위원회》 1권(학위논문편), 민속원, 2011, 205면에 재수록), 김승찬(《신라 향가론》, 부산대학교 출판부, 1999, 6면), 김학성(《한국 고시가의 거시적 탐구》, 집문당, 1997, 44~45면)

이외 여러 연구자들의 논저가 있는데 번거로움을 피하기 위하여 생략한다. 위 학설 가운데 김승찬은 향가를 '신라 초기부터 고려 전기까지 우리의 말과 글(향찰)로 된 모든 노래'라고 하였는데, 이것이 혹시 '향가=향찰문학'에 무게를 더 둔 견해는 아닐까? 김학성은 향찰 하나만이 향가의 요건일 수는 없고, 형식 등 표현 장치 등을 고려하여 판단하여야 한다고 하였다. 향찰을 고려할 필요가 없다는 강한 학설과 구별된다. 하지만 필자의 '향찰 표기만이 유일한 향가 판단기준이 된다'는 생각과는 거리가 있다.

향찰로 되어 있는 텍스트'인 〈월명사 도솔가〉·〈제망매가〉·〈우적가〉 이외 그보다 훨씬 더 많은 조목에서는 향찰 작품만 있고 향가라는 이름이 적혀 있지 않다. 이런 것들은 어떻게 처리할 것인가 하는 점이다. 이 물음이야말로 한마디로 말해서 우문이라 하지 않을 수 없다. 향찰 작품이 나올 때마다 향가라는 명칭을 부여해야 한다는 것은 상식 밖의 생각이다. 향찰로 된 이상, 향가라는 명칭이 생략되어 있어도 당연히 향가로 인식해야 함은 재론의 여지가 없다.

둘째, 3대 군주인 유리왕(儒理王, 24~57년 재위) 대의 〈회소곡會蘇曲〉 이래 신라 멸망 직후에 신회神會가 지어서 읊은 〈서리리가黍離離歌〉에 이르기까지, 약 60편쯤 되는 신라시대 가요 가운데 《삼국유사》·《균여전》·《화랑세기》 등에 게재된 향찰로 표기한 향가를 제외하고 '가사가 전해 오지 않아서 향찰 표기 여부를 알 수 없는 대다수의 작품'들은 어떻게 할 것인가 하는 점이다. 이제 밝히거니와 이 문제의 처리 때문에도 여기에 이르기까지 필자는 장황함을 무릅쓰고 이토록 긴 서술과정을 밟아 왔다.

그럴 수밖에 없는 노릇인즉, 위에서 말한 바와 같이 여러 학자들은 향찰 문자의 사용 여부와 향가는 관련이 없는 것, 즉 표기 문자야 어떻든 우리말로 지어서 가창된 노래면 그 모두가 향가요, 따라서 향찰로 표기된 향가 이외 그 나머지 것들도 모두 다 신라의 향가로 규정하여야 옳다고 주장하고 있는 터다. 이런 견해에 동의할 수 없는 필자로서는 지면을 할애하여 검증 절차를 밟을 필요가 있었기 때문이다.

거듭 말한다. 향가가 향가일 수 있는 까닭은 말할 것도 없이 향찰 문자로 되어 있기 때문이다. 그것은 살펴본 바와 같이 신라

시대에 이미 정해져 있던 향가의 요건이요 본질이다. 따라서 이 요건과 본질에서 벗어난 위의 표기문자 불명인 노래는 향가가 될 수 없다. 창작시가가 아닌 민요(〈서동요〉·〈풍요〉 등)일지라도 그것이 향찰로 되어 있는 이상 향가다. 가사부전의 노래까지도 향가로 간주하자고 주장하는 마당에 엄연히 향찰로 된 기록문학을 향가에서 배제할 명분이 없다. 4·8·10행의 형식이나 서정성·교술성 같은 시의 여러 요소들, 중국 시나 범패의 세계와 다른 점 등을 들어 향가의 특성을 논하는 모든 성찰도 '향가는 향찰로 지어진 특수 문학'이라는 큰 전제를 충족시킨 뒤에나 진행되어야 타당하다.

특수문자로 된 특수문학 — 이런 종류의 가요는 수천 년에 걸친 우리 시가문학사에서 향가 장르가 유일하다는 사실을 새삼 인식할 필요가 있다. 향가라는 명칭인즉 우리의 노래를 우리 스스로가 낮추어 명명한 혐의가 있으므로 피해야 한다는 주장도 있으나, 신라·고려 때 이미 김대문·혁련정·일연·김부식 등 선인들에 의해서 굳어진 역사적 명칭이므로 이제 와서 새삼 바꿀 필요가 없다고 사료된다. '향鄕=수도〔京〕·나라〔國〕'요, 고로 '향가=나라 노래'라는 일부 긍정적인 해석과 상관없이 그렇다.

향가를 위와 같이 정의한다면 표기문자를 알 수 없는 다른 많은 노래들은 어떻게 처리할 것인가. '일전향가逸傳鄕歌'라는 명칭을 부여하여 정통 향가와 간격을 두고 다루는 것이 합리적이라고 판단된다. 신라가 향가의 나라였다는 점을 상기하면 '일전향가'라고 명명할 수 있을 터, 외연을 넓게 잡아서 '일전시가(또는 가요)'라는 이름도 물리치지 않고 공용키로 하겠다. 결국 신라 시가, 또는 신라 가요는 '향가'와 '일전향가' 두 축으로 형성된 것이라고 하겠다. 한시와 범패 등은 따로 분야를 설정해야 한다. 하여 이

책을 저술하는 과정에서 필요에 따라 일부 일전향가를 원용하여
다루는 일도 자주 있다는 점을 밝힌다.

　향가가 어디 신라시대에만 생산된 노래였던가. 고려에서도 〈보
현십원가〉를 비롯하여 예종睿宗의 〈도이장가悼二將歌〉 등 가볍게
다룰 수 없는 텍스트들이 생산되었다. 그러므로 향가사의 하한
시기는 고려 중기까지가 될 것이다.

제 2 장 최초의 향가, 최초의 일전향가逸傳鄕歌

1. 유리왕 대 〈도솔가〉

향가는 〈도솔가兜率歌〉에서부터 시작되었다. 〈도솔가〉는 신라 제3대 군주인 유리왕 5년(28년)에 나라에서 제정한 가악歌樂이다. 작품명과 제작 배경만 문헌에 기록되어 있을 뿐, 가사는 전해오지 않는다. 문헌기록을 옮기면 아래와 같다.

> 유리왕 5년 겨울 11월이었다. 왕이 나라 안을 순행巡行하다가 한 노파가 굶주림과 추위를 못 이겨 거의 얼어 죽을 지경에 이른 것을 보았다. 이에 왕은 우선 옷을 벗어 그 할미를 덮어 주고 음식을 마련하여 먹도록 하였다. 그런 뒤 곧 관리에게 명하여 각처에 흩어져 있는 홀아비·과부·고아·자식 없이 지내는 이·늙어 병든 백성으로서 자활능력이 없는 사람들을 찾아 식량을 주어서 부양케 하였다. 이에 이웃 나라 백성이 이 소문을 듣고 무리를 지어 몰려왔다.
> 이해에 민속民俗이 즐겁고 평강함에 비로소(처음으로) 〈도솔가〉를 제정하니 이것이 가악歌樂의 시초였다.

> 박노례이질금(朴弩禮尼叱今, 또는 儒禮王) 때 …… 비로소(처음으로) 〈도솔가〉를 지으니 차사 사뇌격嗟辭詞腦格이 있었다.

앞의 것은 《삼국사기》 신라 본기 유리이질금 조, 뒤의 것은 《삼국유사》 기이紀異 제1 노례왕(유례왕) 조의 기록이다. 전자는 〈도솔가〉가 지어지기까지 경위를 소상하게 적어놓은 것이고, 후

자는 〈도솔가〉의 문학적 양식에 관하여 언급하고 있어서 중요한
자료로 남아 있다. "비로소 〈도솔가〉를 지으니……", "이것이 가악
의 시초다"라는 문구만으로도 〈도솔가〉의 시가사적 위상이 어떤
지가 스스로 명백해진다.

이와 같이 '〈도솔가〉가 최초의 향가'라는 사실은 두 문헌 기록
에 의문의 여지가 없이 분명하게 밝혀져 있지만, 위 기록에는 반
드시 풀어야 할 중요한 문제들이 도사리고 있다. 이를테면 제작
시기에 관하여 기록 그대로를 믿어야 할지, 〈도솔가〉의 어의語義
는 무엇이며 '사뇌격'이라는 것은 또한 무엇을 말하는 것인지 등
이다. 차례대로 살피기로 한다.

〈도솔가〉가 3대 유리왕 5년에 지어진 노래라는 기록에 의문을
제기한 사례는 향가 연구가 시작된 이래 여태까지 거의 없었던
것으로 알고 있다. 개인 문집도 아닌 권위 있는 두 사서史書에서
모두 명기하고 있으니 그대로 믿는 것이 당연한 일이기 때문이
다. 그런데 이번에 필자가 이 작업을 시작하면서 반세기 전에 읽
고 미결 과제로 남겨 놓았던 한 편의 논문이 새삼 〈도솔가〉의
제작 시기를 재검토할 기회를 갖게 하였다. 조지훈趙芝薰의 〈신라
가요연구논고新羅歌謠研究論攷〉가 바로 그 논문이다.[3] 이 논문이
〈도솔가〉의 연대에 대하여 처음으로 문제시하였다고 필자는 알
고 있다.

조지훈은 그의 논문에서 〈도솔가〉의 제작 시기가 3대 유리왕
때일 수가 없고 14대 유례왕(儒禮王, 284~298년 재위) 시대에 지어
진 것으로 '단정'을 내렸다. 그의 논지를 요약하면 다음과 같다.

---

3) 조지훈, 〈신라가요연구논고〉,《민족문화연구》제1집, 고려대학교 민족문화연구
　소, 1964, 123~170면.

1) "비로소(처음으로) 〈도솔가〉를 지으니(始製兜率歌)"라는 구절
과 "이것이 가악의 시초다(此歌樂之始也)"라는 문구는 요컨대 문자,
곧 향찰(이두) 표기를 전제로 해서 나온 기록이다. 구전 가악口傳
歌樂이라면 이런 표현은 불가능하다. 또 〈도솔가〉는 그 제목이 향
찰로 되어 있으므로 노랫말 또한 당연히 그와 같은 문자였음은
다시 말할 여지가 없다.

2) 그런데 유리왕 5년은 서기 28년이요, 중국 신新나라의 황
제 왕망王莽이 고문古文을 고쳐 육서六書를 만든 지 18년 되는 해
다. 이때 한자가 일부 신라 상류층에 전래했다면 몰라도 그 글
자를 재창조한 향찰이 나왔다는 것은 시기적으로 불가능하다.

3) 그러므로 유리왕 5년 조의 기사는 14대 유례왕儒禮王 때 기
사가 착오 혼입混入된 것이라고 '단정'한다. 《삼국사기》의 3대 〈유
리왕儒理王〉은 《삼국유사》에는 3대 〈노례왕弩禮王〉으로 표기되었
고, 그 노례왕은 '유례왕儒禮王'이라고 쓰기도 했다는 증거가 같은
책에 있다. 유리왕과 유례왕은 동명이인이다.

이런 사정을 감안할 때, 3대 유리왕 때가 아닌 14대 유례왕(노
례왕, 곧 유리왕) 때 "비로소 〈도솔가〉를 제정하여" 국정가악國定歌
樂이 시작한 것으로 판단한다.

'단정'이라고 표현하리만큼 확신에 차 있는 주장이다. 따라서
만만치 않은 문제 제기요 반론이라 하겠다.

위 요약문 1)에 대해서 논평하자면 원칙상 맞는 견해다. 국가
제정의 첫 가악이 구전일 수는 없고 문자로 표기되어야 마땅하다
는 주장에 이론異論을 제기하기는 어려운 일이다. 〈도솔가〉의 문

자가 향찰이었다는 것은 학계가 공인하는 정설이기 때문에 여기
에 토를 달 여지가 없다. 이렇게 1)의 내용에 일단 동의하지만
이에 관하여 뒤에서 다시 곱씹을 기회를 갖기로 하겠다.

2)의 주장도 타당하다. 3대 유리왕 대에 한자를 변용하여 만들
어 낸 '새 문자'인 향찰이 생겼다고는 믿기 어렵다. 중세어를 전
공한 국어학자인 박병채朴炳采도 제대로 된 향찰시대가 5세기 이
후에나 열렸다고 언급하고 있다.4)

다음으로 3대 유리왕(《삼국사기》)은 3대 노례왕(《삼국유사》, 朴弩
禮尼叱今)이고, 그는 또한 14대 유례왕儒禮王이다. 유리왕과 유례왕
은 동명이인이라는 왕세가王世家 검증도 틀리지 않다. 다른 여러
가지 조건이 충족되어도 이 3)항의 뒷받침이 없다면 무위로 끝난
다. 그런 면에서 결정적인 논거가 된다.

위 1)의 요지를 다시 생각해 보기로 하자. 문자 표기를 전제로
하지 않으면 "비로소 …… 제정하였다"거나 "이것이 가악의 시초
다"라는 말이 나올 수 없다는 주장에 일단 동의한 바 있다. 그렇
지만 그러한 인식은 구비전승 시대가 끝난 이후에 비로소 정립된
관념이라는 점도 함께 고려되어야 마땅하다. 나아가 그렇게 정립
된 이후에도 여러 작품에서 구비전승과 기재정착記載定着의 두 과
정이 앞뒤로 구분되고 연결되면서 공존하는 경우도 있었다는 사
실을 그냥 지나쳐 버릴 수 없다.

---

4) 박병채, 〈한국문자발달사〉, 《한국문화사대계》 5, 고려대학교 민족문화연구소,
   1965, 431면. 그는 이 논문에서 향찰문자의 확립과정을 ① 한자를 이용하여
   고유명사를 표기한 제1단계(3~4세기 무렵), ② 형태요소인 접미사를 표기하
   려는 노력이 있던 제2단계(4세기 전후), ③ 국어의 형태요소뿐만 아니라 의미
   소까지 한자의 음과 훈을 빌어 전면적으로 우리말을 표기한 단계(5~6세기
   무렵)로 나눌 수 있다고 하였다.

여기에 해당되는 예를 찾기로 하자. 멀리 갈 것도 없이 《삼국 유사》소재 14수 향가에서 고르기로 하고 4·8·10행체 작품 가운 데 본보기로 한 편씩 들기로 한다. 견우노옹(牽牛老翁, 소를 몰고 가던 어느 노인)이 〈헌화가〉를 지어서 수로부인에게 바쳤던 그때 그 순간을 떠올려 보자. "자줏빛 바위 끝에 / 잡으온 암소 놓게 하 시고……"라면서 입으로 가창한 이 노래를 그가 향찰로 적어서 수로부인에게 건넸을까, 아니면 말로 들려주는 것으로 끝냈을까. 8행체의 〈처용가〉에 대해서도 묻기로 한다. 처용이 "서라벌 밝은 달에 / 밤들이 노닐다가……"라며 노래하고 춤추면서 물러날 때 그 노랫말을 향찰로 적었을까, 아니면 그냥 입으로 토설한 뒤 사 라졌을까.

10행체 향가는 8편이나 되는데 임의로 아무 것이나 들어보자. 영재永才의 〈우적가〉는 도적떼들의 요청으로 지어졌는데 그때 그 가 이 노래를 종이에 적어서 저들에게 주었을까, 그게 아니면 구 송口誦하는 것으로 끝냈을까. 이상 세 편에 대한 해답은 모두 후 자였다고 단정한다. 작품이 지어졌을 때의 상황을 보면 쉽게 알 수 있다. 처음에는 입으로 부른 구비문학 형태였고, 그것이 일정 기간 동안 구전되다가 후대에 이르러 어느 누군가에 의해서 향찰 문자로 정착되었다고 이해하는 것이 바른 해석이라고 확신한다. 그렇지만 작품의 연대는 물론, 작자도 처음 구송할 때로 되어 있 다는 사실에 특히 유의할 필요가 있다.

우연찮게 세 편 다 외부 공간에서 지어진 것이어서 '선先 구비 문학 후後 기록문학'을 이끌어 내고자 의도적으로 선별하였다고 말할 수 있겠으나, 여기서 예시한 노래 이외의 것들도 대부분 성 격을 같이하고 있다는 사실을 상기해야 한다. 대궐 잣나무에 붙여서 나무를 고사시킨 신충信忠의 〈원가〉는 확실히 종이에 쓴 것 이니 구비문학 단계를 거치지 않고 막 바로 기재문학으로 정착된 것이 분명하다. 이렇듯 확실히 알 수 있는 작품 이외 나머지 것 들 가운데서도 몇 편쯤 예외가 있겠지만 대부분은 위 세 편과 동 일한 과정을 겪은 노래라고 규정하여도 좋다. 문헌에 기록된 창 작 연대 또한 위에서와 같이 처음 구송할 때로 되어 있음은 다시 말할 여지가 없다.

〈도솔가〉와 동일한 유리왕 때의 노래인 〈회소곡會蘇曲〉과 10대 내해왕(奈解王, 169~203년 재위) 때의 노래인 〈물계자가〉 같은 일 전향가는 지어진 시기와 내력만 남아 있고 작품은 소실된 예다. 이런 면에서 《삼국유사》 소재의 현전 향가와 구별되는데, 만약 노랫말이 문자로 정착했다면 이들 또한 훨씬 후대에 이루어졌으 리라고 헤아려진다. 〈회소곡〉은 그런 예에 해당된다고 문헌에 기 록되어 있다는 점에서 더욱 기억할 필요가 있다.

이만하면 방증 자료의 예시는 충분히 들었다. 여기에 〈도솔가〉 를 대입해 보자. 쉽게 결론을 얻을 수 있다. 처음 부르기 시작한 연대는 기록 그대로 3대 유리왕 때였으나, 한동안 글자가 없어서 구비 전승되다가 14대 유례왕 때에 비로소 향찰을 빌려서 문자화 되었다고 추정해 볼 수 있다. 그렇지만 연대는 유리왕 때 그대로 였으므로 기록으로는 유례왕 대와 무관하게 되었다고 사료된다. 각주 4의 박병채의 학설에 따르면 이 시기는 향찰문자 확립과정 의 초기(3~4세기 무렵)에 해당하므로, 이때도 온전한 가악 형태를 갖추기는 어렵지 않았을까 싶다. 이렇게 말하면 조지훈의 지적처 럼 〈도솔가〉는 여느 노래와 달리 국가제정의 가악이거늘 처음서 부터 기재가요로 출발했던 것으로 판단해야 옳지, 장기간 구비가악으로 떠돌다가 문자화되었다고 해석하는 것은 설득력이 약하다 고 반론을 제기할 수 있다. 일리 있는 견해다. 그러나 이렇게 생 각하면 된다. 유리왕 5년, 서기 28년인 그때의 신라, 곧 사로국斯 盧國은 전사傳史시대로서 여러 읍락邑落이 모여 형성된 소국이었 다. 후대의 개념인 '국가' 수준에는 훨씬 미치지 못한 일종의 촌 락 집단이었으며, 그렇기 때문에 표현으로는 '국가 제정' 운운하 지만 후일 고대국가 형성기로 보는 17대 내물왕(奈勿王, 356~402년 재위) 이후의 문화 수준으로 재단할 수 없다는 것이다.

결국 가악의 초기 생성은 유리왕, 향찰로의 정착은 유례왕이라 는 이원적인 구조로 최종 결론이 났는데, 이를 두고 옛 문헌기록 과 조지훈 설의 절충으로 오해하기 쉽지만 절충이라기보다는 수 정하여 수용한 것이라고 말하는 것이 적절한 표현일 것이다. 단 서를 하나 달자면, 《삼국사기》에 기록된 〈도솔가〉 배경 기사 이 외 다른 기록들은 그 자리에 그냥 놓아두는 것이 맞다. 짓기 어 려운 향찰문자와 동일하게 취급할 수는 없다.

〈도솔가〉는 한 편의 고유한 작품명이면서 또한 후대에까지 이 어지는 동종의 작품들을 아우르는 향가의 하위 갈래이다. 이는 "始製兜率歌"라고 기록된 구절을 제대로 해석하면 금세 알 수 있 다. 만약 〈도솔가〉가 단 한 편의 노래를 지칭하는 고유명사라면 그냥 "〈도솔가〉를 지으니〔製兜率歌〕"라고 하면 충분하다. 그런데 굳 이 '처음으로'를 뜻하는 '始'자를 올린 까닭은 〈도솔가〉, 그 노래 와 성향이 같거나 유사한 여러 작품의 첫 텍스트이기 때문이라고 해석하여야 한다. 이렇게 되면 이어지는 "이것이 가악의 시초다 〔此歌樂之始也〕라는 대목과 한결 더 밀착된다. 여기서 말하는 '가악' 은 단순히 한 편의 노래를 가리키는 것으로 수용하기보다는 장르

― 갈래의 개념으로 받아들이는 것이 맞다. 그 장르에 속하는 노래로서 최초의 것인 〈유리왕 대 도솔가〉를 제외하고 후대에 또 어떤 텍스트들이 있었는지는 논의를 진행하는 과정에서 그 정체가 드러날 것이다.

그러면 〈도솔가〉의 어의語義는 무엇이며, 그것은 어떤 성향의 가악이었던가. 향찰문자인 〈도솔가〉의 의미 해석을 놓고 향가 연구가 시작된 이래 여러 학자들에 의하여 다수의 견해가 학계에 보고되었다. 여기서 그 모두를 소개할 겨를이 없으므로 어느 하나를 택하는 것으로 대신하기로 하겠다. 그에 앞서 〈도솔가〉가 될 수 있는 조건부터 생각해 보기로 한다. 국가에서 제정한 것이므로 후대 악장류의 노래였고 서정시가 아니었음은 재론의 여지가 없다. 서사기록에 따르면 왕이 이러저러한 조치를 취하자 민속이 즐겁고 평강해졌으며 이에 노래를 지었다고 하였다. 이 대목에서 주의할 점은 민속이 즐겁고 평강했다는 것은 〈도솔가〉의 제정 동기일지언정 내용에 반드시 포함되는 주지主旨는 아니라는 점이다. 어느 학설에 따르면 그 점이 제목의 뜻풀이 및 내용에 반영되어야 한다고 강조하고 있는데, 정곡을 뚫었다고 볼 수 없다. 그런 쪽으로 초점을 맞추기보다는 왕의 구휼로 치국治國의 방향과 결실이 현저하게 나타난 사실에 무게를 둬야 더 설득력이 있다. 그 치국의 지향과 가치는 당대만 추구하는 것으로 끝나는 것이 아니라 후대에까지 계승되고, 향유되어야 하는 것으로 방향을 잡았으리라고 헤아려 볼 수 있다. 이 몇 가지 점에 유의할 때 '도솔'은 '다슬', 즉 치리안민治理安民을 내포하고 외연은 두레노래〔集團歌, 會樂歌〕라고 정의를 내린 조지훈의 학설이 가장 합리적인 것으로 판단된다.5)

그런 다슬노래에 '차사 사뇌격'이 있다고 하였는데 이 대목은 또 어떻게 풀어야 할 것인가. '차사'는 감탄의 뜻이 분명할 터, 하지만 '사뇌'는 그 뜻 파악이 결코 쉽지 않다. 먼저 명토를 박아 두어야 할 것은 '사뇌詞腦'를 이후 '사내思內', 또는 '시뇌詩腦'라고도 표기한 것으로 보아 한자를 차용한 향찰 문자임이 확실하다는 점이다. 곧 '도솔'의 경우와 같다는 뜻이다. 또한 '사뇌'는 처음에는 노래의 특별한 성향을 말하는 것이었는데, 쓰다 보니 나중에는 '도솔가'처럼 향가의 하위 장르로 굳어졌다는 점을 놓쳐서는 안 된다. 이는 《삼국유사》에서 〈찬기파랑사뇌가讚耆婆郞詞腦歌〉(경덕왕·충담사·표훈대덕 조), 〈신공사뇌가身空詞腦歌〉(원성대왕 조)라고 한 것과 《균여전》에서 "열한 수의 향가를…… 사뇌가라 칭한다〔十一首 之鄕歌…… 號稱詞腦〕"고 한 것을 보아서 익히 알 수 있다. 한 편의 특정 작품명을 가리키는 것이라면 이런 식으로 여기저기 표기할 수는 없는 것이다. 시가의 한 갈래이기 때문에 작품명 밑에 후첨 後添하였음이 확실하다. 다만 그렇게 첨기하지 않아도 되는데, 아니 그런 식으로 토를 다는 것이 외려 이상스런 일인데 왜 그렇게 하였는지 그 이유는 알 수 없다.

그 어의는 무엇인가. 다시 조지훈에 따르자면 이는 순 우리말인 '스레'의 차자借字이며, '스레'는 '수리' 또는 '소로'의 의미로 '上·高'의 뜻을 내포하고 있다. 이를 다시 정리하면 사뇌가는 수리 노래, 스리노래가 된다. 따라서 '사뇌가'는 천신天神과 부락 수호신을 제사 지낼 때 불렀던 신가神歌·주가呪歌 혹은 무가巫歌의 요소가 내포된 노래라는 뜻이다. 윗대의 문화와 민속을 감안할 때

---

5) 조지훈, 앞의 논문, 156면.

위의 요소들이 다슬노래(治理歌)에 일정하게 내포되었으리라는 점, 충분히 이해할 수 있다. 이 책에서도 일관된 관점을 유지하려는 면에서 이 또한 조지훈의 견해를 받아들이기로 하겠다.6) 여기에 덧붙여 사뇌를 '스뢰(白, 신에게)'라고 한 지헌영(池憲英의 설을 뛰어나다고 본 윤영옥의 견해를 참고하면 좋을 것이다.7)

다슬노래는 유리왕 대 이후 독자적인 성격을 유지하면서 그 계열의 작품을 여러 편 생산해 내지만 스뢰노래는 그렇지 못하였다. 인지가 발달됨에 따라 주가·신가 계통의 요소가 빠지고 인간의 삶과 밀착된(卽生治的) 서정가요로 변모하게 되었다. 그렇게 성격이 바뀌었음에도 명칭 자체는 그대로 유지되어 치리가와 함께 향가의 양대 하위 갈래로 남게 되었다. 이를 '사뇌격 서정시가'라고 명명하기로 한다. 향가 및 그 계열에 속하는 신라시가에 한해서 그렇다는 말이다.

2. 내해왕 대 〈물계자가〉

'물계자勿稽子'와 관련된 기록은 《삼국사기》 열전과 《삼국유사》 권5 피은避隱편에 실려 있다. 《유사》의 것을 취하여 요약하면 다음과 같다.

　　10대 내해왕奈解王 17년(212년)에 보라국保羅國 등 주변의 8개국이 연합하여 신라 변경을 침입하였다. 이 싸움에서 물계자는 큰

---

6) 조지훈, 앞의 논문, 149~150면.

7) 윤영옥, 《신라시가의 연구》, 형설출판사, 1980.

공을 세우며 적군을 물리쳤다. 그럼에도 함께 참전한 태자는 그를 미워하며 상을 내리지 않았다. 이에 누군가가 그 불공정함을 왕에게 아뢰기를 종용하였으나 그는 그런 행위는 '지사志士'가 취할 일이 아니라고 말하면서 후일을 기다릴 따름이라고 하였다.

왕 20년에 또 골포국骨浦國 등 세 나라가 군사를 거느리고 공격해 왔다. 이번에도 참전한 그는 전번 싸움 때보다 더 큰 공을 세웠다. 그런데도 그의 공훈을 왕을 비롯한 누구도 알아주지 않았다.

이에 그는 아내에게 "두 번에 걸친 전쟁은 실로 나라와 군왕의 운명이 걸린 싸움이었소. 그런데 나는 목숨을 바치는 용맹을 떨치지 못하여 임금에게는 불충을, 선친에게는 불효를 저지르고 말았소. 그러니 무슨 낯으로 다시 조정에 설 수 있겠소." 이렇게 말한 뒤 사체산으로 들어가 노래를 짓고 시냇물의 오열하는 소리를 본떠 거문고의 곡조를 만들면서 은거하여 다시는 세상에 나오지 않았다.

〈물계자가〉라는 명칭의 이 노래는 위와 같이 창작 동기와 배경이 비교적 소상하게 기록되어 있으나 가사는 전해 오지 않는다. 따라서 향찰로 된 향가인지의 여부를 알 수 없으므로 '일전시가' 또는 '일전향가'로 분류된다.

그 시가사적 의의와 가치는 후대의 여느 향가에 뒤지지 않는다. 위 인용문의 끝부분에 따른다면 〈물계자가〉는 개인적인 '서정시가抒情詩歌'임이 확실하다. 그것도 우리 시가문학사에서 시와 음악이 분리되는 초기의 작은 흔적이 남아 있는 최초의 서정시가 된다. 이 사실 하나만으로도 〈물계자가〉의 위상은 스스로 판명된다고 하여도 지나치지 않는다. 〈유리왕 대 도솔가〉를 그 옆에다

놓고 조명하면 그 시가사적 의의와 위격은 더욱 새롭게 부각된
다. 요컨대 〈유리왕 대 도솔가〉가 교술적인 악장의 초기 작품격
인 향가인 것과 달리 〈물계자가〉는 다시 말하거니와 사사로운 개
인의 정서를 담아낸 최초의 노래로서 전자와 짝을 이루며 여명기
의 신라시가를 대표하고 있다고 정의를 내릴 수 있다. 후대의 악
장이나 교술 계열의 노래는 전자가, 서정시에 해당되는 모든 가
요는 후자가 그 원류가 된다.

　논의의 초점을 서사기록의 주지主旨 해석으로 맞추기로 하자.
먼저 인간성의 어두운 면인 시기·질투심을 거론키로 한다. 3세기
라면 이른 시기요, 따라서 인간의 심성도 후세보다 상대적으로
순박한 때다. 그런 시대였음에도 인간 사회에는 품성이 고약한
무리가 일찍부터 세상을 질투·시기심으로 희롱하는 일이 벌어졌
다는 사실을 〈물계자가〉의 서사기록은 전하고 있다. 후대에 내려
가서 더욱 극성을 부리는 나쁘고 그늘진 인간성의 초기 모습을
보여 주고, 이것이 계기가 되어 한 편의 가곡, 그것도 최초의 서
정시가 잉태되고 산출되었음을 증언한다는 점에 유의할 필요가
있다. '같은 값이면 선량하고 아름다운 인간성이 작용하여 지어진
최초의 서정시였으면 좋았을 걸……' 하는 아쉬움이 남는다는 뜻
이다.

　다음으로 관심이 가는 대목은 물계자의 태도다. 그는 자신을
'지사志士'로 일컬었다. 이 점 쉽게 납득이 되지 않는다. 그의 생
각은 요컨대 전공을 인정받지 못하였다고 서운해하면서 청원하는
것은 지사가 할 일이 아니라는 것이다. 여기까지는 납득할 수 있
다. 문제는 그 다음에 있다. 두 번의 전쟁에서 그는 혁혁한 공을
세웠다. 하지만 죽음으로 목숨을 바치는 용맹을 떨치지 못하여

불충·불효를 저질렀으므로 세상과 절연하고 산으로 들어가서 다시는 나오지 않았다는 것이다. 전공을 인정받지 못한 것도 억울하기 짝이 없거늘 그것도 부족하여 죽지 않고 살아서 돌아온 것을 불충·불효라고 자성하는, 이해하기 힘든 그 극단의 충효관, 그 엄청나게 높은 무사의 정신세계, 그것을 이해하는 데는 어려움이 따른다.

하지만 실인즉 〈물계자가〉의 의의와 존재 이유는 바로 여기에 있다. 처음서부터 끝까지 상식을 뛰어넘은 언행의 연속이었으나, 끝내는 부족국가 시대에 정립시켜 놓은 무사의 과단성 있는 고결한 정신과 생사를 초월한 우국충성심이 마침내 후대 화랑정신의 역사적인 바탕이 되었다는 점을 묵언으로 암시하고 있다는 데 궁극적인 주지主旨가 들어 있다는 뜻이다. 요즘 말로 하자면 화랑도가 탄생하기 이전의 원조元祖 화랑정신이라고나 할까. 이 노래와 후대 화랑도의 죽음을 불사하는 용맹함이 역사적인 맥락에서 서로 연결되어 있다는 것을 부인할 수 없다.

제3장 '가사부전歌詞不傳'이 아닌 초기 첫 향가 3편

1. 〈송사다함가〉·〈서동요〉·〈혜성가〉의 형식 논의

먼저 이 장의 제목을 별스럽게 '가사부전이 아닌……' 운운으로 정한 이유부터 해명한다. 우리 옛 시가문학은 가사가 일실된 것이 너무 많다. 그래서 '가사부전'이라는 문구가 관용어처럼 사용된 지 오래다. 이미 굳어진 용어를 사용하면서 옛 시대를 회상할 기회도 가질 수 있다고 판단하여 그렇게 정하였다.

〈유리왕 대 도솔가〉 이후 오랜 세월 동안 적요하던 향가판에 마침내 역사적으로 큰 의미가 있는 한 편의 작품이 그 형체를 드러냈다. 24대 진흥왕(眞興王, 540~576년 재위) 대인 6세기 중반 무렵에 미실美室이 사다함斯多含을 위해 지은 〈송사다함가〉(또는 〈송랑가〉라고도 함)가 바로 그것이다.

이 노래가 창작된 지 반세기쯤 뒤인 26대 진평왕(眞平王, 579~632년 재위) 대에 또 다시 〈서동요薯童謠〉와 〈혜성가彗星歌〉가 연달아 나타난다. 초창기 향가계는 이들 가요의 등장으로 비로소 고적함에서 벗어날 수 있었다. 또한 이른 시기 향가의 본격적인 현현顯現은 진흥왕~진평왕 대인 6세기였다는 사실이 자연스럽게 밝혀지기도 하였다. 앞 장에서 인용한 '5세기 이후 향찰의 정착'과 그 시기가 비슷하게 맞아 떨어진다고 하겠다.

〈송사다함가〉는 8행체 형식으로 되어 있다. 그런가 하면 〈서동요〉는 4행체, 〈혜성가〉는 10행체로 짜여 있어서 이른바 향가의 3형식인 4·8·10행체가 모두 같은 시기에 공존해 있음을 알 수 있다.

　여기서 우리는 여태까지 견지해 온 향가 형식의 진화론적 발
전론, 곧 4행에서 8행으로 성장한 뒤 10행체에 이르러 마침내 최
종 형식이 완성되었다는 통념을 다시 생각할 기회를 갖기로 한
다. 그러려면 비유컨대 '일 더하기 일은 이'라는 '셈본'식의 고식
적인 접근과 사고에서 벗어나야 한다. 단언하거니와 향가는 초기
부터 여러 행체의 작품이 혼재하였다고 본다. 가장 이른 시기의
것인 단형의 4행체를 제외하면 그 나머지 형식은 시기의 선후를
따지기가 무의미하리만큼 비슷한 때에 각기 독자적으로 다투어
나타났다는 얘기다.

　이를 방증해 주는 단서가 되는 것이 예의 8·10행의 동시대
공존 이외 '장가長歌'의 존재다. 〈송사다함가〉 등 3편의 향가와
같은 시대의 것인 '일전향가'에 〈해론가奚論歌〉와 〈실혜가實兮歌〉
가 있는데 두 편 모두 '장가'다. 그보다 약 4백 년 전의 노래인
3세기의 〈물계자가〉는 장가라고 명기되어 있지 않으나 창작 배
경이 후대의 것인 〈실혜가〉와 유사한 것으로 보아 그 역시 장가
일 가능성이 매우 높다. 뿐만 아니라 최초의 작품인 〈도솔가〉 또
한 제작 배경을 고려할 때 4·8·10행으로는 감당하기 쉽지 않은
장가일 가능성이 상당히 높다. 이 가악의 차사嗟辭가 후대 10행
체 향가에 계승된 것에 더욱 유념할 필요가 있다. 이를 뒤집어서
추정한다면 〈도솔가〉의 형식이 후대의 10행체일 수도 있다는 결
론에 이른다.

　셈본식으로 따지자면 장가의 출현은 마땅히 10행체 이후여야
한다. 그러나 실제 나타난 텍스트는 4·8·10행체가 뒤섞여 있다.
이로 보아 향가의 각 형식은 시대의 선후와는 무관하게 개별 작

품에서 말하고자 하는 사설에 따라 단형으로, 혹은 장형으로 실현되었다. 이른 시기에는 단형, 그 이후의 시대에는 장형으로 표면화되는 것도 아니고, 더욱이 10행체가 향가의 최종 완성형도 아니다. 필자 또한 그동안 깊이 따지지 않고 버릇처럼 그렇게 믿어 왔는데 이 기회에 수정한다. 향가의 4·8행과 일전향가의 장가 모두가 그 자체로서 독립된 완결형이라고 규정함이 옳다.

이 기회에 그동안 묵수해 온 통념, 곧 '10행체=사뇌가'라는 근거 없는 주장도 반드시 철회되어야 한다는 점을 강조한다. 10행체 향가 작품이 '사뇌가'에 해당되어야 한다는 단서는 어느 기록에도 없다. 혹 《삼국유사》의 작품 가운데 유일하게 〈찬기파랑가〉를 두고 그것이 마침 10행체이고 그 작품명 끝에 '사뇌가'라고 후첨한 것이 꼬투리가 되어 그리 규정한 것인지 모르나 요컨대 어불성설이다. 〈보현십원가〉(10행체)는 그렇다 치고, 〈신공사뇌가〉는 8·10행체 가운데 어느 것인지도 모르는데 '사뇌가'라고 하였다. 만약 8행체였다면 어쩔 것인가. 더욱이 작품은 전해 오지 않으나 '사내', '시뇌' 등의 명칭으로 불린 것들도 다 10행체 향가인지 전혀 알 수 없다.

2. 〈송사다함가〉 — 연가戀歌로 시작된 향가, 〈천관원사〉와 대비하면서

> 바람이 분다고 하되
> 임郞 앞에 불지 말고
> 물결이 친다고 하되
> 임 앞에 치지 말고
> 빨리빨리 돌아오라

다시 만나 안고 보고
이 좋은 임이여 잡은 손을
차마 갈라지게 하려나[8]

〈송사다함가〉는 이별을 슬퍼하면서 부른 연가戀歌다. 한참 후대
인 고려시대의 〈가시리〉를 연상케 하리만큼 사설이 곡진하고 짜
임새도 탄탄하다. 대가야大伽倻를 정벌키 위해서 출전하는 애인의
무사안위를 비는 여인의 간절한 바람과 애정심이 이처럼 울림이
클 수 없다. 사다함 앞에 닥칠 위험을 바람과 물결로 비유한 전
반부를 비롯하여, 속히 개선하여 재회하기를 바라는 심정과 그때
에 혹시 누군가의 방해로 갈라서지 않을까 염려하는 속내(사다함
이 돌아온 뒤 실제로 그렇게 되었다)를 후반부에서 진솔하게 담아낸
것까지, 그 모두가 세련되고 돋보이는 언사로 진술되어 있다. 서
정시의 대표적인 질료인 사랑은 이렇듯 이른 시기, 그것도 〈유리
왕 대 도솔가〉 이후 최초의 작품에서 그 모습을 드러낸다. 이성
에 일찍 눈을 뜬 향가라 하겠다.

〈송사다함가〉에 대한 조명은 각도를 달리하여 이어진다. 일전
향가에 속하는 〈천관원사天官怨詞〉는 젊음이 파릇한 시절의 김유
신金庾信과 정을 통하며 사랑에 빠진 기생 천관녀天官女가 지은 가
사부전의 노래다. 나라의 큰 인물이 되리라고 기대한 아들이 유
락과 여색에 빠진 사실을 안 김유신의 모친은 엄하게 아들을 꾸
짖는다. 이에 정신을 차린 아들은 어느 날 취중에 자신도 모르게
말에게 끌려서 기녀집에 다시 간 것을 알고서는 말의 목을 베고

---

8) 정연찬 해독(김학성, 《한국 고시가의 거시적 탐구》 집문당, 1997, 107면에서
재인용).

돌아서면서 그녀와 영원히 작별한다. 이에 서러움을 감당할 수 없던 기녀는 슬픔과 원망의 심사를 한 편의 노래에 담아 읊는다. 〈천관원사〉의 창작 배경은 이와 같다. 노래의 사설이 어떻게 되어 있는지는 짐작으로 추정하는 것으로 대신한다. 중요한 것은 〈천관원사〉가 있으므로 이른 시기에 〈송사다함가〉와 함께 연가戀歌의 유형이 하나 더 늘어났다는 점이다. 〈송사다함가〉가 이별의 슬픔과 함께 재회를 바라는 심정을 간곡하게 읊은 노래였다면, 〈천관원사〉는 미래가 없는 절연·좌절의 비극으로 채워진, 원망으로 일관된 노래였으리라 추정한다. 이렇게 내용이 다른 두 편의 연가가 있었다는 것은 비유컨대 〈가시리〉와 〈서경별곡〉이 공존하고 있어서 서로 다른 이별 노래를 품고 있는 고려 속요의 사정과 유사한 형국이라 하겠다.

〈송사다함가〉와 〈천관원사〉의 애틋한 사랑을 음미하는 일은 여기서 매듭을 짓는다. 그런데 이 두 편의 노래에는 그 저변에 동일한 상관사相關事가 있어서 우리로 하여금 다시 관심을 갖게 한다. 그것은 바로 화랑도가 태동하던 초기의 역사적 환경이다. 〈송사다함가〉의 주인공 사다함은 어리기 때문에 허락을 거부하는 상부의 명을 듣지 않고 16세의 나이로 낭도를 거느리고 몰래 출전하여 왜倭를 격파한다. 이 일로 귀당비장貴幢裨將이 된 그는 이어서 정예병사 5천 명을 이끌고 출전하여 신라에 반기를 든 대가야를 정벌한다. 〈송사다함가〉가 그때 지은 노래라는 점은 위에서 말한 바 있다. 소년 화랑의 용맹성이 이 노래의 배경이었다.

〈천관원사〉를 있게 한 김유신의 결단성과 결기도 이와 다르지 않다. 요컨대 통삼統三의 영웅이 그냥 쉽게 태어나지 않았다는 메시지를 이 노래는 제2의 주제로 전하고 있다. 초기의 향가가 이

처럼 화랑과 연관되어 있는 것으로 보아, 이후 통일 전쟁을 거치
면서 같은 성향의 다양한 내용을 담은 다수의 노래들이 생산되었
다고 헤아려도 좋다. 그러나 전해오는 것은 없다시피 하다. 통삼
이후, 뒤에서 다룰 〈모죽지랑가慕竹旨郞歌〉·〈찬기파랑가讚耆婆郞歌〉,
이 두 편이 겨우 남아 있을 뿐이다. 그것이 지울 수 없는 아쉬움
으로 남는다.

3. 〈서동요〉의 소문내기 기능,
    그리고 신라의 개방성과 백제의 화려한 성취

〈서동요〉는 신라와 백제 사이의 국혼國婚을 배경으로 한 향가
다. 뒷날 백제의 무왕武王이 된 서동은 선화공주를 취娶하기 위하
여 경주에 잠입한다. 그리고는 궤계詭計와 사술詐術로서 노래를 지
어 아이들로 하여금 따라 부르게 한다. 이것이 〈서동요〉가 나오
게 된 배경이다.

> 선화공주님은
> 남 몰래 밀어두고(밀통하고)
> 서동방을
> 밤에 몰래 안고 간다

4행으로 된 짧은 노래이지만 남녀의 만남에 관심을 끌 만한
것이 몇 있어서 살피기로 한다.

오래전 7세기, 그 시대에 아이들이 부른 노래에서 남녀가 '밤
에 몰래 안고, 안기는' 밀통의 장면이 나온다는 점에 우선 눈길이

간다. 신라사회가 그만큼 남녀관계에 개방적이었다고 해석해도 되지 않을까 싶다. 역사서에서는 당시의 사회상과 풍속을 어떻게 기록하고 있는지 알 수 없으나 문학 작품에는 이처럼 스스럼없이 이성 사이의 사랑을 그려 놓았다. 〈송사다함가〉와 〈천관원사〉를 〈서동요〉와 한 자리에 함께 모아 놓고 서로 견주어 보면 역시 신라시대의 열린 남녀관계의 일단을 엿볼 수 있다. 이것이 바로 문학의 기능이요 힘이라 하겠다.

위에서 〈서동요〉를 두고 '눈길을 끌 만한' 노래라고 하였는데, 《화랑세기》에서 접할 수 있는 성性의 난잡성과 문란함을 떠올리면 〈서동요〉의 남녀 야합쯤은 아무 것도 아니다.

이 노래에서 꼭 짚고 넘어가야 할 점은 향가의 소통기능이다. 향가를 소문내기의 수단으로, 정보를 전파시키는 도구로 유용하게 활용하였다는 사실을 들지 않을 수 없다. 뒤에서 설명하겠지만 향가의 여러 작품들은 각기 실용적인 기능을 지니고 있는데, 그런 특질을 최초로 보여 주고 있는 노래가 바로 〈서동요〉이고 곧이어서 살필 〈혜성가〉라 할 것이다.

이와 관련하여 일전향가인 〈남모가南毛歌〉에 대해서 말할 기회를 갖기로 한다. 진흥왕 대 원화原花 제도의 폐지를 불러온 이 노래 역시 소문내기를 위하여 지어진 가사부전의 참요다. 남모가 경쟁자인 준정俊貞의 무리에게 비밀리에 살해된 사실을 폭로한 이 노래의 전파로 남모의 시체는 북천에서 발견된다. 이로 인하여 준정은 죽임을 당하는데, 이런 경과를 읽으면서 그 당시 노래의 전파력과 실용적인 기능이 대단하였다는 사실을 확인할 수 있다. 〈서동요〉로 말미암아 국혼이 성립되고 그 주인공들인 남녀가 뒷날 백제의 왕과 왕후가 되었다는 사실을 떠올리면 한 편의 짧은 노래가 미치는 파장에 감탄치 않을 수 없다.

〈서동요〉는 또한 현대 아동세계에서 가창되는 '소문내기'와 '놀려주기' 동요와도 연관 지을 수 있다.

　　　얼레꼴레리 얼레꼴레리
　　　누구누구는 누구누구와
　　　어디어디서 무엇했대요

오래전부터 전해오는 이 동요를 어린이는 물론 유소년 시절을 겪은 이 시대의 어른들도 거의 다 알고 있다. 〈서동요〉는 말하자면 오늘날의 이 노래의 원형 격에 해당되는 동요다.

서동요가 실려 있는 〈무왕武王〉 조의 서사기록은 해석하기에 여간 어려운 것이 아니다. 신라의 진평왕과, 진평왕이 재위할 동안 백제를 다스린 27대 위덕왕威德王, 28대 혜왕惠王, 29대 법왕法王이 재위할 당시 두 나라 사이의 국혼은 있지도 않았다. 뿐만 아니라 그 시대는 두 나라가 매우 극심하게 대립하여 격렬하게 싸우던 때였다. 그런 시대였는데 요상한 노래로 백제 떠꺼머리총각과 신라 공주의 혼사가 이루어졌다고 하니 도무지 믿기지 않는 허황된 얘기로 들릴 수밖에 없다.

사정이 이와 같으므로 〈무왕〉 조의 서사를 민담으로 보는 설, 의장擬裝된 역사전설이라는 설, 실제로 두 나라 사이에 국혼이 있었던 백제 24대 동성왕(東城王, 479~501년 재위)과 신라 21대 소지왕(炤知王, 471~500년 재위) 때의 일이 엉뚱하게 진평왕·위덕왕 등 때의 일로 부회附會된 것9)이라는 설 등 여러 학설이 대두되기에

---

9) 김열규, 〈향가의 문학적 연구 一斑〉, 《향가의 어문학적 연구》, 서강대학교 인

이르렀다. 최근 무왕 및 왕비인 선화공주와 긴밀한 연관이 있는 미륵사지彌勒寺址 석탑 기단부에서 나온 사리 봉안기에 무왕의 왕비는 선화 공주가 아닌 사택적덕砂宅積德의 딸로 밝혀짐에 따라 이윽고 〈무왕〉 조는 사실史實에 근거하지 않는 것으로 실증되었다. 그렇다면 위 여러 학설 등이 맞는 것이 된다. 이렇게 결론이 난 것으로 알았는데, 다시 예의 사리 봉안기와 〈무왕〉 조를 엮어 읽은 결과 《삼국유사》 〈무왕〉 조가 전부 사실史實이라는 뜻밖의 새로운 주장이 정민鄭珉에 의해 대두되어서10) 이 해묵은 문제는 다시 혼란에 빠지고 말았다.

이런 상태이므로 우리는 풀리지 않는 이 난제에서 일단 벗어나 〈무왕〉 조의 서사기록을 여태까지의 관점과는 전혀 다른 시각으로 해석하는 길을 모색해 볼 필요가 있다. 요컨대 서사기록의 사실 여부·진위 여부를 판별하는 작업이 아니라 그 기록의 '함의'를 나름대로 찾아보자는 것이다.

결론부터 말하자면 백제가 31대 의자왕(義慈王, 641~660년 재위)대에 망하기 직전 마지막으로 누린 화려한 국운, 바로 이것을 드러내자는 의도가 〈무왕〉 조 서사기록의 함의와 주제에 설정되어 있다고 해석한다. 두 나라 사이의 첨예한 대립과 치열한 전쟁, 이와 같은 현실적인 상태를 역설적으로 선린우호의 관계로 바꿔 놓은 점에 유의할 필요가 있다. 극과 극은 통하는 법이거니와 〈무

문과학연구소, 1972, 38면; 사재동, 〈'서동설화' 연구〉, 장암 지헌영선생 화갑기념논총 간행위원회 편, 《장암 池憲英선생 화갑기념논총》, 1971; 〈武康王傳說의 연구〉, 《百濟硏究》 5, 충남대학교 백제연구소, 1974; 이병도, 〈서동 설화에 대한 신고찰〉, 《역사학보》 1집, 역사학회, 1952, 305~306면.

10) 정민, 〈서동과 선화, 미륵 세상을 꿈꾸다〉, 《불국토를 꿈꾼 그들》, 문학의문학, 2012, 70~103면.

왕〉 조는 시종 서동, 곧 무왕에게 무게 중심을 두고 기술되어 있다. 의도한 바대로 선화공주를 취한 것, 백제로 귀환하여 왕이 된 것, 금덩어리를 신라로 보내어 환심을 산 것 등 마치 전쟁에서 이긴 장수같이 묘사되어 있다. 그와는 달리 신라의 진평왕은 공주인 딸을 백제 총각에게 빼앗긴 임금, 차후 무왕을 기꺼이 사위로 인정한 임금, 그런 자취 이외 다른 움직임이 전혀 보이지 않아서 존재감이 극히 미약한 인물로 묘사되어 있다.

이렇듯 신라의 군주보다 우월한 백제의 용기 있고 역동적인 임금을 내세워서 황금시기를 통해 정서적으로 만족을 느끼도록 하고, 신라는 결과적으로 평화의 무드를 수용하는 데 근본 취지가 있다고 본다. 신라와 견원지간犬猿之間이던 두 나라의 관계를 인륜지대사라는 혼인, 그것도 개인 차원이 아닌 국혼이라는 엄청나게 큰 '사건'을 통해 평화를 구가토록 한 데 이 서사기록의 핵심이 있고 속뜻이 숨어 있다는 말이다.

만약 정민의 연구가 정설로 굳어진다면 〈무왕〉 조의 서사기록은 정사正史를 설화식으로 풀어낸 것이 된다.

4. 〈혜성가〉와 무화無化의 기법

낭승郎僧인 융천사融天師가 지은 〈혜성가〉는 사실적 진실을 허위적인 진실로 바꿔서 상서롭지 못한 일을 물리친 노래다.

예전 동해 물가 건달파(乾達婆, 신기루)가 놀던 성城을 바라보며
왜군倭軍이 왔다고
봉화를 든 변방邊方이 있어라

세 화랑의 산 구경 오심을 듣고
달도 부지런히 등불을 켤 때에
(그) 길을 쓰는 별을 보고
혜성彗星이여 사뢴 사람이 있어라
아으 달은 저 아래 떠갔더라
이 보아 무슨 혜성이 있을꼬

고대인은 혜성이 나타나면 전쟁이나 천재天災가 일어난다고 믿었다. 그런 혜성이 거열랑居烈郎 등 세 화랑이 풍악에 유람차 떠나려 할 즈음에 나타나서 국왕을 상징하는 심대성(心大星, 星界의 중심이 되는 별)을 범하는 매우 불길한 일이 일어났다. 이에 세 화랑은 하늘에 나타난 이 현상이 왜군의 내침을 알리는 것으로 판단하고 곧바로 풍악행을 멈춘다. 이어서 화랑단의 정신적 지도자이며 각종 의식의 집행자였던 융천사는 흉조의 상징인 혜성을 사라지게 하고 왜군도 싸우지 않고 물리치고자[無戰而退之] 이 노래 〈혜성가〉를 지어서 불렀다. 서사기록의 여기까지가 실제로 일어났던 현실적 진실이다.

그런데 융천사는 그의 노래에서 하늘과 지상에서 일어나고 있는 모든 것을 과거의 일로 규정하고 단호한 어조로 부인해 버린다. 왜병이 온다고 봉화를 올린 일은 신기루[乾達婆]를 잘못 본 것이며, 혜성은 세 화랑이 풍악으로 갈 길을 쓰는 고마운 별을 착각한 것이라고 하면서 "무슨 혜성이 있느냐"라고 반문하는 것으로 노래의 마무리를 짓는다.

무화無化의 어법, 이것이 바로 이 노래를 지배하고 있는 허위적 진실의 기법이다. 거기에 주술성도 가미되어서 혜성이 소멸될 뿐만 아니라 왜군도 물러나게 하는 효과를 거둔다. 이 무화의 기법은 천수백 년 이후, 근·현대에 이르러 한용운韓龍雲의 《님의 침묵》에서 탐스럽게 꽃을 피우고 열매를 맺는다. 이 시집의 표제작을 비롯하여 시 여러 편에서 시인은 임의 부재不在를 무화시킨다. 그 결과로 〈혜성가〉에서 왜군이 퇴각된 것처럼 장기간에 걸친 일제의 식민지 탄압은 종식된다. 허위적 진실로 치환시키고 무화시킨 노래의 위력이 후대에 재현된 셈이다. 융천사와 한용운과의 수수 관계를 전혀 고려하지 않고 시사적으로 맥락을 연결하자면 그렇다. 두 사람 똑같이 왜(일본)를 상대로 노래(시)를 읊었다는 점이 매우 인상적이다.

성괴星怪와 왜병의 침입을 노래로 다스렸으니 〈혜성가〉는 치리가 계열에 속하는 향가다. 노래로써 눈앞에 닥친 위기를 해결코자 한 실효성이 이 〈혜성가〉에서 반영되었다는 시사적인 의미도 중시하지 않을 수 없다.

이 장을 끝내면서 몇 마디를 남긴다. 살펴본 바와 같이 〈송사다함가〉·〈혜성가〉 등은 여러 면에 걸쳐서 흠잡을 데가 거의 없는 똑 떨어진 노래라고 할 만하다. 이 점을 재확인하면서 그렇다면 이들 현전 초기 노래가 창작된 6세기 이전 가사부전의 향가는 그 내용과 형식 등의 수준이 어땠는지를 헤아려 보아야 한다. 한마디로, 이미 예사롭지 않은 경지에까지 도달해 있었다고 사료된다. 그렇지 않고서야 후대에 〈송사다함가〉·〈혜성가〉 같은 수작이 돌연 나올 수 없기 때문이다. 따라서 현전 초기 작품은 그 자체의 문학성뿐만 아니라 공백으로 남아 있는 그 이전 수백 년 동안의 신라시가의 작품적인 성취도가 어느 정도였는지를 가늠케 하는 시사적詩史的인 의미도 함께 보유하고 있다.

또 다른 하나를 들자면 일반적으로 남녀 사이의 사랑을 노래한 시가는 고려 속요에 최초로 집중되어 나타나며, 그 이후 시조·가사 등의 장르에 이어진다고 알려져 있다. 최초의 시가 장르인 향가(일전향가 포함)에는 거의 없는 것으로 인식되어 왔다. 그러나 이러한 인식이 잘못된 것임은 〈송사다함가〉와 〈천관원사〉의 존재로 분명하게 확인할 수 있다. 인간의 삶, 특히 본성에 해당하는 애정 문제는 시대를 초월하고 사회상과 관계없이 실현되는 특질을 지니고 있다. 신라시대라고 다를 바 없다. 많은 애정가요가 있었을 터인데 전해 오지 않을 뿐이다.[11]

---

11) 황패강, 《향가문학의 이론과 해석》, 일지사, 2001, 88~89면. 그도 이런 사실을 지적하면서 향가가 실려 있는 《삼국유사》와 《균여전》이 전문 가집·악서가 아니고 야사·승전僧傳·서민교화의 책이었기 때문에 남녀상열의 노래가 등재될 확률이 거의 없었다고 하였다.

제4장 초기 향가의 맥脈을 이은 작품들

1. 〈풍요〉의 긴 수명

〈서동요〉·〈혜성가〉 등에 이어 27대 선덕여왕(善德女王, 632~647 년 재위) 때에 민요계 향가인 〈풍요風謠〉가 나왔다. 시간적인 간격 이 크지 않으므로 초기 향가군에 포함된다. 그럼에도 이 노래와 그 뒤를 잇는 〈원왕생가〉·〈헌화가〉를 하나로 묶어서 앞의 〈서동 요〉·〈혜성가〉와 장章을 달리하는 까닭은 다섯 편을 한꺼번에 살 피는 것이 벅차기 때문에 서술의 편의에 따라 갈라 놓은 것일 뿐, 다른 의미는 없다.

〈풍요〉는 신이神異한 승려로 널리 알려진 양지良志가 영묘사靈 廟寺 장육존상丈六尊像을 소조塑造할 때 온 성안의 남녀들이 그를 도와 진흙을 나르며 부른 노래다. 누가 지었는지는 알 수 없다. 불사佛事에 참여한 사녀士女 가운데 어느 누군가가 즉흥적으로 부 른 노래일 듯하나, 그보다는 그 이전부터 사찰에서 구전되어 오 던 공덕가功德歌일 가능성이 좀 더 높다고 헤아려진다. 이 점은 바로 이 아래에 나오는 일연 시대까지의 장구한 전승 과정을 초 기 시대에도 적용해서 추정해 본 것이다. 입으로 전해 오다가 그 이후 어느 시기인가에 향찰문자로 정착되었을 것이다.

> 오다 오다 오다
> 오다 서럽더라
> 서럽더라 우리들이여
> 공덕 닦으러 오다

2·3행에 '서럽더라'가 거듭 나오기 때문에 현세에서 슬픈 삶을 살아가는 중생들이 피안의 평안을 꿈꾸며 공덕을 닦고자 부른 노래라고 정의를 내릴 수 있다. 이러한 해석은 원론적인 차원에서 술회한 진술일 수도 있다. 불교의 관점에서 볼 때 신분고하, 계층 여하, 부귀빈곤 여부를 떠나 모든 중생의 인생살이는 고되고 서럽기 때문에 나온 풀이다. 이와 달리, 양지의 불사에 기꺼이 참여한 남녀들이 공덕가를 가창하기 훨씬 오래전, 힘든 노역에 동원된 양민이나 천민들이 삶이 너무나 힘들어서 서러움에 겨워 부른 예사롭지 않은 노래일 가능성도 있다. 전쟁이 계속 이어져 온 시기의 서민들의 지치고 피곤한 삶을 생각하면 그렇다.

〈풍요〉가 공덕가와 노동요가 혼합된 형태였음은 서사기록이 말해주고 있거니와 일연은 "지금도(일연이 살던 시대) 그곳 사람들이 방아를 찧거나 무엇을 다지거나 할 때면 모두 (이 노래를) 부른다"고 덧붙여 놓았다. 그가 살던 시대인 고려 충렬왕 때까지 이 민요체 향가가 전해졌다는 것과, 주로 사찰 경내에서 가창되던 노래가 불사와는 관계 없는 방아 찧기 등에 노동요로 활용되었다는 사실도 밝혀 놓고 있다.

신라시대를 뛰어넘어 왕조가 바뀐 고려 중기 이후까지 긴 세월 동안 용도를 바꿔 가며 수명을 이어왔음이 기록으로 입증되는 예는 이 〈풍요〉가 유일한 작품이다. 이런 사실을 향가사鄕歌史에 남겨야 할 것이다.

그렇게 오랜 세월 동안 불린 가장 중요한 요인은 그것이 노동요로 활용되었기 때문이었으리라. 그렇다면 일연 이후에도 그 지역에서는 계속 노동요로 사용되었을 확률이 매우 높다.

2. 〈원왕생가〉의 특별한 세계

광덕廣德이 지은 〈원왕생가願往生歌〉는 〈풍요〉의 시대로부터 수삼십 년쯤 지난 30대 문무왕(文武王, 661~681년 재위) 때의 노래다. 삼국이 정립하여 서로 싸운 지 몇백 년 — 마침내 신라에 의해서 통일 과업이 완수되던 바로 그 어름에 이 노래는 지어졌다. 두루 알고 있는 사실을 여기에서 새삼 강조하자면 《삼국유사》 소재 모든 향가는 서사기록과 함께 전해 온다. 이 점이 아주 특별한 전승 방식이라 하겠는데 이 또한 향가의 역사에 꼭 기록으로 남겨둬야 할 대목이다.[12] 서사기록은 이 노래를 비롯한 향가 해석에 큰 도움이 될 뿐만 아니라 나아가 때론 작품보다 그 기록이 더 관심을 끄는 경우가 많다.

〈원왕생가〉의 서사기록은 드라마틱한 반전이 있다. 사문沙門인 광덕과 엄장은 좋은 벗으로 힘써 수도하여 극락[安養]에 가기로 다짐한다. 이에 광덕은 직업으로 신 삼는 일을 하면서 수도생활에 전념한다. 심지어 아내와 십여 년을 살면서 한 번도 잠자리를 같이하지 않고 오로지 왕생극락하기만을 염원한 결과 이윽고 서방정토에 가기에 이른다. 신앙의 벗인 광덕이 먼저 저세상으로 간 것을 안 농사꾼 엄장은 죽은 이의 집에 가서 고인의 처와 함께 장사를 지낸 뒤, 그녀에게 부부로 살자고 한다. 과부가 된 여인은 쾌히 그 뜻을 받아들인다. 그리하여 그날 밤 엄장은 자신의 아내가 된 광덕의 처와 정을 통하려 시도한다. 이에 분황사의 사

---

12) 향가의 서사기록에 관해서 필자는 여러 번 견해를 피력한 바 있다. 그 가운데 졸저, 《신라가요의 연구》, 열화당, 1982, 15~19면; 《향가여요 종횡론》, 보고사, 2014, 179~192면에서 비교적 상론하였다.

비寺婢이지만 본시 관음보살 십구응신十九應身의 하나인 그녀는 정
색을 하며 원래 모습인 보살로 돌아가 엄장을 향해 일장 훈시를
한다.13) 옛 남편인 광덕은 살아 있을 때 오로지 안양에 태어나기
만을 기원하며 십여 년을 함께 살면서도 한 번도 잠자리를 같이
한 적이 없이 무구無垢한 삶을 살았다고 말하자, 엄장은 부끄러워
그곳에서 물러나 원효대사元曉大師를 찾아간다. 대사에게서 쟁관법
錚灌法을 받은 엄장은 성심을 다하여 수도생활을 한 끝에 그 또한
극락세계에 갔다. 이것이 반전反轉의 묘妙를 읽을 수 있는 〈광덕
엄장〉 조의 줄거리인데, 어찌 보면 잘못을 뉘우친 뒤 한마음으로
수행에 전심한 엄장의 고행이 더욱 돋보인다고 할 수 있다. 광덕
이 지은 〈원왕생가〉는 아래와 같다.

> 달아 이제
> 서방까지 가시겠습니까
> 무량수불전에
> 일러다가 사뢰소서
> 다짐〔誓〕 깊으신 존尊을 우러러
> 두 손 모두와

---

13) 조동일趙東一, 《한국문학통사》 1(3판), 지식산업사, 1994, 174면. 그는 광덕의
   처에 관한 이 대목을 쓰인〔文面〕 대로 읽는 길 외에 관점을 바꿔서 그녀가 원
   래 종노릇 하는 천한 신분이지만 불도를 닦아 높은 경지에 오르면 관음보살
   일 수 있다는 생각의 표현으로도 볼 수 있다고 하였다. 이처럼 뒤집어서 해
   독하거나 문면의 내용을 곧이곧대로 수용하지 않고 다른 관점과 각도에서 풀
   이할 수 있는 예가 다른 향가의 서사기록에도 몇 있거나 있을 수 있다. 한
   예로 〈원가〉에서 34대 효성왕이 등극한 뒤 신충과의 금석 같은 약속을 깜박
   잊고 그를 등용치 않았다는 것을 들 수 있다. 전혀 믿을 수 없는 기록이므로
   재해석해야 마땅하다.

원왕생願往生 원왕생願往生
그릴 사람 있다고 사뢰소서
아으 이 몸 남겨 두고
사십팔대원四十八大願 이룰 수 있을까

열 줄에 담겨 있는 작자의 비원이 곡진하다 못해 처연하기까
지 하다. 광덕의 처가 술회한 바에 따르면 고인은 살아 있을 때
"밤마다 몸을 단정히 하고 아미타불만 생각하거나 밝은 달빛이
방 안에 들어오면 때로는 그 빛에 올라 정좌하고 오로지 왕생극
락하기만을 기원하였다"고 하였다. 이로 보아 단언컨대 〈원왕생
가〉는 달빛이 방 안에 가득 차던 어느 날 밤에 광덕이 지은 노래
다. 작품의 시작을 "달아 이제……"로 운을 뗀 점을 떠올리면 쉽
게 알 수 있다.

이런 〈원왕생가〉를 어떻게 이해하여야 옳을까. 요컨대 "별스럽
고 기이한 스님의 특별한 불가佛歌"라고 규정함이 마땅할 것이다.
속인의 입장에서뿐만 아니라 스님의 처지에서 접근해도 그렇다.
그처럼 희한한 노래요 기이한 작자의 삶이기 때문에 그 희소성을
인정하여 일연이 그의 책에 올렸으리라고 본다. 어떤 면에서 별
스러운가.

왕생극락하려고 십여 년을 아내와 살면서 한 번도 동침하지
않았다는 사실이 별스럽다. 그의 이와 같은 청결한 수도생활 때
문에 여러모로 보아 전혀 문젯거리조차 되지 않는 엄장의 행위가
여기서는 추잡한 짓으로 몰려서 매도의 대상이 되고 말았다.

별스러운 국면은 또 있다. 〈원왕생가〉와 그 서사기록에 투영된
그의 삶은 '살기 위한 삶'이 아니라 '죽기를 갈망하는 삶'이었다.

'왕생'의 근본 취지는 속세에서의 생활을 다 마친 연후에, 곧 천수를 다한 뒤에 극락에 태어나기를 바라는 것이리라. 그렇게 명대로 사는 동안 열심히 아미타불을 염원하면 사후에 좋은 세상에 태어나리라고 굳게 믿는 것이 곧 염불왕생원의 근본 취지이리라.

그런데 광덕의 '원왕생'은 예의 수준을 훨씬 능가한 신앙이었다. 죽기 위한 삶, 삶의 시간을 하루라도 줄이는 대신 죽음은 한시라도 앞당겨서 맞이하기를 열망한 삶, 이것이 바로 그가 살았던 별스럽고 기이한 삶이었다. 그런 식의 삶이 고스란히 투영된 노래가 바로 〈원왕생가〉이거니와 이를 뒤집어서 제목을 바꾼다면 〈원사가願死歌〉라고 지칭하면 마땅할 것이다.

작자는 작품의 결말에서 "아으 이 몸 남겨두고 / 사십팔대원 이룰 수 있을까"라고 묻는다. 이 언사는 한마디로 말하자면 아미타불을 궁지에 몰아세운 공략이라 할 수 있는 것이다. 무례·방자한 항변이다. 이런 식의 극단의 말까지 토해 내면서 광덕은 원사願死 — 원왕願往을 한결같이 염원하였다. 이렇게까지 별스러운 삶과 노래가 선시禪詩 이외 우리말과 글로 된 역대 시가 가운데 과연 얼마나 있는지 우리는 알지 못한다.

이 노래의 읽기를 마치면서 다음의 두 가지를 적어 놓기로 한다. 원효의 〈무애가無碍歌〉 또한 이 시대의 노래였다. 파계한 원효가 소성거사小姓居士라고 자칭하며 속인 행세를 할 때, 광대들이 큰 바가지를 들고 춤추며 노는 모습을 보고 《화엄경》의 "일체 걸림이 없는 사람은 단번에 생사를 벗어난다(一切無碍人一道出生死)"를 떠올리고서는 노래를 지어서 널리 퍼뜨렸다. 물론 〈원왕생가〉와 모든 면에서 다른 노래이지만 그 또한 대단히 별스럽고 기이한 점에서는 서로 같다고 볼 수 있다. 불교가 유입되어서 일정한 세월이 지나자 특이한 사례가 점차 드러났다는 점에 유의할 필요가 있을 것이다. 또 하나는 〈원왕생가〉인즉 제대로 격식을 갖춘 최초의 불가계 향가라는 점, 그리고 위에서 살펴본 바와 같이 배경 면에서 '소설적 요소'가 적잖게 가미된 노래라는 점이다.

3. 〈헌화가〉 ― '신라 미美의 화신'을 향한 짝사랑의 노래

〈헌화가獻花歌〉는 8세기 초 33대 성덕왕 때 소를 몰고 가던 어떤 노인〔牽牛老翁〕이 부른 4행체 향가다. 〈수로부인水路夫人〉 조에 서사기록과 함께 노래가 실려 있다. 향가 가운데 〈처용가〉와 함께 일반인에게 가장 널리 알려진 노래다. 그 때문에 강릉태수로 제수된 순정공純貞公, 그의 아내인 수로부인, 이 노래의 임자인 견우노옹의 이름 등을 나열하는 것만으로도 서사기록의 줄거리를 파악하는 데 어려움이 없다.

> 자줏빛 바위 끝에
> 잡으온 암소 놓게 하시고
> 나를 아니 부끄러워하시면
> 꽃을 꺾어 바치오리다

이것저것 따지지 않고 깊은 생각 없이 읽으면 일견 시적인 울림이라고는 거의 느낄 수 없는 그저 그런 노래에 지나지 않는다. 후덕한 마음씨를 지니고 있는 촌로村老가 어느 여인에게 꽃을 꺾어 바치기에 앞서 부른 친절한 노래쯤으로 인식하기 쉬운 범상한 작품이라는 뜻이다. 그러나 서사기록에 숨어있는 함의에 유념하여 숙독하면 〈헌화가〉로 알려진 이 노래가 단순히 꽃만 바치는 것으로 끝나는 그런 평범한 향가가 아니라는 사실을 깨닫게 된다. 그렇다고 엄청나게 신비스럽거나 인간 세계의 경계를 뛰어넘는 그런 노래로 받아들인다면 그것 또한 빗나간 해석이라고 하겠다. 이 양 극단을 배제하고 보편적인 판단력을 유지하면서 읽을 때 〈헌화가〉는 그 본모습을 드러낸다.

문제의 핵심은 견우노옹을 어떤 존재로 파악하느냐에 있다. 그 영감을 신비스러운 인물로 여기는 학계 인사들은 그가 소를 끌고 있었으니 불가에서 말하는 목우자牧牛子, 곧 선승禪僧이나 보살로 보아야 마땅하다고 주장한다. 그런 존재이기 때문에 이타행利他行의 심정으로 젊은 시종들조차 엄두를 못 낸 어려운 일〔難事〕을 기꺼이 해냈다고 말한다. 그처럼 보통 사람이 아닌 까닭에 "어느 곳 사람인지 알 수 없다〔不知何許人〕"는 문구로 수식해 놓았다고 덧붙이고 있다.

과연 그런 식으로 채색하여도 될까. 그렇듯 '사람 냄새'를 털어내고 신령스럽게 풀이하여도 괜찮을까. 문제 풀이의 가장 핵심이 되는 소는 농부와도 직결된다. 추상적·관념적으로 불교의 '십우十牛'에 꿰맞출 일이 아니다. 또 그 영감이 석벽(천 길 높이 운운한 것은 매우 높다는 사실의 과장법으로 정작 '천 길'이 아님)에 오를 수 있었던 것은 그 지역에서 태어나 늙도록 오래 살고 있는 사람이므로 외지인들은 모르는 인근 지형과 지름길에 밝았기 때문이다. "不知何許人"은 도연명도 그 자신을 짐짓 초세적인 인물로 표현하고자 그렇게 수식한 문구다. 신비스런 존재에게만 쓰는 관용구가 아니다. 자비 운운하나, 관음보살의 은덕이 실현된 희명希明의 〈도천수대비가禱千手大悲歌〉를 놓고 그런 주장을 펴면 충분히 납득할 수 있겠지만 우연찮게 만난 어느 미모의 귀부인이 누리고 싶어하는 고상한 탐미심耽美心을 충족시켜 주기 위한 행위를 불교의 고귀한 자비와 연관시키는 것은 정말 설득력이 없다고 단언한다.

요컨대 견우노옹은 그냥 선한 농부에 지나지 않은 영감이었다. 이렇게 규정해 놓고 그때 순정공 일행이 잠시 머물렀던 산 아래 장소에서 있었던 일을 짚어보아야 한다. '자용절대姿容絶代'의 귀부인과 조우하던 순간, 노옹은 그녀의 아름다움에 그만 황홀경에 빠진 나머지 나이도 잊은 채 마음이 흔들렸을 것이다. 그리고 수로부인이 원하는 바를 자신이 풀어 주리라고 작정하였을 것이다. 예나 이제나 남자들은 미모의 여인을 보면 갑자기 친절해지고, 경우에 따라서는 마음속으로 '짝사랑'의 심정에 빠지거니와 그때 그 노옹도 바로 그런 정신 상태에 몰입해 있었을 것이리라. 〈헌화가〉는 그런 마음이 흔들리는 상태에서 즉흥적으로 토출된 짝사랑의 노래라고 사료된다.

왜 '사랑 노래'가 아니고 '짝사랑의 노래'일까. 주변에 순정공을 비롯하여 일행들이 지켜보고 있는 상황인데 어떻게 진심을 드러낼 수 있었겠는가. 석벽에 올라가서 꽃을 꺾어 오겠다는 의사 표시만으로도 노옹은 자신의 울렁이는 심정을 얼마쯤 내비쳤다고 치부하였을 것이다. 무엇보다도 '노래를 지은 수작 그 자체'가 사랑의 은유적인 표현이라고 해석하여도 좋다. 〈헌화가〉의 미덕은 바로 이런 점에 있다.

이 〈헌화가〉 절을 시작하면서 필자는 일차 이 노래의 수준을 높이 평가하지 않았다. 그러나 세독細讀하면 그렇듯 가볍게 보아넘길 그런 노래만도 아님을 알 수 있다. '자줏빛 바위 끝에 잠시

매어 놓은 암소'라는 이 대목에서 자연 속에 다시 설정되는 자연의 아름다운 풍경[美景]을 볼 수 있고, 3행의 "나를 아니 부끄러워하시면"의 능청스런 말씨 속에서 우리는 늙은 영감의 엉큼한 속내를 들여다 볼 수 있어서 읽는 기분이 썩 좋다고 하겠다.

수로부인은 견우노옹이 혹한 그 미모 때문에 이번에는 〈헌화가〉의 경우와는 다른 어려움을 겪는다. 〈헌화가〉의 장소에서 강릉을 향해 출발한 지 이틀이 지나자 갑자기 동해 용이 나타나 부인을 끌고 바다로 들어가는 사건이 발생한다. 이에 순정공 일행이 당황하고 있는 사이에 한 노인이 나타나 경내의 백성들을 불러 모아 함께 노래를 부르며 몽둥이로 언덕을 두드리자 용이 바다에서 부인을 데리고 나와 바친다. 그때 부른 일전향가가 〈구지가龜旨歌〉를 이어받은 〈해가海歌〉임은 두루 알고 있는 바다.

수로부인이 납치된 사건은 무엇을 말하는 것이며 또 이 〈해가〉는 어떤 노래인지를 밝힌 여러 학설 가운데서 둘을 소개하면, 첫째, 용은 강릉 및 그 주변 일대를 장악하고 있던 유력한 지방 토호 세력이며 그들에게 중앙에서 내려온 태수의 아낙이 납치되었다. 그때까지 토호 세력의 장중掌中에 있으면서 고통을 겪던 민중들이 그들의 장로 격인 노인의 극적인 등장과 선도에 따라 이윽고 토호의 횡포를 물리치고 정통성이 있는 중앙 세력을 맞이하고자 했다. 이때 부른 노래라는 것이다. 둘째, 순정공은 성덕왕이 강릉 지방을 대상으로 왕권강화와 화엄華嚴 만다라의 세계관을 확장시키고자 정책적으로 임명한 세력이다. 용을 불교에 귀의하지 않은 재래 토착 신앙 세력으로 해석하여, 재래 신앙 세력이 화엄으로 상징되는 중앙의 불교 세력에 맞서다가 여론에 밀려 패퇴한 사건을 설화식으로 구성해 놓은 것이라는 설이 다른

하나다.14)

이 가운데 어느 것이 정설에 가까운 것인지 판단하기 쉽지 않다. 위 견해 말고도 수로부인이 실족하여 바다에 빠져서 익사하기 직전에 구출된 일을 이야기체로 흥미롭게 꾸며 낸 것이라는 설을 비롯하여 다른 여러 가지 주장까지 포함한다면 선택의 어려움은 더욱 증폭된다. 사정이 이처럼 만만하지 않은지라 이 〈해가〉에 대해서는 어느 하나의 학설로 결론을 삼지 않고 대표적인 위 두 견해를 제시해 놓고 독자의 선택에 일임키로 한다. 이렇게 일단 처리하면서 한마디 덧붙이자면 단순한 노래를 왜 이렇듯 정치적으로 분칠을 하는지 이해하기 어렵다는 점이다.

이보다도 〈수로부인〉 조에서 필자가 각별히 유의코자 하는 것은 〈헌화가〉와 〈해가〉를 거느리고 있는 이 조목의 핵심적인 화두는 '신라를 대표하는 여인의 미'를 부각시켜 놓은 데 있다는 점이다. '자용절대'라는 수식어는 괜히 나온 말이 아니다. 곰곰이 생각해 보면 답이 나온다. 〈헌화가〉에서 시작하여 〈해가〉에 이르기까지 여러 인물이 등장하나 초점은 수로부인에게 맞춰져 있다. 이렇다 할 움직임이 없는데도 그녀는 시종 중심적인 인물로 대우를 받고 있다. 조명條名도 〈수로부인〉이다. 아주 간단하다. 그녀가 주인공임을 확실하게 말해 주고 있는 것이다. 예를 하나 들어 보자. 〈해가〉의 경우 위에서 인용한 두 가지 학설의 어느 것을 취하든 동해 용이 납치해야 할 대상은 단연 강릉태수가 되어 부임하는 순정공이다. 그래야 말이 된다. 그럼에도 용은 수로부인을 택하였다. 인질로 납치해 갔다고 주장하면 너무 꾸며 낸 소설과 같다.

---

14) 이도흠, 〈헌화가의 문화사회학적 시학〉, 《한양어문연구》 10집, 한양어문학회, 1992.

〈헌화가〉이후 계속해서 그녀는 자신의 의사와는 무관하게 주인
공으로 기능하고 있는데 왜일까. 한마디로 말하여 미색이요 아름
다움 때문이다. 그 아름다움이 신라의 미를 대표하는 것이라는
사실을 강조하기 위해서 일연은 '절대絶對'라 하지 않고 '절대絶代'
라고 하였다. 어느 한 시대에 국한하지 않고, 특정 시대를 뛰어넘
어 신라 왕조 전 시대에 걸쳐 그만한 미색은 없다는 뜻으로 그는
그렇게 표현하였다.

　필자의 관점에서 마무리를 짓는다. 〈헌화가〉·〈해가〉를 담고 있
는 〈수로부인〉 조는 '신라 여인의 미'를 드러내기 위해서 설정된
조목이다. 거기에 견우노옹과 동해 용이 이를테면 조연 역할을
하면서 서사기록의 효과를 극대화하며 기능하고 있다. 서사기록
을 어떻게 해석하든 조목의 핵심은 바로 거기에 놓여 있다. 그녀
의 용모와 자색이 절대가인이어서 깊은 산이나 큰 못을 지날 때
마다 여러 번 신에게 잡혔다고 기록은 전한다. 더 할 말이 없을
것이다. 이런 점에서 〈헌화가〉·〈해가〉는 향가문학사에서 낭만적
이면서 로맨틱한 작품으로 남아 있다.

　이 장을 쓰고 난 뒤에 머릿속에 남아 있는 편린을 정리해 놓
는다.

　불교가 신라 왕실에서 공인된 때는 23대 법흥왕(法興王, 514~54
0년 재위) 14년 서기 527년이었다. 그때로부터 110~120년쯤 뒤에
〈풍요〉가, 140~150년가량의 시간이 경과된 시기에 〈원왕생가〉가
빛을 보았다. 깊은 탐구 없이도 대충 더듬어 보건대 석교釋敎가
신라에 유입된 지 백수십 년이 되었다면 착근着根과 성장기를 넘
어 원숙의 초입에 진입해 있었다고 보아야 한다. 본론에서 잠깐

거론한 원효대사가 이 시대의 고승이었던 사실까지를 떠올리면 쉽게 이해할 수 있다. 어디 원효뿐이랴. 의상대사義湘大師 또한 동시대의 대덕이었음을 상기하면 그때 신라 불교의 깊이와 폭을 짐작하는 데 어려움이 없다.

왜 이런 얘기를 하는가 하면, 앞에서 비슷한 말을 한 바와 같이 〈풍요〉나 〈원왕생가〉가 그냥 쉽게, 우연찮게 나온 노래가 아니라는 점을 다시 말하기 위해서다. 사회적 환경과 신라인들의 신앙의 연조와 열의가 엔간히 차고 넘쳤기 때문에 이런 노래가 생산되었다고 보는 것이다. 〈풍요〉에서 읽을 수 있는 삶의 서러움을 미련스럽게 참고 견뎌 내려고 애쓰지 않고 공덕 닦는 일로 치환시킨 지혜에서 우리는 신라 불교가 백수십 년 동안 쌓아 온 내공을 만나게 된다.

〈원왕생가〉는 본론에서도 놀라움을 표한 바 있듯이 아주 특수한 기원가이거니와 그 바탕에 관류하고 있는 삶에 대한 거부감이 그처럼 심하다는 점에 새삼 놀라움을 느낀다. 서방정토를 그렇듯 광적으로 열망한 것은 결국 생을 부인한 것이 아닌가. 이보다는 훨씬 농도가 얕지만 어쨌거나 〈풍요〉도 인생사·세상사에 지쳐서 속세 밖의 세계를 꿈꾼 것임을 함께 감안한다면 그 시대인즉 불교 신앙의 난숙기이긴 하되 다른 한편으로는 세속에 대한 회의와 실망, 나아가 죽음에 대한 극단적인 관심을 가능케도 한 시대였다고 정리할 수 있다. 그만큼 피곤한 시대였다는 뜻이다. 극히 한둘의 예에 불과하지만 종교를 포함한 문화가 상징하는 바는 '시대상'에까지 파급된다. 삶에 더 애착을 두고 살아가는 속인의 처지에서는 이런 노래에 애착을 느끼지 못했을 것이다. 외려 중압감과 거리감에 부담이 컸을 것이라고 짐작한다.

이와 관련하여 또 다른 소견을 피력한다면 왜 이때에 불찬가·전도가처럼 기본이 되는 불가가 창작되지 않았을까 하는 궁금증이다. 후대 〈보현십원가〉류의 불경 번해는 이를 향찰로 만들어낼 번안 실력이 갖추어져 있지 않은 시대였고, 거기에다 교단敎團의 중론인즉 그런 발상 자체를 불경스러운 것으로 여기던 때였을 것으로 짐작하는 터라 기대조차 할 수 없다고 치부하자. 하지만 개인 차원의 특수한 기원가인 〈원왕생가〉가 생산될 수 있는 환경이라면 외려 그보다 앞서 불찬가·전도가 등이 당연히 양산되어야 마땅하다는 것이 필자의 지론이다. 여러 편 창작되었으나 아깝게도 일실되었을 확률이 높다는 쪽으로 생각을 굳힌다.

〈헌화가〉는 아무리 봐도 명품이다. 특별나지 않기 때문에 그렇다. 범상한 듯하되 범상하지 않은 노래, 짝사랑이든 진짜 사랑이든 이런 식의 언술은 후대 어느 시가 장르의 연가戀歌에서도 찾기가 쉽지 않을 것이다. 시사詩史의 맥락에서 살필 때 그렇다. 시골 영감의 기막힌 변죽 울리기, 에둘러 진술하기, 함의가 있으면서도 마치 뜻이 없는 양 내숭을 떨며 말 걸기…… 등이 잔잔한 울림과 여운에 사로잡히게 한다.

제5장 통삼統三 직후의 시대상과 관련된 작품들

1. 〈모죽지랑가〉의 비창悲愴과 지절志節

신라가 삼국통일[統三]의 대업을 완수한 직후인 7세기 말 32대 효소왕(孝昭王, 692~702년 재위) 대에 이르자 화랑단에 속해 있는 인물이 지은 향가가 등장한다. 〈혜성가〉로부터 약 1세기쯤 지난 시점에, 낭도인 득오得烏가 전자와는 내용이 다른 노래, 곧 자신의 상관인 죽지랑을 찬모한 〈모죽지랑가慕竹旨郞歌〉를 짓는다. 죽지랑은 김유신과 더불어 삼국통일의 영웅이며 28대 진덕여왕(眞德女王, 647~654년 재위) 이후 31대 신문왕(神文王, 681~692년 재위) 대까지 4대에 걸쳐 중시(中侍, 후에 侍中으로 개칭, 후대의 정승 격) 직을 역임한 화랑 출신 거물 관료였다. 《삼국사기》에 그의 행적이 기록되어 있는데 향가와 관련된 인물 가운데 정사에 죽지랑만큼 그 일생의 중요한 대목이 드러난 예는 없다.

> 간 봄 그리매
> 모든 것이 울 이 시름
> 아름다움 나타내신
> 얼굴 주름살을 지니려 합니다
> 눈 돌이킬 사이에나마
> 만나 뵙도록 (기회를) 지으리
> 낭이여 (임을) 그리워하는 마음의 길
> 다북쑥 우거진 구렁텅이에 잘 밤 있으리

언사와 내용 양면에 걸쳐 뛰어난 세련미와 서정성을 유지하고 있어서 8행 형식의 독창적인 미학을 충분히 발휘하고 있다. 10행체가 아님에도 나무랄 데가 없는 똑 떨어진 노래라 하겠다.

〈모죽지랑가〉는 일별一瞥하는 것만으로도 구슬픈 노래라는 점을 알 수 있다. 이 말은 작자인 득오가 그의 노래에서 그려 놓은 화랑은 노쇠하여 기력이 빠진 인물, 시적 화자로 하여금 울음을 자아내게 하는 낙척落拓의 인물, 용맹함과 당당함을 전혀 찾아볼 수 없는 인물, 그리하여 전성기의 화랑과는 거리가 먼 실세失勢의 인물이라는 말과 통한다.

왜 이런 비창悲愴한 노래가 나왔을까. 통삼 이후 시대가 바뀌면서 전쟁이 없는 평화시대가 되니 왕년에 이름을 떨치던 화랑의 행색도 초라하게 변할 수밖에 없었고, 노래 또한 구성진 가락으로 일관할 수밖에 없었기 때문이라고 판단한다.

삼국이 정립하며 싸우던 시대의 전사戰士들의 모습과 그들을 기린 노래의 서사기록은 이와는 달랐다고 추정한다. 그것을 우리는 두 편의 일전향가에서 읽을 수 있다. 진평왕 대의 〈해론가奚論歌〉는 백제와의 전쟁에서 용감하게 싸우다가 장렬하게 전사한 해론과 그의 부친 찬덕贊德을 기린 조가弔歌다. 백성들이 죽음을 애도하며 장가長歌 형식으로 지었다는 점에서 의의를 찾을 수 있다. 29대 태종무열왕(太宗武烈王, 654~661년 재위) 때 〈양산가陽山歌〉도 왕의 사위인 김흠운金欽運을 애도한 조가다. 그는 백제 군사가 양산에 주둔하고 있는 신라군을 습격해 오자, 세勢가 불리하여 모든 병사들이 극구 말렸음에도 이를 뿌리치고 적진으로 달려가 여러 명의 적군을 죽이고 장렬히 전사하였다.

전쟁 시기의 화랑도의 용맹과 씩씩한 기상은 대체로 이러하였다. 위 두 장수 외에도 관창官昌·비령자丕寧子 부자와 그의 종 합절合節, 그리고 죽죽竹竹 등 일부러 문헌을 들추지 않고 생각나는 대로 거명하여도 무용담을 남긴 전쟁터의 영웅은 많았다. 활력에 넘치는 화랑의 노래가 통일전쟁 시기에 적잖게 생산되었으리라고 짐작한다. 그랬었는데 〈모죽지랑가〉에 이르러 분위기는 돌변하고 있다. 시대가 바뀌었기 때문이다. 텍스트만을 놓고 풀이하여도 이러한데 한걸음 나아가 서사기록인 〈효소왕 대 죽지랑孝昭王代竹旨郎〉 조와 함께 읽으면 어찌하여 통삼 이후 화랑도의 위상이 그렇듯 하락하였는지를 밝히 알 수 있다. 거기에다 바로 앞선 왕인 31대 신문왕 원년 8월에 통일전쟁 시기 죽지랑의 전우였던 김흠돌金欽突·흥원興元·진공眞功 등 화랑단 세력이 모반하여 실패한 사건도 발생하여 저들 집단에 대한 조정의 탄압도 적지 않게 작용하였다고 보아야 한다. 이 서사기록에 관하여 세세하게 설명할 겨를은 없으나, 다만 예전 같으면 상대도 되지 않는 익선(益宣, 관위는 阿干)이라는 하급자에게 왕년에 명성이 드높았던 화랑 죽지랑이 권위와 체면을 손상당한 사건을 줄거리로 삼고 있는 것이 이 기록이라는 점을 밝혀 둔다.

〈모죽지랑가〉와 같은 시대의 화랑인 부례랑夫禮郎이 도적들에게 잡혀가고 그의 낭도 1천여 명(한 화랑이 거느린 낭도의 수가 이와 같았음)이 어찌할 바를 모르고 급히 돌아왔다는 기록이 《삼국유사》 권4 백률사栢栗寺 조에 실려 있다. 묻거니와 현전하는 어느 문헌에 화랑이 적군敵軍도 아닌 적도賊徒에게 끌려갔다는 내용이 있는가. 화랑단의 긴 역사에 이런 수치스런 사건은 존재하지 않는다. 따라서 이 사실史實은 그때 화랑단의 쇠퇴와 무기력을 입증해 주는 좋은 자료가 된다.

텍스트에서 화랑단의 어두운 노래가 어떻게 마무리되고 있는

지를 짚어 보자. 5행 이하 후반부는 화자의 결의와 다짐을 천명
해 놓은 부분이다. 4행까지인 전반부의 슬픈 넋두리가 여기에 이
르러 차원이 다른 쪽으로 방향을 튼다. 득오가 품고 있던 지절志
節의 뜻이 후반부 넉 줄에 담겨 있어서 자칫 푸념 조의 구슬픈
가요인 양 느낄 수 있는 이 노래를 고매한 정신의 노래로 바꿔
놓고 있다. 화자인 득오는 "다북쑥 우거진 구렁텅이……" 운운하
면서 향후 어떠한 난관과 고통이 뒤따를지라도 죽지랑으로 대변
되는 화랑도 정신만은 단절되는 일 없이 계승하겠노라고 맹세한
다. 이렇게 해서 〈모죽지랑가〉는 단순한 사모의 노래가 아닌 지
절의 노래로 다시 태어난다. 시조, 가사, 개화시가, 근·현대시 등
후대 우리말로 된 시가 작품에서 접할 수 있는 지조와 절개의 근
원이 뒤에서 다룰 〈찬기파랑가〉와 더불어 이 〈모죽지랑가〉에 사
적史的으로 맞닿아 있다고 언급하여도 지나치지 않을 것이다.

2. 〈원가〉와 관직에 얽힌 감정의 그늘

시대가 바뀜에 따라 시의 세계가 이에 반응한 예가 또 있다. 3
4대 효성왕(孝成王, 737~742년 재위) 즉위 초에 신충信忠이 지은
〈원가怨歌〉가 바로 그것이다. 〈신충괘관信忠掛冠〉 조에 따르면 왕
이 잠저潛邸 시에 신충과 바둑을 두면서 이르기를 "훗날 내가 만
약 그대를 잊으면 이 잣나무가 있다"고 언약한다. 이 말은 벼슬
을 내리겠다는 의미다. 신충이 이 말을 믿고 왕을 옹립하는 데
일정하게 기여하였으리라고 헤아릴 수 있다. 〈원가〉가 그 증거가
된다. 왕은 몇 달 뒤에 즉위하였는데 다른 공신들에게 상을 주면

서 신충은 등용하지 않았다. 이에 신충이 이 노래를 지어서 그 잣나무에 붙였더니 금세 고사枯死하였다. 이런 사실을 안 왕이 크게 놀라 그에게 수년 뒤에 벼슬을 내리자 잣나무가 다시 살아났다는 것이 서사기록의 줄거리다.

여기까지 놓고 보면 신충의 거친 감정과 원한에 가득 찬 행위만 드러난다. 그러나 〈신충괘관〉 조는 그가 관직에 처음 출사할 때인 효성왕 즉위 초만 다루고 있지 않다. 〈원가〉 이후 평생 높은 벼슬을 살다가 다음 임금인 35대 경덕왕 말년 무렵(경덕왕 22년)에 관직을 내놓고(掛冠) 사문沙門이 되어서 왕의 복을 빌며 여생을 보낸 아름다운 삶에도 관심을 표하고 있다. '신충괘관信忠掛冠'이라는 조목명으로 보아 일연은 그의 노년에 더 무게를 두었다고 본다. 이런 점, 즉 그의 평생의 삶 전체가 전제가 된다면 〈원가〉를 지을 때의 일은 젊은 시절에 있었던 한때 해프닝, 또는 객기쯤으로 치부하기 쉽다. 그러나 저간這間의 경위를 보면 그의 일련의 행위를 그처럼 가볍게 보아 넘길 수는 없다. 왜 그런가. 억울할지라도 가만히 있지 않고 임금을 원망하면서 지은 이 향가 작품 자체가 엄연히 존재하기 때문이다. 신하가 아무리 억울하다 해도 임금을 대상으로 이런 성격의 노래를 짓는다는 것은 여간 어려운 일이 아니라는 점을 상기할 필요가 있다.

> 무릇 잣이
> 가을에도 안 이울어지매
> 너 어찌 잊으리 하시던
> (그래서 감격하여) 우러러뵙던 (임금님의)
> 얼굴이 (내 마음속에) 계시온데
> 달그림자 옛 못에

가는 물결 원망하듯이
얼굴을 바라보나
누리도 싫구나

(후구 망실됨)

일연에 따르면 〈원가〉는 10행체 향가였다. 그러던 것이 후구後
句인 9·10행이 망실되면서 8행까지만 전해 오고 있다. 그런데 현
재의 상태만으로도 이 노래는 완결성을 보여 주고 있다. "원망하
여 노래를 지었다"는 기록과 달리 신충은 8행 끝줄에서 체념으로
끝낸다. 혹시 망실된 후구에 원망의 언사가 있었는지 알 수 없지
만 그럴 가능성은 희박하다. 왜냐하면 "얼굴을 바라보나 / 누리도
싫구나"라고 진술한 이 말미 부분은 모든 것을 체념하겠다는 속
내를 드러낸 것인데, 그래 놓고 엉뚱하게 원망의 소리가 그 뒤를
잇는다는 것은 상상하기 어렵기 때문이다. 원망의 감정은 작품의
외연, 곧 잣나무에 노래를 붙여서 고사시킨 주술적인 행위에서
나타났다고 정리키로 한다.

앞에서 시대의 변화에 따라 시의 세계도 변한 노래의 한 예로
이 〈원가〉를 들 수 있다고 하였다. 이제 이 점에 대해서 성찰키
로 한다. 신충은 다시 말하거니와 〈원가〉로 임금의 위약에 대항
하여 잣나무를 고사시키면서 강경하게 맞섰다. 바로 이 점이 문
제가 된다.

그보다 1세기 전만 해도 그렇지 않았다. 진평왕 대의 일전향가
인 〈실혜가實兮歌〉가 이를 증명해 준다. 이 노래는 능력이 뛰어나
고 성품이 곧은 관리인 실혜가 임금에게 아첨을 잘하는 부하의
시기와 질투의 희생양이 되어 벼슬자리에서 쫓겨나 시골로 내쳐

진 일이 동기가 되어 창작된 장가다. 실혜가 그렇게 억울함을 당할 때, 그의 무고함과 인물 됨됨이를 알고 있던 어떤 이가 왜 왕에게 발명하지 않느냐고 부추기자 실혜는 굴원屈原과 이사李斯의 고사를 들며 구차스런 모습을 보이지 않고 왕명을 받들어서 죽령竹嶺 밖으로 물러났다. 그곳에서 장가인 〈실혜가〉를 지어 읊으면서 편치 않은 심사를 달래며 살았다.

사건의 디테일에 있어서 〈원가〉와 〈실혜가〉는 서로 다르다. 그러나 벼슬자리가 사건의 핵심이었고 여기에 군왕이 연관되어 있다는 점에서 양자는 많이 닮아 있다. 결말은 같지 않은데, 그런 이유 때문에 이들은 견주기의 대상이 된다.

둘을 놓고 이렇게 이해코자 한다. 먼저 〈실혜가〉다. 그 시대의 인간 사회에도 비열한 사람의 질투와 악행이 있었으나, 또한 실혜의 언행에서 알 수 있듯이 자신의 몫을 지키기 위한 악착스러움을 버리고 시기와 모함을 넓은 도량으로 극복한 경우도 있었다. 이 사건이 《삼국사기》 열전에 등재된 까닭은 실혜의 대인다운 풍모를 역사에 길이 남기기 위해서였으리라. 알고 보면, 〈실혜가〉보다 4백 년 전의 일전시가인 〈물계자가〉에서 이미 이와 유사한 일이 있었고 그리하여 《삼국사기》는 이 미담도 건사해 놓았다.

그렇다면 〈원가〉는 어떻게 수용하여야 할 것인가. 각박한 대응이 낳은 산물, 시대가 아래로 내려갈수록 인간성의 선善함이 미약해져서 제 몫 찾기에 양보가 없고 경우 따지기에 밝은 세상이 빚어낸 결과물, 이렇게 정의하면서 받아들이면 너무 심한가.

되짚어보면 신충이 취한 일련의 행위는 타매의 대상이 될 수 없다. 그럴 만하였다고 이해하면서 외려 실권이 없는 군왕의 위

약을 문제 삼아야 옳다. 당시의 복잡한 정치 문제가 있어서 설명
이 길어지기 때문에 잠시 귀띔만 하고 넘어가자면, 그때 왕의 위
약과 신충의 배제는 신라 중대中代 권력의 중·후반을 좌우하던
김순원(金順元, 왕의 장인, 곧 國舅) 세력의 막강한 정치적인 작용
때문이었다.

이런 식으로 신충의 편에 서서 그의 억울함을 옹호하지만, 앞
시대의 노래인 〈실혜가〉를 떠올리면 꼭 그렇게까지 해야만 했던
가 하는 생각도 하게 된다. 그러므로 〈원가〉는 개인의 한풀이가
녹아 있는 서정시이면서 또한 정치와 연관된 시대성의 변화를 반
영한 노래로 남는다. 여기에 꼭 단서를 달아 놓을 것은 처음 관직
에 오를 때와는 달리 신충의 말년은 매우 훌륭하였다는 점이다.

노랫말에서 눈길을 끄는 부분은 1~3행이다. 왕위에 오르기
전, 임금이 잣나무를 두고 신충에게 굳게 언약할 때의 말을 그대
로 옮겨 놓은 것이다. 이를테면 증거를 제시한 셈이다. 작품의
첫머리(冒頭)를 이와 같이 언약한 바를 인용하는 것으로 채운 예
는 다른 향가에서는 찾아볼 수 없다. 독특한 표현 방식이므로 적
어 둔다.

서정·서사를 막론하고 문학은 시대상과 역사에 쉼 없이 관심
을 기울인다. 더욱이 시대가 전환될 때나 역사적인 사건이 일어
날 때면 시와 소설 등은 이에 더욱 민감하게 반응한다. 그 가운
데서도 시는 선택되고 정제된 언어와 단출한 구성으로 독자의 감
성에 다가간다. 그 울림은 짧은 형식과 반비례한다.

지금까지 별견瞥見한 삼국통일 직후에 나타난 두 편의 향가가
바로 여기에 해당한다. 작자 개인 차원의 서정시 형태를 취하고

있고, 그 사설 또한 사사로운 정서에 속하는 것이지만 창작 동기
와 저변에 잠복해 있는 편편片片들이 시대와 사회의 변화와 직결
되어 있다는 점, 부인할 수 없다.

여기서 놓칠 수 없는 현상은 두 노래 다 구슬프고 비감에 젖
어 있다는 점이다. 바로 이것이다. 시대상과 역사를 다룬 문학은
거의 대부분이 슬프고 비극적이다. "시는 곤궁해진 뒤에야 비로소
공교해진다[詩窮而後工]"라 했거늘 날뛰고 싶도록 기쁜 일, 즐거운
일을 소재로 한 시와 소설은 찾기 쉽지 않다. 문학은 원래 결핍
의 상태에서 빚어지기 때문이다. 옛 시대나 현대 문학의 내력[所
從來]은 거의 그렇다. 〈모죽지랑가〉·〈원가〉, 이 두 편의 노래는 우
리말 시가의 역사에서 이른 시기에 〈물계자가〉·〈실혜가〉 등에 이
어 시의 잉태와 진술이 이와 같다는 사실을 본보기로 보여 주었
다는 점에서 시사詩史적 의의가 크다고 하겠다.

제 6 장 경덕왕 시대의 향가

1. 월명사, 충담사, 그리고 경덕왕

향가사에서 경덕왕景德王 대처럼 중요한 시대는 다시 없다. 특별히 기록하여도 좋으리만큼 이 왕이 재위하던 시기에 향가와 관련된 많은 일이 일어났다. 《삼국유사》〈월명사 도솔가〉 조와 〈경덕왕·충담사·표훈대덕景德王·忠談師·表訓大德〉 조 및 〈분황사천수대비맹아득안芬皇寺千手大悲盲兒得眼〉 조 모두 경덕왕 시대에 속하는데, 여기에 다른 향가 조항들에서는 볼 수 없는 중요한 기록이 몇 있다. 그렇기 때문에 특히 위 세 조목은 앞에서 말한 바와 같이 '향가조鄕歌條'라고 명명하여도 무방하다. 무엇보다도 먼저 꼽아야 할 것은 거기에 향가 작품이 다섯 편이나 등재되어 있다는 점이다. 《삼국유사》 소재 향가가 모두 14수이니 그 가운데 3분의 1이 경덕왕 시대의 노래인 셈이다. 이런 예는 이때를 제외하고는 다른 군주가 통치하던 시대에서는 찾아볼 수 없다.

이런 까닭으로 경덕왕 대가 향가의 절정기라고 규정하거니와 그 이유를 좀 더 풀어서 설명하자면 다음과 같은 관점에서 조명할 수 있다. 통삼 이후 경덕왕 이전까지 몇 편의 노래가 간격을 두고 생산되었다. 32대 효소왕 때 〈모죽지랑가〉, 33대 성덕왕 때 〈헌화가獻花歌〉, 34대 효성왕 즉위 초에 〈원가〉 이렇게 각 군왕 때마다 한 편씩 나와서 마치 경덕왕 대를 예비하는 형국을 이루고 있다. 그런가 하면 경덕왕 이후 3대 뒤의 임금인 38대 원성왕(元聖王, 785~798년 재위) 때에 〈신공사뇌가身空詞腦歌〉와 〈우적가遇賊歌〉 등 2편이 산출되어서 앞 시대인 경덕왕 대를 뒷받침해 주거나 성세의 여운을 느끼게 하는 모습을 보여 주고 있다.

이러한 텍스트의 전개 양상을 어떻게 이해해야 마땅할까. 넓게 잡아서 32대 효소왕부터 38대 원성왕 대까지가 향가의 융성기이며, 그 중심부에 경덕왕 대가 자리를 잡고 앞과 뒤 시대에 산발적으로 창작된 작품들을 아우르면서 우뚝 돌출한 모양새를 조성한다고 하겠다. 전형적인 전성기의 형세인 것이다. 그러나 작품이 다수 생산되었다는 점만으로 경덕왕 시대의 향가를 무턱 치켜세울 수는 없다. 역대 향가 작가 가운데 가장 출중한 인물이 이 시대를 살았다는 사실이야말로 아무리 반복해서 강조하여도 지나치지 않다. 월명과 충담사, 이 두 낭승郎僧은 향가사 전체를 놓고 평가할 때 단연 거벽巨擘이라 칭하지 않을 수 없다. 월명사는 〈도솔가〉·〈제망매가〉, 충담사는 〈찬기파랑가〉·〈안민가〉 등을 각기 남기고 있는데 이처럼 한 사람이 2편의 노래를 지은 예도 이들에게서나 접할 수 있는 현상이다. 작품의 편수만이 문제가 아니다. 문학적인 수월성에 있어서 〈제망매가〉·〈찬기파랑가〉, 이 두 편은 두루 알고 있듯이 향가를 논할 때면 으레 이 장르를 대표하는 절창으로 꼽힌다.

이 시대에 향가를 남긴 또 한 사람으로 〈도천수대비가禱千手大悲歌〉를 지은 희명希明도 있다. 필부匹婦인 무명의 여인이 향가를 지었다는 사실이 놀랍다. 그보다 이른 시기, 미실이 향가인 〈송사다함가〉를, 천관녀가 일전향가인 〈천관원사〉를 지은 이후, 희명에 이르러 다시 여인에 의해 향가가 지어졌다는 사실이 눈길을 끌만하다.

〈월명사 도솔가〉 조 말미에는 비록 짧지만 향가가 어떤 노래였는지에 대해서 언급하고 있다. 신라인은 향가를 숭상한 지 오래되었고, 그것은 대개 시詩·송頌과 같은 것이며 그러므로 가끔 천지 귀신을 감동케 한 예가 한둘이 아니었다고 기록해 놓았다. 향가를 싣고 있는 여러 다른 조목에서는 이런 구절을 찾아볼 수 없다. 향가의 오랜 역사와 그 문학적인 성향 및 효능을 편린의 모습으로나마 이렇게 기술해 놓지 않았다면 우리는 향가의 대체적인 윤곽을 파악하는 데 어려움을 겪을 수밖에 없었을 것이다.

〈경덕왕·충담사·표훈대덕〉 조에는 왕이 충담사가 지은 〈찬기 파랑가〉를 평소 잘 알고 있었음이 밝혀져 있다. 이 사실은 〈서동 요〉와 함께 여항閭巷에 떠돌던 노래가 대궐 안에까지 들어가리만큼 향가의 세와 전파력이 높았다는 점을 암시해 주고 있다.

이쯤에서 우리는 향가사에 끼친 경덕왕의 큰 기여와 공로를 짚어볼 기회를 갖기로 한다. 그가 아니었다면 월명사와 충담사의 작품은 말할 것도 없고 향가와 관련된 위의 정보들도 전해 올 수 없었다고 단언한다. 서사기록을 살펴보기로 하자. 왕 19년 4월 초 하룻날 두 해가 나타난[二日並現] 불상사不祥事를 산화공덕의 불사 佛事로 물리치고자 청양루靑陽樓에서 왕이 월명사를 만났을 때, 범 성梵聲에 익숙하지 못하다는 이유로 그를 물리쳤다면 그 결과는 어떻게 되었을까. 충담사와 더불어 향가사에 큰 발자취를 남긴 월명사의 존재는 완전히 묻혀 버리고 말았을 터이고, 따라서 〈도 솔가〉뿐만 아니라 그 이전에 지은 〈제망매가〉도 세상에 알려지지 않았을 것이다. 위에서 언급한 〈월명사 도솔가〉 조 말미의 향가와 연관된 증언과 함께 월명사의 예능적인 평소 생활 또한 전해 지지 않았을 것이다. 무엇보다도 향가가 나라의 공식 행사에서 범패를 대신하여 쓰인 기회를 갖지 못하였을 것이다. 줄여서 말하자면 〈월명사 도솔가〉 조 자체가 존재할 수 없었다는 뜻이다.

어디 월명사의 경우뿐이랴. 충담사가 향가사에 그 이름을 올리게 된 계기도 전적으로 왕에 의해서 마련되었음은 서사기록이 말해 주고 있는 바다. 왕 말년인 24년, 안민安民과 나라의 태평을 담보할 수 있는 노래를 얻고자 왕이 귀정문歸正門에 거둥하였을 때, 신하들이 영복승榮服僧으로 알고 모셔 온 한 대덕大德을 그대로 받아들였다면 충담사와의 만남은 이루어지지 않았을 것이다. 다행히도 왕이 그 큰스님은 적임자가 아니라는 이유로 물리쳤기 때문에 왕과 충담사의 귀한 인연이 맺어진 것이 아니겠는가. 그로 말미암아 〈안민가〉를 비롯, 〈찬기파랑가〉가 오늘날까지 전해지게 되었거니와 이 모든 것이 경덕왕의 순간적인 현명한 판단의 결과였음은 두말할 필요가 없다. 그러므로 향가사를 거론할 때면 월명·충담사와 거의 등가等價의 수준에서 경덕왕의 업적이 부각되어야 타당하다고 하겠다.

2. 치리가 계통의 향가 — 〈월명사 도솔가〉·〈안민가〉

〈월명사 도솔가〉와 〈안민가〉는 치리가 계열의 향가다. 앞 시대의 〈혜성가〉와 맥을 같이하는 노래들이다. 더 거슬러 올라가면 향가의 시초이며 '다슬노래[治理歌]'의 원류인 〈유리왕 대 도솔가〉에 뿌리를 내리고 있는 작품들이다. 역사가 가장 오래된 향가의 하위 장르가 바로 치리가다.

먼저 〈월명사 도솔가〉를 살피기로 한다.

오늘 이에 산화가 불러
뿌리는 꽃아, 너는
(인간의) 곧은 마음의 명령을 (받들어 이를)
부리옵기에
미륵좌주 모셔 오너라

불교의 산화공덕散花功德 의례, 미륵좌주彌勒座主 모셔 오기, 도솔천兜率天에서 유래된 듯한 노래 이름 〈도솔가〉, 그리고 지은이가 (화랑단에 속해 있던) 승려였음을 감안하면, 이 노래를 주사呪詞로 포장된 불교의 제의가祭儀歌로 규정하는 데 큰 무리가 없다. 하지만 제화초복除禍招福을 지향하면서 본래는 하늘의 변괴를 다스리기 위한 목적으로 지은 노래라는 관점에서 생각한다면 상술한 바와 같이 치리가로 정의를 내리는 길도 함께 열려 있다. 이때에 '도솔'은 앞에서 지적한 바와 같이 불교의 '도솔천'과 관련이 있지만, 또한 우리말 '다슬'의 향찰 표기로 이해될 수 있는 중의적重義的인 이름이라고 하겠다. 4행으로 된 짧은 노랫말은 위기를 효과적으로 타개하는 데 간단명료할수록 좋다고 판단하여 택한 형식일 것이다. 예상은 적중하여 하늘의 변괴는 사라졌다.

〈월명사 도솔가〉는 노랫말보다 그 배경이 되는 서사기록의 해석이 더 중요하다. 관점에 따라서 여러 견해가 있으나 필자는 이를 태양계에 모종의 이변이 발생하여 '오랫동안'('열흘 동안 없어지지 않았다'는 말은 정작 10일 동안이 아니라 '오래도록'으로 해석함이 좋겠다) 소멸되지 않은 상태를 기술한 것으로 해석한다. 학계의 거의 모든 인사들은 이를 경덕왕 대의 왕당파(태종무열왕계)와 반왕당파(내물왕계) 사이의 세력다툼이 치열하였던 사실의 비유로 단정한다. 이런 학설에 짧게 반론을 제기하면 이렇다. 첫째 '두 해가 나타나는(二日並現)'것뿐만 아니라 '세 해가 나타나는(三日並現)' 등의 기록은 어느 왕조 시대를 막론하고 문헌에 자주 나타난 다. 거의 다 정치세력 사이의 정권다툼과 무관한, 모종의 이변이 일어난 것을 과장되게 비유하였을 따름임이 이로써 입증된다. 경덕왕 대의 '이일병현二日並現'도 그런 예에 해당된다. 둘째, 만약 그것이 정파 사이의 치열한 다툼을 말한 것이라면, 왕은 이를 타 개하기 위해서 마땅히 〈안민가〉의 공간이며 정치와 연관이 있는 '귀정문歸正門'으로 거둥했어야 정상이다. 귀정문은 그 명칭이 말 하고 있는 바와 같이 바르지 못한 정사政事를 바른 데로 되돌리 는 기능을 맡고 있는 누각樓閣이었을 것이다. 그런데 왕은 그곳으 로 향하지 않고 '청양루青陽樓'로 행행幸行하였다. 그곳은 누명樓名 이 가리키는 바와 같이 태양, 넓게는 천계 전체와 관련된 곳일 터, 따라서 경덕왕 대 두 해가 나타난 현상은 앞에서 말한 바와 같이 하늘의 괴변이었음이 확실시된다.

〈안민가〉를 살필 때 말하겠지만, 경덕왕 대 두 정파의 적대적 인 관계가 심각했던 것은 사실이나 〈도솔가〉가 나온 왕 19년 당 시에는 '왕과 반대 정파의 우두머리인 예비왕', 곧 두 해가 전면 에 등장하여 대등하게 맞서서 다툰 일이 역사에 없다는 점을 명 심하여야 한다. 월명사가 〈도솔가〉를 지어 부르자 두 해는 사라 졌다는 것을 예의 정치적으로 해석하는 학설에 대입하면 기승을 부리던 반왕당파의 완벽한 퇴각 또는 굴복을 의미하는 것이 된 다. 그러나 역사의 전개는 전혀 그렇지 않았다. 그로부터 5년 뒤 에 지어진 〈안민가〉에서 읽을 수 있듯 왕권 세력이 눈에 띄게 기 울더니 20년쯤 세월이 흘러 경덕왕의 뒤를 이은 36대 혜공왕이

피살되면서 비로소 반왕당파인 신라 하대(下代, 내물왕계)가 시작
되는 것으로 알 수 있다.

필자는 일찍이 신라 중대에 왕당파, 반왕당파 사이의 정치적인
반목과 대결 및 경쟁을 〈안민가〉에 대입하여 연구한 바 있다.15)
그런 관점으로 경덕왕 대의 〈안민가〉를 성찰한 연구는 아마 필자
가 처음 한 것으로 알고 있다. 그러나 〈월명사 도솔가〉는 그런
시각에서 해석해서는 안 된다는 것이 필자의 지론이다.

〈월명사 도솔가〉는 왕명에 따라 지은 것이니 이를테면 주문
생산인 셈이다. 이제 곧 다루고자 하는 〈안민가〉도 그와 같고,
뒤에서 논의할 〈우적가〉도 도적들의 지시를 받고 지은 것이니
또한 이에 해당된다. 향가는 이렇듯 타인의 요청으로 지어지는
경우도 있었다는 사실이 향가사에서 누락되어서는 안 되므로 적
기摘記한다.

충담사의 〈안민가〉는 정치색이 짙은 교술 계통의 정통적인 치
리가다. 그 언사가 마치 성명서 또는 선언문인 듯한 느낌을 주는
데, 현전 향가 가운데 이런 노래는 〈안민가〉가 유일하다.

> 임금은 아비요
> 신하는 사랑하실 어미라
> 백성을 어린아이로 여기실진대
> 백성이 사랑을 알리이다
> 구물거리며 사는 물생物生들

---

15) 졸고, 〈안민가에 관련된 몇가지 문제〉, 《어문논집》 11집, 고려대학교 국어국
문학연구회, 1968(《신라가요의 연구》, 열화당, 1982에 재수록).

이를 먹여 다스리라
이 땅을 버리고 어디 갈 것이여 할지면
나라가 유지될 줄 알리다
아, 임금답게 신하답게 백성답게 할지면
나라는 태평하리이다

경덕왕은 말년(24년)에 나라를 이끌어가기 어려우리만큼 정치적인 곤경에 맞닥뜨리고 있었다. 김양상(金良相, 후일 37대 선덕왕宣德王)으로 대표되는 반왕당파의 정권 찬탈을 노린 움직임, 대를 이을 건운(乾運, 후에 36대 혜공왕惠恭王, 재위 16년 되던 해에 김지정金志貞―김양상金良相 등의 모반으로 시해당함)의 비정상적인 행위(계집아이처럼 행동함), 직분을 잊은 군君·신臣·민民의 기강 해이와 나태함, 기상이변과 흉작에 따른 경제적인 위기, 절망한 일부 신하와 백성의 일본 이주 등 총체적으로 어려운 국면에 처해 있었다. 이를 암시하듯 오악삼산五岳三山의 신神이 대궐 뜨락에 나타나는 흉사도 일어났다. 이에 왕은 5년 전 월명사를 만나 〈도솔가〉를 통해 효험을 보았을 때처럼 다시 인연이 있는 낭승郎僧을 만나서 직면한 위기를 극복코자 귀정문으로 행차한다.

〈안민가〉의 시대적 배경이 '비안민 비태평非安民非太平'에 있었음은 왕이 충담사에게 손수 주제를 정해서 "짐을 위하여 〈이안민가理安民歌〉를 지으라"고 명을 내린 서사기록과, "아, 임금답게 신하답게 백성답게 할지면 / 나라는 태평하리다"라고 진술한 작품의 종결부 등을 뒤집어서 추론하면 어렵지 않게 확인할 수 있다. 신라의 중대 정권(29대 태종무열왕~36대 혜공왕) 말기에 이르러 군·신·민이 각자의 책임과 의무를 얼마나 심하게 방기하였는지를 이

로써 간파할 수 있거니와, 특히 〈안민가〉의 가사를 세밀히 읽어
보면 어미인 신하가 더욱 심하여 어린아이인 백성들이 어미의 사
랑을 받지 못하고 있음을 충담사는 거론하고 있다. 민생은 외면
한 채 두 파로 갈라져서 서로 사생결단식으로 다투던 정치권의
행태가 이 몇 줄에 묻어난다.

5행부터 8행까지는 그때 백성들이 겪어야 했던 비참한 생활상
과 극단적인 동요를 직접화법으로 증언하고 있다. 이런 원인 때
문에 앞에서 말한 바와 같이 중대정권은 그로부터 16여 년 뒤인
혜공왕 16년에 막을 내린다. '이일병현二日竝現'이 일어난 때로부
터 계산하면 그 즉시가 아닌 20년 뒤가 된다. 이런 사실을 사서史
書인 《삼국사기》는 사필史筆로, 향가인 〈안민가〉는 문학의 언어로
증언하고 있다는 뜻이다.

백성을 편안케 하고, 나라를 안정시키기 위해서 지은 노래인
〈안민가〉는 〈월명사 도솔가〉의 경우와는 달리 안타깝게도 효과를
거두지 못한 치리가로 시가문학사에 그 이름을 남겨 놓았다.

3. 화랑 찬모가讚慕歌 ― 〈찬기파랑가〉

〈찬기파랑가〉는 〈모죽지랑가〉 이후 약 60년쯤 지나서 나온 향
가다. 화랑을 기린 향가는 이 두 편이 전부다. 이른 시기부터 신
라는 이웃 부족 국가나 백제·고구려 등과 약 450년가량 쉼 없이
전쟁을 치렀다. 그렇기 때문에 무사를 찬양하거나 조상弔喪한 노
래가 결코 적지 않았을 것이라고 짐작한다. 앞에서 살핀 〈물계자
가〉·〈해론가〉·〈양산가〉 등은 그 가운데 일부일 것이다. 또 첫째

장에서 인용한 《화랑세기》의 기록, 곧 7세 설원랑薛原郎의 무리들
은 향가를 잘하여 맑은 놀이를 좋아하므로 사람들이 그들을 가리
켜 운상인雲上人이라고 칭하였다는 대목을 상기하면 화랑단과 관
련이 있는 노래가 다수였으리라는 점도 헤아리기 어렵지 않다.[16)
그럼에도 겨우 두 편만 전해 온다니 아쉽기 그지없다. 많은 노래
가 일실되었다고 여기는 것이 맞을 것이다.

> 열치고
> 나타난 달이
> 흰 구름 좇아 떠가는 것 아닌가
> 새파란 냇물 속에
> 기랑耆郎의 모습이 있어라
> 일오逸烏 냇물 조약돌이
> 낭郎이 지니신
> 마음의 끝을 좇과저
> 아으 잣가지 높아
> 서리 모르올 화판花判이여

〈찬기파랑가〉는 요컨대 '찬양가'다. 이와 달리 〈모죽지랑가〉는

---

16) 김학성은 〈필사본 《화랑세기》와 향가의 새로운 이해〉, 《한국 고시가의 거시
    적 탐구》, 집문당, 1997, 88면 이하에서 향가 전체와 화랑단과의 관계를 논하
    고 있다. 그 증거로 설원랑의 무리, 곧 운상인들의 향가 경도를 들었다. 이는
    화랑단 안에서의 일, 곧 무예를 좋아한 문노文弩의 무리와 현격히 다른 점을
    지적한 것이다. 그런데 이 대목을 향가 전체로 확대시켜서 신라의 향가는 화
    랑단이 주도한 문학으로 규정하는 선까지 넓혀 놓았다. 지나친 발상이다.
    김승찬은 《신라향가론》, 부산대학교 출판부, 1997, 12~30면에서 향가의 주담
    당층이 화랑도라는 김학성의 주장을 여러 관점에서 비판하였다.

'사모가'라고 칭할 수 있을 것이다. '사모'와 '찬양'은 유사하나 같지 않다. 찬양의 시가는 자칫 아첨으로 빠지기 쉽다. 조선왕조 초창기의 특수문학인 악장樂章은 예외로 간주하더라도 후대의 여러 시가에서 그런 노래를 접할 수 있다. 그러나 〈찬기파랑가〉는 대상인물을 치켜세우지만 속된 장면을 묘사하지는 않았다. 격조 높은 고상한 인물 찬양가의 초기 작품으로 역사적인 가치를 부여할 수 있다. 이 노래도 대상인물을 엄청나게 드높은 존재로 설정해 놓고 찬모하고는 있지만, 세독細讀하면 그것은 화랑단의 역사와 연결된 화자의 진정성에 바탕을 둔 존숭尊崇의 진술이요 고백인지라 격이 낮은 아유阿諛의 노래와는 궤를 달리한다.

〈찬기파랑가〉는 또 향가 가운데 비유법을 가장 빈번하고 '시적으로' 활용한 노래로 꼽을 수 있다. 충담사는 〈안민가〉에서 임금·신하·백성을 아비·어미·어린아이로 빗대어서 말하였다. 이로 보면 그가 즐겨 활용한 노래짓기의 방식이 견주기 기법에 있었음을 알 수 있다. 더욱이 〈찬기파랑가〉의 비유는 〈안민가〉를 훨씬 능가하는 격조와 미감美感이 있어서 표현 면에서도 문학적인 수월성을 확보하고 있다.

기파랑은 '천상의 달'→'일오逸烏 냇물에 잠긴 달'→'서리도 이겨 낸 잣가지'로 여러 번 바꿔가며 태어난다. 모두 하늘과 땅의 자연물이다. 그와는 달리 시적 화자는 같은 자연이긴 하나 '일오 냇물의 조약돌'로 낮게 변하여서 지극히 높은 존재인 기파랑을 그리워하며 찬모가를 읊는다. 천상의 고귀한 존재와 지상의 하찮은 존재, 이렇게 극과 극으로 대비되는 위격位格의 설정이 다소 눈에 거슬리기는 하나 작품의 후반에 나오는 화자의 다짐을 보면 그 진정성에 회의를 느낄 수 없다. 이렇듯 화자의 순수한 심정이 담뿍 담겨 있는 노래이지만 〈찬기파랑가〉는 구슬프고 울울한 노래다. 천상의 달은 하늘에 계속 떠 있으면서 어두운 지상을 비춰주지 않고 유감스럽게도 흰 구름 따라 서서히 사라지고 있는 것이다. 이 장면은 곧 시의 주인공이 역사의 장막 속으로 사라지는 것을 비유한 것이리라. 〈모죽지랑가〉에서 읽은 화랑단의 쇠퇴와 통하는 장면이리라. 여기에 화랑단의 시대적인 쇠퇴가 잠복해 있는 것이다.

맞다. 〈찬기파랑가〉는 '사라지는 존재'를 안타까워하며 구성진 가락으로 읊은 향가다. 여기서도 문학은 역사에서 기록하지 않은 화랑단의 영고성쇠 가운데 그 종말 부분을 이처럼 형상화하여 작품으로 증언해 주고 있다. 자취를 감추는 장면을 우수에 잠겨 물끄러미 바라보면서 화자는 "서리도 아랑곳하지 않는 잣가지, 그 백수柏樹의 정신으로 다듬어진 기파랑의 마음의 끝"을 좇겠다고 맹세한다. 이 또한 〈모죽지랑가〉의 지절과 다를 바 없다. 두 편 다 처량한 노래이지만, 이른 시기에 '지조'라는 고귀한 정신을 부각시키며 읊었다는 점에서 후대 같은 성향을 띤 시의 원류 격으로 문학사적 의미가 있다고 높이 평가하기로 한다.

왕은 이 노래에 대하여 "그 뜻이 매우 높다(其意甚高)"고 호평하였다. 보통 하는 말로 '잘된 노래' — "수작秀作이다", 또는 "뛰어난 작품이다"쯤으로 칭찬하지 않고 왜 그런 식으로 시의 의미를 꼬집어서 지적하며 언급하였을까. 그 말도 결국 '잘된 노래', '수작'과 다름이 없는 것으로 해석해야 하는가. 그건 아닌 것 같다. 그러면 "그 뜻이 매우 높다"의 '그 뜻'은 무엇인가. 참으로 알아내기 어려운 대목이다. 요컨대 작품의 주제와 거기에 담긴 화자의 정신과 뜻을 높이 평가한 것만은 확실하다. 그렇다면 지금까지 살펴본 바와 같이 기울며 사라져 가는 화랑을 그토록 찬모하며 무엇보다도 불변의 지절을 표명한 그 점을 두고 특별히 언명한 것은 아닐까.

1920년대 초반에 변영로卞榮魯는 〈논개〉에서 이렇게 읊었다. "거룩한 분노는 / 종교보다도 깊고 / 불붙는 정열은 / 사랑보다도 강하다 / 아, 강낭콩 꽃보다도 더 푸른 / 그 물결 위에 / 양귀비 꽃보다도 더 붉은 / 그 마음 흘러라." 논개의 정신이 푸른 물결로 비유된 청사靑史에 길이 남기를 기원한 시다. 〈찬기파랑가〉의 "새파란 냇물 속에 / 기랑耆郎의 모습이 있어라"(4·5행)를 읽으면서 서로 맥이 통함을 느낄 수 있다.

4. 조상弔喪을 통한 정한情恨의 노래 〈제망매가〉, 겸양과 축소지향의 노래 〈도천수대비가〉

지금까지 읽은 여러 편의 작품을 중간 정리해 보자. 〈혜성가〉·〈월명사 도솔가〉·〈안민가〉 등 치리가 계통의 노래들을 제외한 그 나머지의 작품들, 〈송사다함가〉·〈모죽지랑가〉·〈원가〉·〈찬기파랑가〉를 다시 읽어 보면 거기에 정한情恨이 가득 차 있음을 알 수 있다. 가사부전의 일전향가인 〈물계자가〉·〈천관원사〉·〈해론가〉·〈양산가〉·〈실혜가〉 등까지 포함한 노래 전체를 놓고 정의를 내린다면 더욱 신라시가의 정서적인 큰 흐름이 정한으로 형성되어 있음을 어렵지 않게 간파할 수 있다. 후대 시가인 고려가요와 시조·가사 장르에서 쉽게 접할 수 있는 정한의 미학이 향가에서 비롯되었다고 언급하여도 지나침이 없다.

이제 살피고자 하는 〈제망매가〉는 예사롭지 않은 정한의 노래로서 향가를 대표하는 작품의 하나로 꼽힌다. 조가弔歌에 담긴 정한이니 더욱 애절하다.

> 생사生死의 길은
> 여기 있으니 두려워하고
> 나는 간다는 말도
> 못 이르고 가느냐
> 어느 가을 이른 바람에
> 여기저기 떨어지는 나뭇잎처럼
> 한 가지에 나고서도
> 가는 곳 모르는구나
> 아으 미타찰彌陀刹에 만날 나
> 도道 닦아 기다리리

월명사가 사십구재四十九齋에서 읊은 노래다. 같은 작가의 〈도솔가〉처럼 불교의 의식에서 가창되었다는 점을 놓칠 수 없다. 신라 당년에 향가가 여항에서만이 아니라 엄숙한 불교행사에도 쓰였다는 사실을 거듭 기억할 일이다.

월명사가 누이의 죽음을 슬퍼하며 이 노래를 불렀더니 갑자기 바람이 불어서 지전紙錢을 날려 서쪽으로 사라지게 하였다고 기록은 전한다. 이는 누이가 서방정토에 왕생하였음을 신비스럽게 비유하여 표현한 것이다. 이 대목에서 우리는 향가의 마력과 마주하게 된다. 그러한 향가의 위력은 앞에서도 보았고 곧 논의할 〈도천수대비가〉에서 다시 만나게 되거니와 이런 일은 예외적인 특수한 예로 이해함이 옳다. 〈월명사 도솔가〉 조에는 "향가가 가끔 천지와 귀신을 감동케 한 것이 한둘이 아니다"라고 진술하고 있지만, 이 대목을 읽는 입장에서는 '가끔〔往往〕'에 관심을 두고 독해하여야 옳다. 만약 향가로 말미암아 이변이 자주 일어났다면 이 장르의 격은 되레 떨어지고 말았을 터이다. 이를테면 마술을 부리는 듯한 노래를 아무 때나 수시로 듣는다면 그것은 문학일 수 없다.

인간 운명의 한계, 삶의 무상함, 동기간의 끈끈한 우애와 사랑, 내세에서의 상봉을 기약하는 발원 ─ 이런 사유思惟와 언어의 편편片片들이 하나로 모여서 정한의 절창絶唱을 빚어내고 있음을 독자는 그 애절한 가락에 심취하면서 느낄 수 있다. 이 노래에서도 오누이의 혈연관계와 누이의 죽음을 비유법으로 나타내고 있다. 부족함이 없는 적절한 수사라고 평가해도 좋을 것이다. 그러나 다른 한편으로 따지자면 그 당시에도 지극히 상식적이고 흔한 견주기인 듯하여 산뜻한 맛을 느낄 수 없는 것이 아쉽다. 충담사가 〈찬기파랑가〉에서 보여 준 뛰어난 수사법을 떠올리면 월명사의 〈제망매가〉는 거기에 미치지 못한다고 하겠다.

그럼에도 월명사의 이 노래가 큰 감동과 울림을 주는 까닭은 바로 그 예사로운 비유가 20세기 근·현대의 빼어난 시인인 한용운이 평범한 일상어만을 구사하면서도 독자들의 마음을 흔들어 놓은 것과 비슷하기 때문이다. 유별나지 않고 범상한 언술이 주는 친근하고 수수한 아름다움이 거기 내장되어 있다. 그것 말고도 "생사의 길은" 운운하며 시작된 첫머리 부분에서는 그 아래, 지금까지 말한 평범한 진술과는 달리 사뭇 종교적 또는 철학적인 사생관에 몰입하도록 유도하고 있다. 이처럼 전·후반부가 각기 심각함과 감상성을 드러낸 뒤에 종국에는 둘이 하나로 포개져서 호흡을 맞추는 형모形貌를 보여주고 있는 것이 이 노래의 미덕이라 하겠다.

되돌아보면 〈원왕생가〉는 말하자면 '죽음〔死〕의 찬미가讚美歌'다. 향가에서 죽음과 관련하여 이런 노래만 있다면 어찌 되었을까. '사람 냄새'가 풍기지 않아서 미흡함을 느꼈을 것이다. 다행히 '사람 냄새'가 가득 차 있는 이 노래 〈제망매가〉가 짝을 이루며 균형을 잡아 주고 있다는 점에서 그 존재의 또 다른 의미를 찾을 수 있다.

희명의 〈도천수대비가〉는 어미의 지극한 정성과 간절한 염원을 담아낸 기원가祈願歌다. 기원가에는 〈원왕생가〉가 먼저 있었다. 그 맥을 〈도천수대비가〉가 이었다고 하겠다. 전자가 일각一刻이라도 빨리 왕생극락하기를 빈 미타신앙의 노래인 것과 달리 〈도천수대비가〉는 현세의 고통과 불운에서 벗어나기를 애원한 관음신앙의 기원가라는 점에서 서로 구별된다. 하지만 대승적인 차원에서 조명한다면 둘 다 절절히 바라는 바의 성취를 빌었다는 점에서 같은 류의 향가라 하겠다. 앞에서 살핀 〈제망매가〉는 조가弔歌·천도가薦度歌에 해당되므로 이들과 거리를 두고 따로 보아야 한다.

> 무릎을 곧추며
> 두 손 모아
> 천수관음전에
> 빌며 기구祈求합니다
> 천 개 손에 천 개 눈을

하나를 놓아 하나를 덜어
둘 다 없는 내라
하나나마 그으기 고쳐 주소서
아으, 내게 베풀어 주시면
두루두루 쓰올 자비여 얼마나 큰고

기록에 따르면 희명의 아이가 이승에 태어난 지 다섯 해가 되던 해에 갑자기 눈이 멀자 두 모자는 분황사芬皇寺 좌전左殿 북쪽 벽에 그려 놓은 천수대비전에 나아가 부복俯伏한다. 그리고 아이는 눈을 뜨게 해 달라는 간절한 원망顯望을 담아 이 노래를 지어서 빌었다고 하였다[令兒作歌禱之]. 하지만 어린아이가 노래를 지었다는 이 기록은 믿기 어렵다. 오래전부터 분황사에 전승해 오던 작자 미상의 기원가를 후대의 신자들이 그때그때 개인 사정에 따라 일부 대목을 고쳐서 불렀고, 희명의 모자도 관습에 따라 답습한 노래가 바로 이것이 아닌가 싶다. 그러나 이보다는 "令兒作歌禱之"라는 문구에서 '作'을 '창唱'의 오기誤記로 보아 "令兒唱歌禱之"로 고쳐서 이해하는 길을 택하는 것이 한결 더 설득력이 있다고 생각한다. 이렇게 글자 하나를 바꿔서 읽으면 (어미인 희명이 지어서) "아이를 시켜 노래를 부르며 빌게 하였더니"가 된다. 곧 희명이 작자가 된다는 뜻이다. 바로 위에서 말한 것처럼 전승가요라 할지라도 어미인 희명이 손질을 하였다고 보아 이도 창작으로 이해하는 것이 맞을 듯하다. 두루 알고 있는 바와 같이 《삼국유사》에는 오기·오류가 적지 않은데 이 경우도 그와 같은 예로 여겨 수정 해석한 것이다.

앞에서 〈제망매가〉를 다루면서 표현의 예사로움을 꼽은 바 있다. 이 노래 또한 그와 비슷한 작품이다. 한걸음 더 나아가 비유법을 통하지 않은 직접화법, 무기교의 진술이 더해져서 마치 화장기가 거의 없는 여인의 민낯을 보는 느낌이다. 그럼에도 절절한 하소는 큰 울림으로 이어져서 마침내 어린아이는 밝음을 찾게 된다.

〈도천수대비가〉가 기적이나 다름없는 효력을 얻게 된 가장 중요한 요인은 무엇인가. 소원의 축소로 보여 준 기원자의 겸양이다. "둘 다 없는 내라 / 하나나마 그으기 고쳐주소서", 이 호소야말로 천수관음보살千手觀音菩薩의 마음을 흔들어 놓은 결정적인 진술이 되어서 이윽고 보살의 감응을 이끌어 냈다고 단언한다. 바라는 바를 반쪽으로 줄여서 겸손한 마음으로 애원하였더니 온전한 두 눈의 밝음을 얻게 되는 이 축소의 기적적인 미학, 이것이 곧 희명 모자에게 내려진 꿈 같은 행운이었고, 나아가 뭇 중생에게 에둘러 전달된 깨달음의 참 지혜라 하겠다.

"때가 되니 이윽고 전성기가 찾아온 것이다"

경덕왕 대의 향가를 두고 할 수 있는 가장 적절한 말을 찾는다면 바로 이것이라고 할 수 있다. '때가 되니'라는 문구는 그만큼 세월을 보냈다는 뜻이다. 성세는 그냥 오는 것이 아니라 연륜이 찰 만큼 차야 비로소 맞이하게 된다.

되돌아보면 안다. 현전하는 작품을 기준으로 하여 최초의 향가 시대인 6세기 진흥·진평왕 대의 〈송사다함가〉·〈혜성가〉 등 수준 높은 작품으로 정한다면 2백 년가량의 세월이 지났다. 그만한 시간이 지났다면 원숙한 경지에 들어가는 것이 정상이다. 또한 6세기보다 훨씬 이전에 향가의 문학성이 녹록치 않은 선에까지 도달

해 있었음을 짐작할 수 있다. 이런 점까지 고려하면 8세기 경덕
왕 대의 향가가 위와 같은 말을 들을 수 있는 것은 자연스런 현
상이라 하겠다.

　단순히 연륜만 거론할 일이 아니다. 경덕왕 시대는 예술이 무
르녹던 때가 아니었던가 싶다. 그 실례를 우리는 월명사의 특이
한 행적을 통해서 짐작할 수 있다. 《삼국유사》는 그의 향가인
〈도솔가〉와 〈제망매가〉만을 수록하지 않았다. 젓대를 잘 불었다
고 운을 뗀 뒤 달밤에 문 앞 큰길에서 저를 불며 지나가자 달님
도 그 소리를 듣고 길을 멈췄다고 적어 놓았다. 이는 곧 그때 신
라사회가 그만큼 예술적이었다는 사실을 암시한다. 한 사람의 특
이한 행위를 일반화하기가 뭣하지만, 다른 시대에서는 찾아볼 수
없는 특별한 일이 그 왕의 시대에만 있었다면, 이를 근거로 하여
경덕왕 때를 '예술이 무르녹던……' 시대 운운하여도 큰 하자가
없으리라 믿는다.

　또 다른 하나의 예를 든다면 다음 장에서 다룰 영재永才에 대
해서다. 일연은 그가 향가를 잘하는 사람[善鄕歌者]이라고 하였다.
다른 사람도 여럿 있을 터인데 유독 그만을 놓고 극찬하였다. 영
재는 38대 원성왕 때 승려다. 이처럼 경덕왕 대에서 20년가량이
라는 시간적인 간격을 두고 있는 후대 인물이지만, 거시적인 관
점에서 볼 때 경덕왕 대와 맞닿아 있는 인물로 여겨도 무방하다.
'선향가자'인 영재를 특별히 꼽은 까닭은 그 시대가 곧 향가라는
예술이 극치를 이루던 시대였음을 드러내기 위해서다. 거기에 더
하여 일연이 깜박했던지, 또는 워낙 뛰어난 인물들인지라 굳이
'선향가자'라고 언급할 필요가 없었거나 임금과 마주한 인물들이
므로 그냥 건너뛴 월명사·충담사가 먼저 있었기 때문에 영재 또

한 존재했었다는 점을 암시하는 것이라고 해석해도 좋다. 원성왕 때에 그의 나이 아흔쯤이었으니 아마도 월명이나 충담사와 비슷한 세대가 아닌가 싶다. 때가 차고, 예술이 무르녹고, 뛰어난 작가들이 나타나고…… 이런 환경이 갖추어져 있었기 때문에 '경덕왕 시대의 향가'는 가능하였다고 결론을 내린다.

본론에서 작가·작품론을 두루 더듬었기 때문에 반복해서 설명하지는 않겠다. 다만 이 점만은 강조키로 하겠다. 다섯 편의 노래들을 자세히 읽어 보면 이들이 각기 하늘[天]·땅[地]·사람[人]과 연결된다는 사실을 간파할 수 있다. 〈월명사 도솔가〉와 〈도천수대비가〉는 하늘을 우러르며 호소한 것이고, 〈안민가〉는 땅 곧 국가의 위기를 극복하려고 읊은 것이다. 〈찬기파랑가〉와 〈제망매가〉가 사람을 찬모하거나 애도한 노래라는 사실은 다시 설명할 여지가 없다. 자, 매듭을 짓자. 경덕왕 시대의 향가가 관심을 둔 세계는 높고 드넓은 하늘과 만물을 포함하고 있는 지상의 공간, 그 안에서 삶을 이어가고 있는 여러 유형의 사람들, 곧 우주宇宙, 세상 전체였다.

작가는 아니로되 작가에 못지않게 향가문학 발전에 크게 기여한 경덕왕, 미실과 함께 단 두 명의 여성 향가작가로 이름을 남긴 희명의 그 선한 말씨. 이 두 사람의 그림자가 향가문학사에 짙게 드리워져 있음도 기억하여야 할 것이다.

제7장　경덕왕 대 향가의 여진餘震, 또는 그 뒷받침

1. 향가를 지은 신라의 유일한 왕 — 원성왕의 〈신공사뇌가〉

경덕왕 대로부터 20년이 경과된 785년에 38대 원성왕元聖王이 즉위하여 798년까지 10여 년 동안 신라를 다스린다. 그는 뜻밖에 왕위에 오른 인물이다. 그 꿈 같은 내력이 《삼국유사》 원성왕 대 조와 《삼국사기》 동 왕조에 실려 있다. 선왕인 37대 선덕왕(宣德王, 780~785년 재위)의 뒤를 이을 주인공은 왕의 족자族子인 김주원金 周元이었다. 선덕왕이 서거하자 이에 국인國人들은 그를 받들어 새 왕(新王)으로 삼으려 하였다. 허나 공교롭게도 폭우가 쏟아져서 그의 집이 있는 북천北川의 물이 갑자기 불어나 어느 누구도 건 너지 못하는 사태가 일어났다. 이에 선왕의 아우인 경신敬信, 곧 원성왕이 먼저 궁궐에 들어가서 즉위하자(그때는 그런 특례가 있었 던 모양이다) 주원을 옹위하려던 무리들도 모두 합세하여 그에게 충성을 맹세하며 하례를 올렸다. 군왕은 하늘이 내린다는 말이 있거니와 이 경우가 바로 그런 예에 해당된다고 하겠다. 용상에 오르지 못한 김주원은 강릉으로 내려가서 삶의 터를 새로 잡는 다. 그리고 '강릉김씨'의 시조가 된다.

왕이 되기에 앞서 꿈 애기가 나오지만 이는 잠시 뒤로 미루고 《삼국유사》에 실려 있는 다음 기록에 먼저 눈길을 돌리기로 한다.

　　대왕이 궁달의 변을 익히 잘 알아 신공사뇌가身空詞腦歌를 지 었다. 노래는 유실되어 알 수 없다.

　　　大王誠知窮達之變 故有身空詞腦歌 歌亡未詳

가사가 전해 오지 않으므로 〈신공사뇌가〉가 어떤 노래인지 알 수 없다. 그러나 위에서 인용한 짧은 서사기록을 곱씹다 보면 그 대체적인 윤곽은 파악할 수 있다고 믿는다. 그 해답의 단서가 바로 '궁달窮達'의 변화다. '궁달'이라 함은 통달과 불통·뚫림과 막힘·성사와 실패·행과 불행·선순환과 악순환·명과 암을 말하는 것이리라. 그 이치를 임금이 익히 잘 알고 있었다고 기록은 증언하고 있다. 왕의 그러한 능력을 어떻게 짐작할 수 있는가. 바로 〈원성대왕〉 조 서사기록 그 자체에 해답이 숨어 있다.

서사기록의 첫머리는 경신이 왕이 되기 전에 괴이한 꿈을 꾼 얘기로 시작한다. 꿈은 두 사람의 해몽자에 따라 흉몽과 길몽 두 가지로 나뉘었는데, 결국 길몽으로 낙찰되어서 그는 뜻밖에 왕위에 오른다. 원성왕은 일생일대에 가장 운명적인 순간을 앞두고 흉兇과 길吉, 곧 명과 암·선순환과 악순환의 극단적인 변화를 몸소 겪으면서 궁달의 불측한 움직임의 결과를 체득하였던 것이다.

이렇게 몸소 체험을 통해 임금이 '궁달의 변을 익히 잘 알고 있었음〔誠知窮達之變〕'을 깨달을 수 있는 실제 사례는 여러 번에 걸쳐서 나타난다. 즉위하자 왕은 부친인 대각간大角干 효양孝讓이 조상에게서 전해 가지고 있던 만파식적萬波息笛을 물려받는다. 이는 뜻밖에 왕위에 올랐지만 그에게 법통이 부여되었다는 점을 말하는 것이다. 이 신령스럽기 이를 데 없는 귀물을 다량의 금을 바치면서까지 한 번만이라도 보고자 하는 일본 왕의 불순한 의도를 간파한 왕은 거짓말로 응대하면서 물리친다. 또 당나라 사신이 신라에 한 달을 머물다가 가면서 호국 용 세 마리를 훔쳐서 떠난 것을 뒤늦게 알고 쫓아가서 달래고 크게 꾸짖는 등 강·온 양면 작전을 편 끝에 마침내 되돌려받는다. 이처럼 능소능대의 지략으로 상대방을 제압하는가 하면, 당나라 황제의 여의주가 신라에 잘못 들어온 일로 하여 난처한 국면에 몰렸을 때 슬기롭게 처신한 일도 있었다.

설화식으로 기술되어 있는 위의 사례는 아무 의미도 없이 실려 있는 것이 아니다. 요컨대 왕이 매사에 궁달의 변화를 익히 잘 알고 있었다는 것과, 나아가 〈신공사뇌가〉가 그런 바탕에서 창작되었다는 점을 에둘러 알려주기 위해서 인용되었음이 분명하다.

이에 근거하여 〈신공사뇌가〉의 내용을 추정해 보면, 작자는 먼저 세사世事와 인간의 운명을 좌우하는 천명天命을 경외하고 찬양하는 헌사를 바쳤을 것이다. 이어서 북천의 신을 찬미하며 나라를 다스림에 궁달의 변화를 알아내어 대처할 수 있는 능력을 자신에게 내려 주기를 하늘을 우러러 기원하였을 것이다. 끝으로 신민을 향해 왕의 애민을 내세우면서 충성을 독려하는 말을 달았을 것이다. 줄거리는 그와 같지만 그 언사와 정서는 같은 치리가 계열인 〈안민가〉·〈혜성가〉·〈월명사 도솔가〉와 달랐을 것이다. 개인적으로 겪은 체험이 작용하여 서정성을 바탕으로 하였으리라고 추정한다. 이것이 필자가 그려 본 〈신공사뇌가〉의 문학세계다.

향가 가운데 치국治國·치세治世에 활용하려고 지어진 노래가 여러 편 있다. 〈신공사뇌가〉도 앞에서 언급한 바와 같이 거기에 맥이 닿아 있는 노래로 이해하면 틀림이 없다. 이러한 해석에 몇마디를 보탠다면, 〈안민가〉가 난세를 극복키 위해서 지어진 노래인 것과 달리 〈신공사뇌가〉는 새로운 정권의 출범을 담은 서기瑞氣와 사사로운 체험에서 우러난 서정도 겸한 노래였다는 것이다. 그리고 경덕왕은 월명사·충담사 등을 통해 시국을 수습코자 하였으나 원성왕은 그 자신이 향가를 직접 지어서 정치를 하고 치국

을 하였다는 사실이다.[17]

향가사에서 우리는 이 점을 중시하지 않을 수 없다. 헤아리건 대 56대 경순왕敬順王에 이르기까지 향가의 세勢로 보아 그 가운 데 여러 명의 군주가 직접 노래를 지었으리라고 추정할 수 있다. 그러나 현전하는 문헌기록만을 놓고 볼 때, 원성왕이 유일한 '향 가 임금'이라는 점을 새삼 강조하지 않을 수 없다. 한시가 아닌 우리말 노래인 향가로서 신민과 가까이 한 점을 높이 평가할 만 하다고 결론을 내린다.

2. 희한한 향가 〈우적가〉

영재의 〈우적가遇賊歌〉도 원성왕 때의 작품이니 향가와 관련하 여 이 군왕 대를 가볍게 볼 수 없다. 위에서 말한 바와 같이 경 덕왕 대의 창작 분위기가 그대로 지속되면서 앞 시대를 뒷받침하 였다고 해석할 수 있다. 뒤에서 말하겠지만 이 노래도 그때의 정 치적 또는 시대적인 환경과 깊은 관계를 맺고 있다. 정권 교체기 였던 중대中代 말기와 하대下代 초기가 순탄스럽지 않았다는 사실 을 문학이 나서서 증언을 한 셈이다.

정치적이니 시대상이니 하면 수용자 입장에선 일단 무겁고 복잡한 예상을 하게 된다. 그러나 〈영재우적〉 조의 서사기록은 가벼운 웃음을 자아내게 하는 요소도 일부 있어서 흥미와 재미를 느끼게도 한다. 문헌 기록의 첫머리에서도 영재의 천성이 골계스 럽다고 하였다. 요약하면 이렇다. 스님인 영재가 나이 아흔쯤 되

---

17) 조동일,《한국문학통사》1, 지식산업사, 1994, 172면.

자 남악(南岳, 현 지리산)에 은거하여 여생을 보내기로 작정하고 길을 나선다. 여항을 벗어나 대현령大峴嶺에 이르렀을 때 뜻밖에 60여 도적떼를 만나 위기에 몰리게 된다. 도적들이 그를 해치려 하였으나 칼날 앞에서도 그는 시종 태연한 자세를 취한다. 놀란 쪽은 외려 도적의 무리들이었다. 그들은 스님의 의연한 태도에 감동한 나머지 이름을 물었는데, 놀랍게도 향가로 명성이 드높은 영재 화상이 아닌가. 이에 도적들이 그에게 향가를 지어 보라고 주문하자 영재는 즉석에서 다음과 같이 읊었다.

> 제 마음이
> 모든 형해形骸를 모르려 하던 날
> 멀리 □□ 지나치고
> 이제는 숨어서 가고 있네
> 오직 그릇된 파계주를
> 두려워할 모습으로 (내 어찌) 다시 또 돌아가리
> 이 칼을 맞는다면
> 좋은 날이 오리니
> (그러나) 아으, 요만한 선善으로야
> 새 집(극락)에는 아직 턱도 없습니다

(□□=脫字)

영재의 언행과 노래에 저들은 더욱 크게 감동한다. 그리고는 칼과 창을 내던진 뒤 머리를 깎고 영재의 무리가 되어서 함께 지리산에 들어가 다시는 세상에 나오지 않았다고 기록은 전한다. 다른 무리들도 아닌 도적떼들의 요청을 받고 그들을 위해 노래를

지었다는 이 사실이 워낙 희한한 일이라서 관심을 끈다. 이런 이
유 때문에 〈우적가〉는 향가사에 아주 특별한 노래로 남는다. 그
런 시가를 지은 영재를 앞에서 말한 바와 같이 일연은 '선향가자'
로 치켜세웠다. 작가의 이름이 산속에서 숨어 살던 무리들에게까
지 알려진 예는 그 말고는 없다.

　이 몇 가지를 종합해서 정리하자면 이렇다. 즉, 신라시대의 향
가는 요즘 말로 치자면 대중성을 갖추고 있어서 전파력이 비교적
강하였다고 본다. 대중성이 강한 향가이다 보니 노래를 잘 짓는
사람은 그 이름이 널리 알려져 있었다고 생각한다. 《삼국유사》에
나타난 바로는 영재가 유일한 인물이지만 실제로는 더 많은 사람
의 이름이 대중들의 입에 '선향가자'로 오르내렸다고 추정하여도
무리가 없다. 이는 충담사의 경우를 떠올리면 짐작이 가능하다.
그의 이름만이 아니라 〈찬기파랑가〉라는 작품까지도 경덕왕이 알
고 있었다. 임금이 그를 기억하고 있을 정도라면 여항인들에게는
그의 명성이 더욱 귀에 익숙해 있었을 것임은 두말할 나위도 없
을 것이다.

　〈우적가〉는 60여 도적들 때문에 생긴 노래다. 따라서 작품의
세계를 논하기에 앞서 그들이 정말 남의 재물을 빼앗고 목숨을
위협하는 일을 업으로 삼던 무리들인지를 검증할 필요가 있다.
저들이 영재를 만나 보여 준 일련의 행위를 놓고 일찍이 "도적
답지 않은 도적들의 언행"[18]이라는 견해를 밝힌 평론가도 있는
데, 맞는 말이다. 그렇게 순진한 도적이 어디 있는가. 그런데 아
무리 향가가 대중성이 있는 노래라고 하나 흉악한 산적山賊들까

---

18) 이어령, 《한국인의 정신적 고향》上, 삼성출판사, 1968, 58~59면.

지도 익히 알 수 있는 그런 것은 아니지 않은가. 도적들의 명수
名數가 60여 명이라고 했는데 이것도 깊이 따져 볼 만한 것이다.
그 당시 신라사회가 아무리 어려운 처지에 놓여 있었다고 가정
할지라도 그렇게 양민들이 뿔뿔이 흩어지지 않고 떼를 지어서
산적질을 하리만큼 나라의 형세가 망하기 직전이었다고 볼 수는
없다. 다른 모종某種의 피치 못할 일로 집단을 이룬 무리들이 아
닌가 싶다.

　이런 식으로 문제를 삼고 다시 서사기록을 꼼꼼히 읽으면서
파고들다 보면 저들의 신분을 다음 두 가지로 추정할 수 있다.
첫째, 정치판에서 권력다툼을 하다가 패배하여 산속으로 쫓겨나
숨어 살던 무리들이기 쉽다. 이를 좀 더 구체적으로 지적하자면,
혜공왕 시해로 정권이 중대에서 하대로 넘어갈 때 상당한 진통이
있었는데, 목숨을 건 싸움에서 밀려난 중대 정권의 일부 세력이
그들이 아니었던가 싶다. 또는 앞에서 나온 얘기이지만 원성왕이
임금이 된 사건은 실로 의외의 일이거니와, 사서史書에서는 순조
롭게 등극한 것으로 기록되어 있으나 전후 사정으로 보아 필시
저항 세력이 있었다고 헤아려진다. 억울하게 왕좌를 놓친 김주원
의 지지 세력 일부가 저항하다가 산중으로 거점을 옮긴 것이 아
닌가 싶다. 이렇게 추정할 수 있는 까닭은 노승을 대하는 저들의
행위가 도적답지 않은 유식층이라는 심증이 가기 때문이다.

　둘째는 화랑단의 잔비殘匪일 가능성이다. 통삼 이후 화랑단의
쇠락에 대해서는 〈모죽지랑가〉·〈찬기파랑가〉를 논할 때 언급한
바 있어서 재론치 않겠다. 다만 첨언코자 하는 것은 비록 위세가
꺾이고 규모가 대폭 줄었다고는 하나 화랑 조직 자체는 원성왕
대는 말할 것도 없고 신라 말까지 유지되었다는 점이다. 그러나

국가적 차원의 대우는 지극히 불량하여, 이에 불만을 품고 중앙
정부에 대항한 끝에 실패하여 산속으로 쫓겨난 화랑단의 일부 세
력들일 수도 있다는 점이다. 그 근거로는 60여 도적들이 무기인
칼과 창을 지니고 있었다는 점을 들 수 있다.

　서사기록의 해독은 여기서 매듭을 짓고 눈을 돌려 가사를 보
기로 한다. 도적들이 이 노래를 듣고 크게 회심하였다고 하니 노
래 내용이 전법傳法의 언어로 가득 차 있다고 예단할 수 있다. 그
러나 막상 읽어 보면 그렇지 않다는 점을 쉽게 알 수 있다. 처음
서부터 끝까지 화자 자신의 개인적인 심경과 소회를 담담하게 피
력하고 있을 따름이다. 작심하고 저들을 깨우치려는 언사는 어디
에서도 찾을 수 없다. 그럼에도 도적들은 크게 뉘우친 끝에 영재
의 승도僧徒가 되었다. 개인적인 차원의 심경 토로를 통한 전법
— 이것을 〈우적가〉의 뚜렷한 시적 특질로 꼽아야 할 것이다. 언
외언言外言의 미학이라고 할 만하다.

　〈우적가〉에서 접할 수 있는 진술의 또 다른 특징은 두 번에
걸친 부정의 선언이다. 화자는 5~6행에서 적도들의 위협에 굴복
하여 다시 미망과 무명의 세속적인 정신세계로 되돌아가는 것을
거부하며 부정한다. 무외無畏의 결연한 의지 표명에 아마도 도적
들은 속세와의 인연을 끊을 계기와 기반을 여기서 마련했으리라
고 상상해 볼 수 있다.

　두 번째의 부정은 후반부, 그 가운데서도 결사인 9~10행에서
만날 수 있다. 화자가 말한 바를 쉽게 풀어서 설명하자면, "그대
들의 칼에 맞아서 목숨을 잃는다면 그 또한 나에게는 좋은 세상
에 태어나는 기쁜 순간이 될 것 같지만, 허나 그만한 일로 극락
왕생하기는 턱도 없으니 그대들 칼에 죽는 일도 거부하겠노라"

쯤이 된다. 요컨대 목숨을 보존하겠다는 뜻이다. 이 지점에서 우리는 광덕의 〈원왕생가〉를 떠올릴 기회를 갖기로 하자. 〈원왕생가〉의 작자는 한사코 빨리 죽기를 열망한다. 죽어서 서방정토에 왕생하는 것만이 그가 가야 할 유일한 길이다. 죽음을 두려워하지 않고 있다는 점에서 〈우적가〉와 통한다. 정녕 〈원왕생가〉의 불심도 대단하다 하지 않을 수 없다. 그러나 화자 혼자만의 왕생극락을 지향하고 있으니 소승적인 수준을 벗어나지 못하고 있음이 분명하다.

〈우적가〉에서의 죽음에 대한 거부와 부정은 그와는 성향을 달리한다. "칼에 맞아서 죽는 것쯤 하나도 두렵지 않으나 그렇게 무의미하게 목숨을 내놓을 수 없는 까닭은 그대들과 함께 '성불'할 수 있는 시간을 누릴 수 없기 때문이노라." 이것이 곧 〈우적가〉의 대승적인 속뜻이라고 하겠다.

향가에 크게 감동한 도적들은 지니고 있던 비단 두 필을 스님에게 내놓으며 감사의 뜻을 표한다. 그러자 영재는 재물이 지옥의 근본이 된다고 설파하면서 땅에 내던진다. 노랫말에 이어 행동으로서도 세속적인 것을 물리쳤으니 셈하면 세 번의 거부가 된다. 세속을 떠난 것까지 포함하면 네 번이다. 그러므로 〈우적가〉는 거부의 의지를 담아낸 '자경가自警歌'라 하겠다. 자경가라는 규정은 김종우가 내린 것이다.[19]

세상에는 별별 희한한 일이 많다. 세상과 인생의 삶이 그러니 시를 비롯한 문학 또한 그 테두리를 벗어날 수 없다. 문학의 소

---

19) 김종우金鍾雨, 《향가문학론》, 硏學文化社本, 1971, 114면.

임이 무엇인지를 생각하면 답이 저절로 나온다.

이 장에서 읽은 〈신공사뇌가〉와 〈우적가〉, 이 두 편의 배경담 背景談이야말로 찾아보기 쉽지 않은 희귀한 이야기다. 단순히 서 사기록이라고 말하기보다 '소설적'이라고 표현하는 것이 훨씬 정 곡을 뚫은 표현이라고 할 수 있다.

원성왕이 폭우 덕분에 왕위에 올랐다는 사실史實, 이 꿈 같은 사건이 진짜 꿈의 해몽에서 잉태되었다는 얘기를 접하면서 세상 에는 이런 기막힌 일도 있구나 하며 감탄하지 않을 수 없을 것이 다. 중국과 왜의 외교전에서 발휘한 왕의 '誠知窮達之變'의 지혜와 안목이 마침내 〈신공사뇌가〉를 지어서 향가사에 남겼다는 점, 신 기한 느낌마저 들게 한다.

영재의 〈우적가〉는 또 어떤가. 도적 떼들의 요청을 받고 노래 를 지어서 그들을 감동시킨 끝에 자신의 문도로 삼았다는 일련의 스토리가 그 당시를 전후하여 우리나라 신라시대를 빼고 세계 다 른 나라에도 과연 있었을까. 세상이 하도 넓으니 혹 있을지 모르 나 그래도 의문이 간다. 그냥 형식적으로 하는 말이 아니고 정말 궁금해서 묻는 것이다.

이렇게 아주 썩 드문 노래들이니 《삼국유사》에 등재되었을 것 이다. 이런 내용의 소견은 앞에서 다른 작품들을 얘기할 때도 몇 번 밝힌 적이 있지만 이번 경우는 그보다 훨씬 강한 어조로 강 조한다.

제8장 신라 향가의 마지막 작품, 간통문학 〈처용가〉의 여러 국면

신라 향가의 마지막을 장식한 작품은 49대 헌강왕(憲康王, 875~886년 재위) 때에 처용이 읊은 〈처용가〉다. 앞에서 언급한 바와 같이 경덕왕 대 전후는 향가의 전성기였다. 그렇다면 그 이후에도 향가의 세는 계속되어야 정상이다. 그러나 현전하는 텍스트의 실제 양상은 그와는 다른 모습을 하고 있다. 원성왕 대에서 헌강왕 대까지는 약 90년쯤의 시간적인 간격이 있다. 그 짧지 않은 세월을 허비하고서야 겨우 향가 한 편이 나왔다는 것은 쉽게 믿기지 않는다. 적요감마저 느낄 정도다.

하지만 고려 16대 예종睿宗 대까지 작품의 생산이 이어진 것을 보면, 경덕왕부터 원성왕 이후 48대 경문왕景文王 대까지의 공백은 정작 향가의 불임不姙을 말하는 것이 아니라 작품의 일실로 말미암은 부전不傳을 뜻하는 것으로 해석함이 마땅하다.

〈처용가〉의 서사기록은 매우 흥미롭다. 재미 면에서는 〈서동요〉·〈헌화가〉와 함께 단연 으뜸으로 꼽을 만하다. 그렇기 때문에 오래전부터 많은 사람들이 서사기록의 줄거리를 익히 기억하고 있다. 이렇듯 두루 알려져 있으므로 그 줄거리를 요약하는 절차는 밟지 않기로 한다. 그에 관한 분석은 뒤로 미룬다.

> 서라벌 밝은 달에
> 밤들이 노닐다가
> 들어와 자리를 보니
> 다리가 넷이러라

둘은 내 것인데
둘은 뉘 것인고
본디 내 것이다마는
빼앗긴 것을 어찌하리오

아내가 역신疫神으로 비유된 외간 남자와 잠자리를 함께하고 있는 현장을 처용이 밖에서 돌아와 목도하고 이 노래를 부르며 물러났다고 〈처용랑 망해사處容郞望海寺〉 조의 기록은 전하고 있다. 위 노랫말은 〈모죽지랑가〉와 함께 8행체로 구성되어 있다. 남녀의 다리가 뒤엉켜 있는 불륜 장면을 묘사하고서 뒤이어 화자 자신의 심경을 드러내는 것으로 마감한다. '날것' 그대로여서 문학성 운운하기조차 민망하리만큼 수준 이하임을 쉽게 느낄 만하다. 향가 가운데 가장 뒤떨어지는 작품이라 하겠는데, 시가다운 점이 워낙 없기 때문에 저속한 '간통문학' 또는 비시非詩적 노래라고까지 심하게 언급할 수밖에 없다. 텍스트의 수준이 이와 같으므로 〈처용가〉라는 이름의 이 노래에 대한 문학적 측면에서의 평가는 잠정적으로 일차 박하게 내려도 괜찮다.

하지만 관점을 달리하여 분석해 보면 그렇듯 시종 낮추어 보는 시각에도 문제가 있다. 피상적인 독법에서 벗어나 세심하게 다시 조망한다면 〈처용가〉는 나름대로의 특성을 갖추고 있어서 시가사적인 의미를 부여할 만한 작품임을 알 수 있다. 서사기록의 함의와 연관 짓지 않고 순전히 노랫말만 놓고 보아 그렇다.

여기서 한마디 하겠다. 질과 수준 여부를 떠나 〈처용가〉는 어쨌든 시가 작품이다. 그럼에도 광복 이후 오늘에 이르기까지 문학적인 풀이는 외면한 채 서사기록만 붙잡고 별별 학설을 토해

낸 것이 처용가 연구의 숨김없는 실상이다. 배경에 해당하는 관련 기록이 워낙 학문적인 관심을 끌기에 충분하므로 이에 집중하지 않을 수 없는 사정을 모르지 않으나, 그렇다고 〈처용랑 망해사〉 조의 핵심인 작품을 거의 외면할 수는 없지 않은가. 이런 점에 유의하면서 이 책에서는 먼저 간략하나마 텍스트를 문학적으로 성찰한 다음에 서사기록 쪽으로 눈길을 돌리기로 하겠다.

우선 3~4행을 놓고 숙고해 보자. "들어와 자리를 보니 / 다리가 넷이러라"고 토설하는 화자의 심정이 어땠었는지는 짐작하기 어렵지 않으므로 그냥 접어 두기로 한다. 우리가 관심을 두어야 할 점은 이 두 행에 담겨 있는 진한 에로티시즘이다. "다리가 넷"이라는 말은 결국 남녀가 한 몸이 되어 정사情事에 빠져 있다는 얘기이다. 이와 같은 노골적인 표현을 천수백 년 전 이른 시기에 스스럼없이 드러내는 일이 가능하였다는 사실에 주목하지 않을 수 없다. 이를 처용의 아내가 역신에 의해 병이 든 상태를 은유한 것이라고 주장하는 견해도 있으나, 이는 무가巫歌인 〈고려처용가〉와 연결시키려는 의도에서 나온 무리한 학설이다. 신라의 〈처용가〉에는 아직 무가의 요소가 없다. 고려시대 속요에서 쉽게 접할 수 있는 남녀상열의 장면이라면, 원래 그런 장르인 줄 알고 대할 수 있기 때문에 그러려니 하고 예사롭게 넘길 수 있다.

그러나 향가 장르는 다르다. 남녀의 색정적인 장면을 그린 작품은 이 〈처용가〉 이외는 한 편도 없다. 그 근처에 가는 노래도 있지 않다. 그런 갈래인데 아주 드물게도 〈처용가〉에 이르러 에로티시즘의 장면이 나타난 것이다. 놀라운 현상이다. 고려 속요의 음사淫詞적인 묘사와 신라 〈처용가〉와는 전혀 연관성이 없다. 이 말은 속요가 〈처용가〉의 일부 대목으로부터 영향을 받았다고 해

석할 수 없다는 뜻이다. 그러나 그렇다손 치더라도 시가사를 기
술하는 학문적인 입장에서는 직접적인 수수 관계와 상관없이 색
정적인 표현의 유사성 또는 동질성으로 둘을 서로 이어주는 일이
결코 무리한 작업이라고는 생각하지 않는다. 아니, 그렇게 느슨하
게 얘기해서는 안 된다. 고려 속요의 남녀상열도 〈송사다함가〉에,
에로티시즘도 〈처용가〉, 〈서동요〉를 비롯한 향가에 뿌리를 박고
있다고 단정을 내려야 한다. 조금만 깊이 생각해 보면 알 수 있
다. 음사로 통하는 속요가 그 근원도 없이 어느 날 갑자기 고려
시대에 돌출했다고 볼 수 있는가. 결코 그렇지는 않았을 터, 반드
시 그 연원이 있었기에 그런 성향의 노래가 지어지고 가창되었을
것이리라. 그 내력을 〈송사다함가〉(〈천관원사〉 포함)며 〈처용가〉·
〈서동요〉 등 앞 시대의 문학인 향가에서 찾아야 한다는 것은 군
말을 덧붙일 필요조차 없는 당연한 논리라 하겠다.

　"본디 내 것이다마는 / 빼앗긴 것을 어찌하리오" ― 〈처용가〉는
이렇게 끝난다. 그리고 처용은 종적 없이 사라진다. 그는 자신의
아내가 외간 남자와 간통을 하고 있는 현장을 직접 목도하고서도
아무 행동을 취하지 않고 이렇게 물러난다. 이 대목을 어떻게 해
석해야 할까. 상상을 초월한 '체념'과 '포기'의 정서를 느낄 수 있
다. 아주 보기 드문 장면이 아니겠는가.

　이른 시기 문학에 이렇듯 성관계를 다루면서 예사로움을 뛰어
넘은 화자의 태도를 접할 수 있었다는 사실에서 〈처용가〉의 존재
의미를 찾고자 한다. 〈신라처용가〉는 여기서 끝난다. 그 이하 문
신門神에 얽힌 기록은 〈처용가〉와 연관이 있는 것이 사실이나 이
는 '현장' 이후의 것으로 간격을 두어서 분석해야 한다.

　자, 이제 서사기록을 해석하기로 하자. 여타의 향가 기록과는

비교가 되지 않을 정도로 풀기에 어렵다는 점, 모든 연구자들은 익히 알고 있다. 학설이 분분한지라 아직 정설이 굳어져 있지 않은 것도 두루 알고 있는 바다.

〈처용랑 망해사〉의 전체 주지를 필자는 '신라 말 물질적으로 풍요로우며 정신적으로 사치스럽고 무사태평하여 상하 구별 없이 퇴폐적으로 놀고 즐김에 산신과 지신이 왕조가 망할 것이라고 춤을 추어 경고하였으나, 사람들은 이를 깨닫지 못하고 더욱 탐락에 빠져 나라는 끝내 망함'으로 파악한다. 처용의 밤놀이, 그의 아내와 역신의 정사情事도 그러한 사회적 타락의 하나였다고 본다. 아직 신라가 무너지기까지 50년쯤 남아 있음에도 기록문은 "나라의 멸망[國終亡]"이라고 앞당겨 쓰고 있는데, 이는 새로 들어설 왕조인 고려의 왕건王建이 그때 태어난 것을 부각한 결과로 보고자 한다.

〈처용가〉와 그 노래의 산문기록을 어떤 관점에서 풀이하든, 반드시 위처럼 신라 말의 사회상과 종당에는 국가가 멸망했다는 역사적인 기록을 중심에 놓고 해독해야 기본에서 벗어나지 않은 연구가 된다고 단정한다. 〈처용랑 망해사〉 조가 삼국 왕조의 정치와 흥망을 기술한 기이紀異 제2편에 수록되어 있다는 점도 상기할 필요가 있다.

이른바 역사사회학적 측면의 성찰이라고 할 수 있는 위의 해석을 초기에 구체적으로 이끈 이는 이우성李佑成이다. 그는 당시의 경주를 병든 도시로, 울산을 비롯한 여러 지방을 신라사를 변혁시킬 수 있는 에너지를 축적하면서 반경주·반중앙정부의 실력을 쌓고 있는 지역으로 규정하였다. 동해 용은 울산의 유력한 지방 토호를 비유한 것으로 보았다. 헌강왕의 울산 행차는 건강한 그곳에서 세력을 키워 나가는 유수한 집단을 견제하고 어루만지기 위한 나들이였다고 논급하면서, 용의 아들인 처용을 경주로 데려온 것은 그를 볼모[質子]로 삼아 울산 지방 세력을 견제하려는 데 그 목적이 있었다고 해석하고 있다.

처용은 입경入京하여 왕의 극진한 배려로 아름다운 여인과 결혼도 하고 급간級干의 벼슬도 받았으나, 외래자의 한계를 극복하지 못하고 소비와 퇴폐의 병든 도시인 서라벌의 분위기에 그대로 빨려 들어가서 밤이 깊도록 거리를 헤매며 놀이에 탐닉하기에 이른다. 퇴폐한 도시의 상징이기도 한 그의 아내도 역신疫神으로 비유된 유한공자遊閑公子, 또는 타락한 화랑의 후예와 동침하면서 문란한 생활에 빠진다.

야밤에 밖에서 돌아온 처용은 모든 것을 체념하고 포기하는 심정으로 몇 마디 읊으면서(노래하면서) 가정으로부터 뛰쳐나온다. 춤을 추었다고 하였는데 이는 후대의 과장된 표현일 것이다. 이것이 신라의 멸망과 결부시켜서 풀이한 해석이라고 하겠다.[20]

이용범李龍範의 학설은 범위를 신라 밖으로 확대시키고 있다는 점에서 주목을 끌고 있다. 그는 처용을 이슬람 상인으로 간주한다. 문헌에 전해 오는 처용의 화상(용모)이 서역西域 사람의 모습이라는 것, 상술商術에 밝은 저들은 세계를 무대로 무역업에 진출하여 중국을 거쳐 신라에 들어왔다는 것, 〈처용가〉의 현장인 개운포가 저들이 신라를 출입할 때 이용한 항구라는 것, 이슬람 상인들이 신라에 상륙하여 무역활동을 한 증거로서 각종 서역 물건이 현지에서 발굴되거나 그 물명物名이 문헌에 등재되어 있다는 것, 헌강왕이 이슬람 상인의 아들 한 명을 서라벌에 데려온 것은

---

20) 이우성, 〈三國遺事소재 處容설화의 一分析〉, 여당 김재원박사 회갑기념사업위원회 편, 《金載元박사회갑기념논총》, 을유문화사, 1969.

국제 무역 분야에서 왕정王政을 보좌토록 하기 위한 조치였다는 것 등이 그가 제시한 논리다. 이러한 학설에 따라 〈처용가〉를 해석한다면 왕의 파격적인 배려에도 신라에 뿌리를 내리지 못한 이 방인이 그의 아내를 빼앗긴 아픔을 토로한 노래가 된다.21)

이상 두 학설이 모두 근거와 논증 면에서 설득력을 확보하고 있는데, 둘 가운데 어느 하나를 택하라면 망설여질 수밖에 없다. 단, 위에서 말한 것처럼 신라의 멸망을 꼭 중심에 놓고 풀이하여야 한다는 측면에서 본다면 전자에 경도될 수밖에 없다.

이렇듯 난처한 국면을 이도흠은 이렇게 풀고 있다.22) 〈처용랑 망해사〉 조는 여러 가지 이야기가 세월을 거쳐 켜켜이 쌓아진 적층설화이며, 따라서 어느 하나를 택하여 그것만 고수해서는 안 된다는 것이다. 〈처용랑 망해사〉 설화는 신라 말 49대 헌강왕 대에서 약 250년쯤 거슬러 올라간 26대 진평왕 대로부터 내려오는, 문에 얼굴을 그려 역신을 내쫓는 벽사신辟邪神 설화가 그 원형이었다고 그는 주장한다. 그때의 벽사신은 샤먼Shaman으로, 초월적 존재의 힘을 빌려 역신을 쫓음으로써 인간의 병을 치유하였다.

그랬었는데 세월이 흘러 헌강왕 대에 이르자 용으로 상징되는 해양 세력이 개운포에 들어오는 사건이 일어났다. 그들은 왕의 발탁으로 여러 해 동안 신이한 행적을 보여 주었다. 신라에는 없는 발달된 의술로 많은 사람의 병을 고쳐 준 것이다. 그러다가 명이 다하여 죽자 진평왕 대의 첩문민속帖門民俗에 따라 신라인들

---

21) 이용범, 〈처용설화의 一考察〉, 《진단학보》 32, 진단학회, 1969.

22) 이도흠, 〈처용가의 화쟁기호학적 연구〉, 《한국학논집》 24집, 한양대학교 한국학연구소, 1994.

이 그를 역신을 쫓는 무속의 신으로 모시기에 이르렀다. 이 벽사신 처용의 신성전설은 불교 수용 이후 시대에는 망해사 연기 설화로 다시 변모한다. 신라의 세계관이 변하니 원래 샤머니즘 설화는 불교의 외피를 입는 일도 피하지 않았다.

신라의 타락과 멸망의 역사적인 관점에서 해석한 학설을 따른다면, 위 해양세력인 이슬람인의 경우와 마찬가지로 진평왕 대 벽사신 설화에 연결되면서 이른바 처용설화, 〈처용가〉·'역신을 막는 문신門神'으로 종결되거니와 그 모든 것은 나라의 멸망[國終亡]을 있게 한 큰 사건의 요인이었음은 위에서 언명한 바 있다.

이상 이도흠의 주장처럼 〈처용랑 망해사〉 조의 서사기록 자체가 오랜 세월에 걸쳐 여러 화소로 형성된 적층설화이므로 수용자의 관점에 따라 어느 하나를 택하여 이해하고 해독하면 된다. 이 책에서는 이미 밝힌 바와 같이 신라 멸망과 연관된 사건이라는 견해를 따른다.

신라의 향가는 〈처용가〉로 마감한다. 쓸쓸한 종막이라 하겠다. 이 노래 외에 다른 작품이 한두 편이라도 더 있어서 함께 끝을 맺었다면 그나마 덜 허전할 터인데, 달랑 〈처용가〉 그 한 편만이 장구한 신라 향가문학사의 문을 닫는 일을 전담하였으니 보기에 처량하기까지 하다.

신라의 향가를 마무리 짓는 끝 노래가 하필 한 가정이 폭삭 망하고, 끝내는 '나라의 멸망[國終亡]'으로 이어지는 내용이니 더욱 참담하다. 그러나 고려의 향가가 분위기를 일신하여 새롭게 출발한 것은 천만 다행한 일이라 하겠다.

제 9 장　고려의 향가

1. 〈보현십원가〉 — 균여대사의 결기와 전략의 결과물

향가의 생명은 실로 끈질기고 길다. 고려왕조가 개창된 뒤에
도 향가의 기세는 꺾이지 않고 그대로 이어진다. 왕조의 교체는
정치적인 사건일 뿐 문학과는 거의 무관한 것이므로 새삼스러운
일은 아니다. 그러나 우리 옛 시가의 여러 갈래에서 이처럼 수명
이 긴 예는 향가 이외에는 달리 찾을 수 없다는 점을 기억하기
로 한다.

'고려 향가'의 첫 작품은 균여(均如, 923~973년, 태조 6년~광종 2
4년)의 〈보현십원가普賢十願歌〉다. 고려 초기 '향가 짓기'의 양상을
되돌아보면 전대인 신라시대에서는 전혀 찾아볼 수 없었던 두 가
지 현상이 나타난다. 첫째는 뒤에서 말할 8대 현종顯宗 대 군신들
의 집단 공동 창작이고 둘째는 불경佛經의 향가화인데, 이제 논의
코자 하는 〈보현십원가〉가 바로 그 가운데 하나다. 이 두 가지
방식의 향가 짓기가 신라에서도 있었을 가능성이 매우 높으나,
현전하는 텍스트가 없고, 문헌기록에도 그런 사실을 적어 놓은
것을 찾을 수 없으니 고려시대의 유일한 방식이었다고 기술하는
것은 어쩔 수 없다.

〈보현십원가〉의 정확한 번안飜案 연대는 알 수 없다. 균여대사
의 나이 45세쯤, 그러니까 입적하기 오륙 년쯤 전인 제4대 광종
(光宗, 943~975년 재위) 18년 무렵에 지어졌으리라고 짐작된다. 11
수의 긴 이 노래는 향찰문자를 사용하여 《화엄경華嚴經》 권40 〈보
현행원품普賢行願品〉의 요지를 간추려서 시가로 옮겨 놓은 불가계

향가다. 한문으로 기록된 불경이 난해함에 따라 많은 불자들이 그 뜻을 제대로 이해하지도 못하고 입으로만 건성으로 되뇌어 온 오랜 관습이 이 〈보현십원가〉로 일부 해소되었다는 점, 이것이 균여가 우리 향가사에 남긴 큰 업적이라고 하겠다.

민족어와 민족문학에 남다른 애착이 없다면 이루어낼 수 없는 일을 균여는 마침내 해냈거니와 〈보현십원가〉에서 우리가 길어 올려야 할 가장 소중한 가치는 작품 그 자체 이전에 그것을 만들어 낸 그의 당찬 '결기'다. 〈보현십원가〉는 균여의 바로 이러한 '결기'가 생산해 낸 노래다. 이런 사실을 중심에 놓고 〈보현십원가〉를 대하여야 한다. 텍스트의 수준과 미학이야 어떻든[23] 텍스트 그 밑바탕을 관류하고 있는 번안자의 이 결기를 문학사 서술에서 가장 높이 평가하고 의미 있게 다루어야 한다는 뜻이다.

〔1〕 대개 사뇌詞腦란 세상 사람이 희롱하며 즐기는 도구다. 원왕願往은 보살이 행실을 닦는 추요樞要다. 그러므로 얕은 데를 건너 깊은 데로 가고 가까운 데로부터 먼 데로 이르게 되니 세속의

---

23) 황패강은 종교성과 함께 문학적으로도 성공한 수작으로(앞의 책, 641~642면), 이연숙은 화엄밀교적 진언眞言으로 된 독특한 작품으로(《신라향가문학연구》, 박이정, 1999, 106면), 김승찬은 〈청전법륜가〉를 제외한 나머지 모두는 문학성이 결여된 교조적 계열의 노래라고 평가하였다(《향가문학론》, 새문사, 1989, 423면).

조동일은 《한국문학통사》 1, 305~309면에서 균여가 〈보현십원가〉를 지은 광종 그 당시를 신라 말 각 지방에서 일어난 선종禪宗의 기세가 지방 세력과 연결되어 민심을 장악하고 있었던 때라고 한 뒤, 이는 중앙집권적인 통치체제를 지향한 통치자가 나라를 이끌어 가는 데 장애가 되는 움직임이었다고 하였다. 이에 균여는 선종이 아닌 교종敎宗의 화엄사상과 철학을 쉬운 향가로 번안하여 왕권강화를 꾀한 광종의 정책을 뒷받침하였다고 주장하였다. 정치사상사적인 관점에서 본 견해다.

도리에 따르지 않고는 천한 바탕을 인도할 길이 없으며 누속陋俗
한 말에 따르지 않고서는 넓은 인연을 나타낼 길이 없다.

　　이제 알기 쉬운, 가까운 일에 의탁하여 생각하기 어려운 종지
宗旨를 이해하기 위해 십대원十大願의 글에 따라 11장의 거친 노래
를 지었다. (중략)

　　〔2〕 웃으며 외우려는 사람은 송원誦願의 인연을 맺게 될 것이
며, 훼방하면서 염念하는 사람도 염원의 이익은 얻게 될 것이다.
엎드려 청하오니 뒤에 오는 군자는 비방하든, 칭찬하든 뜻대로
하소서.

〈보현십원가〉의 서문이다. 이 서문에서 결기 말고도 놓쳐서는
안 될 또 하나는 그의 '전략'이다. 〔1〕에서 균여는 세속의 도리와
비속한 말에 의탁하여야만 《화엄경》〈보현행원품〉의 종지宗旨를
이해할 수 있으므로 11장의 사뇌가를 지었다고 하였다. 숙고 끝
에 그가 찾아낸 전략이었다. 그의 의도와 전략 및 선명한 향찰관
鄕札觀은 세종의 훈민정음과 비견할 수 있는 것으로 평가된다. '전
략'을 운위하는 까닭은 바로 이와 같기 때문이다. 〔2〕에서 그는
자신의 작업을 훼방하면서 염려하거나 뒤에 오는 군자 가운데 비
방하는 사람이 있을 것임에도 소신을 꺾지 않았다. 그런 연후에
"비방하든 칭찬하든 뜻대로 하소서"라고 배포와 자신감 넘치는
말을 남겼다. 다른 일도 아닌 번안 작업, 곧 종교적인 문학행위를
하면서 마치 지사적인, 또는 전쟁터에 출전하는 전사의 출사표인
양 소회를 밝힌 이와 같은 예를 우리는 어디서 또 찾을지 알지
못한다. 앞뒤 문맥으로 보아 균여대사가 시도하여 마친 이 작업
이 그때 문화적·사회적 통념 때문에 심리적인 압박감 아래 어렵
게 진행되었음을 쉽게 짐작할 수 있다.

그랬었다. 후일의 멸시와 비판을 보면 익히 알 수 있다. 균여
보다 백수십 년 뒤의 고승인 대각국사大覺國師 의천(義天, 1055~11
01년, 문종 9년~숙종 6년)과 3백 년 뒤의 승려인 본강本講 화상 등
의 혹평과 매도가 이를 말해 준다. 그들은 균여의 저작을 유서謬
書로 규정하고 뱀 보듯 하였다[蛇蝎視].24) 균여 당시에도 최소한
승려사회 안에서는 같은 기류가 형성되어 있었음이 확실하다고
언명하여도 좋다. 그런 난관을 뚫고 곧은 결기로 고려왕조 벽두
에 현전하는 향가 역사에서 유일무이한 번안물을 남긴 그의 공로
는 신라의 대표적인 선향가자인 월명·충담사·영재에 맞먹는다고
말하여도 지나침이 없다.

〈보현십원가〉의 이해는 계속된다. 균여는 서문에서 훼방·염려·
비방하는 군자를 우려하면서도 또한 "웃으며 외온 결과 송원誦願
의 인연을 맺게 될 사람과 후대의 칭찬할 군자"가 있을 것이라고
낙관적인 전망을 한 바 있다. 그러한 기대와 전망은 빗나가지 않
았다. 〈보현십원가〉가 세상에 알려지자 예전에는 볼 수 없었던
새로운 방식으로 전파되는 힘을 과시한다.

혁련정(赫連挺, 생몰년 미상)의 《균여전》(1075, 문종 29년)에 이런
대목이 나온다.

> 위의 노래(〈보현십원가〉)는 널리 사람들의 입에 올라 전파되었
> 고, 가끔 담과 벽에도 쓰였다.

이 인용문에서 우리는 첫째, 후대 의천 등의 혹평과 삭거방언

---

24) 황패강은 앞의 책, 105면과 591면에서 균여의 작업에 대해 의천과 본강이 신
    랄하게 매도한 글 일부를 옮겨 놓았다.

(削去方言, 〈보현십원가〉를 포함하여 향찰로 된 균여의 60여 권의 저술을 없애 버림)의 수모를 뒤집는 반전의 장면을 만난다. 산문의 승려들은 몰라도 속세의 불자들은 되레 쉬운 글로 옮긴 균여의 노래를 반겼다는 사실과 대면한다. 더욱이 그의 〈보현십원가〉가 '담과 벽에도 쓰여서' 대중의 사랑을 받았다는 사실에 더욱 관심을 표한다. 향가가 이런 방식으로 전파되었다는 유일한 사례를 이 노래로 알 수 있기 때문이다. 신라 효성왕 때 신충이 〈원가〉를 지어 잣나무에 붙여서 소기의 목적을 달성한 일이 있지만 이는 포교를 위한 선한 목적과 동기에서 비롯된 〈보현십원가〉의 경우와는 차원이 다른 것임은 두말할 필요 없다.

둘째, 〈보현십원가〉는 향가에서 한시로 다시 옮겨지는 드문 변신을 한다. 균여가 뿌린 민족문학의 씨앗은 이윽고 중원의 송인宋人들을 위해서 재번역되는 기록을 남긴다. 우리의 문학이 내수용에서 수출용으로 바뀌는 예가 그때 얼마나 있었는지 궁금하다. 균여와 같은 시대 사람인 최행귀崔行歸는 향찰로 되어 있기 때문에 저쪽 중국인들이 이해하지 못하는 점을 안타깝게 여긴 나머지 저들을 위하여 한역작업을 완수한다. 이를 접한 송나라 사람들은 원작자인 균여를 이 세상에 온 부처라고 하면서 찬탄해 마지않았다고 한다. 요컨대 최행귀의 한역은 균여의 향찰 번안과 거의 비견될 수 있는 일이라고 할 수 있다.

〈보현십원가〉는 국내와 국외에서 이처럼 파장을 일으켰다. 그러므로 향가의 역사적인 진행과정에서 조명할 때 아주 특이한 기념비적인 작품이라고 결론을 내린다.

2. 현종과 뭇 신하들의 향가 합동창작

제8대 군주인 현종과 향가와의 인연은 전례가 없는 매우 특이한 만남이다. 고려시대 향가가 창작되고 향유될 때 신라시대에서는 볼 수 없던 새로운 양상이 드러나는데, 앞에서 읽은 〈보현십원가〉처럼 '불경 번안→구전+담·벽에 써서 전파+번안 작품의 한역화'가 그렇고, 이제 살필 현종 등의 작품 또한 몇 가지 점에서 예사롭게 보아 넘길 작품이 아니다.

현종과 향가의 경우 가장 두드러지는 점으로 '집단 공동 창작'을 꼽지 않을 수 없다. 이 점을 앞세워 놓고 논의하기로 하자.

현종이 부모의 명복을 빌고자 경기도 개풍군 영남면 현화리에 현화사玄化寺를 세워 낙성식을 거행한 때는 왕 12년 8월 기미己未였다. 그 자리에서 현종이 먼저 '향풍체가鄕風體歌'를 짓고, 뒤를 이어서 수행한 신하들 또한 경축하고 찬양하는 뜻을 담아 '시뇌가詩腦歌'를 지어 바쳤다. 이렇게 모두 10여 명이 노래를 짓는 일에 참여하였다는 사실이 현화사 비음기碑陰記에 남아서 전해 온다. 이는 매우 중요한 기록이거니와 '향풍체가'며 '시뇌가'라는 것이 향가를 지칭하는 것임은 두말할 나위도 없다. 그 향가를 군신 등 10여 명이 즉흥으로 함께 지었다는 것은 곧 돌림노래 형식으로 집단 창작을 하였다는 사실을 말해 주는 것이다. 이것은 향가사에서 처음 접하는 창작행위이므로 특기하지 않을 수 없을 것이다. 그런데 이런 사실만 비음기에 새겨져 있을 뿐 노래들은 각인되어 있지 않다. 이렇게 추정해 볼 수는 있다. 비음기에는 새길 수 없으므로 따로 종이에 적어서 보관했을 가능성이 매우 높다는 것이다. 그것이 전해 왔다면 10여 수의 작품이 고스란히 드러났을 것임은 더 말할 여지가 없다.

　비음기에 기록된 단편적인 내용에는 몇 가지 중요한 정보가 포함되어 있다. 단언컨대 그때 그곳 현화사에서 향풍체가를 지은 모든 창작자들, 곧 10여 명의 군신들은 그 이전부터 이미 향가 창작에 익숙했다고 이해하여야 한다. 그렇지 않고서야 어떻게 갑자기 노래를 지을 수 있었겠는가. 이를 근거로 추정하자면 최상류계층의 인사들뿐만 아니라 향찰을 다룰 줄 아는 여항의 일반인들 세계에서도 향가는 꾸준히 창작되고 수용되었으리라고 사료된다. 신라 당년의 전성기 때의 수준에까지는 미치지 못하였겠지만 고려의 향가도 결코 만만히 보아서는 안 된다는 점을 비음기의 기록은 무언으로 암시하고 있다. 임금과 신하의 공동 창작을 크게 부각시켜서 평가한다면 외려 신라의 향가에 못지않았다고 헤아릴 수도 있다.

　고려 향가가 이처럼 그 존재를 과시하게 된 바탕에는 균여의 〈보현십원가〉가 크게 작용하였다고 추정한다. 현종 때의 〈향풍체가〉보다 5·60년 전의 작품인 〈보현십원가〉가 구전으로, 또는 담과 벽에 첨부되어서 전파되고 대중화되었다는 사실은 이미 말한 바 있다. 그로 하여 향가는 신라시대처럼 서민들과 늘 가까이할 수 있었다고 생각한다. 〈보현십원가〉를 외우면 병이 나았던 일도 있었으므로 일반 서민들의 향가에 대한 친숙도는 대단히 높았다고 본다. 현종과 신하들의 향풍체가의 창작이 가능하였던 것도 그 밑바탕에 이런 현상이 관류하였기 때문이었을 것이다.

　정리한다. 군신들의 공동 창작, 돌림노래, 그리고 위에서 설명할 기회를 놓친 〈보현십원가〉식의 연장체連章體 향풍체가로 알 수 있는 군신의 향가 창작 능력, 평소 개인적인 차원에서 향가 짓는

실력, 서민들 세계에서의 꾸준한 향가 유통……. 이들이 비록 작
품은 전해 오지 않으나 현화사 비음기가 향가문학사에 남겨 놓은
매우 중요한 기록이라 하겠다.

3. 향가 장르의 도미掉尾, 〈도이장가〉의 형식 변화

현종 시대부터 1백 년 남짓 지난 제16대 예종(睿宗, 1105~1122
년 재위) 대에 이르러 왕이 창작한 향가가 나온다. 〈도이장가悼二
將歌〉가 바로 그것이다. 신라와 고려왕조를 통틀어 향가를 직접
지은 임금을 들자면 원성왕·현종, 그리고 이제 살피고자 하는 예
종, 이렇게 세 군주가 있다. 원성왕과 현종은 작품이 전해 오지
않는다. 오직 예종의 것만 현전한다. 이 사실 자체부터 향가사에
서 부각시켜도 좋을 것이다.

〈도이장가〉는 견훤과의 전쟁에서 왕건을 위해 목숨을 바친 공
신 김락金樂·신숭겸申崇謙 두 장수를 기리며 추모한 향가다. 신숭
겸의 내력을 기록한 《평산신씨 장절공유사平山申氏壯節公遺事》에 제
작 동기와 작품이 전한다. 왕 15년 신사辛巳에 서경西京에 머물러
있을 때 팔관회八關會에서 우상을 보고 내력을 들은 뒤 감탄하여
지은 노래다. 사운四韻의 한시와 함께 향가인 〈도이장가〉를 거듭
읊은 것을 보면 두 공신에 대한 왕의 깊은 애도의 심정을 충분히
알 수 있다. 그런 심정뿐만 아니라 왕의 향가관도 함께 짐작할
수 있다. 한시보다 낮은 향가가 아니고 한시와 등가等價의 향가로
인식했다고 이해하면 지나친 해석일까.

예종은 역대 어느 군주도 추종할 수 없으리만큼 시마詩魔에 걸

려 살았던 임금이다. 시 짓기를 평생의 낙으로 삼은 천생 시인이
었다.[25] '탐닉'·'광적'이라고 해도 지나친 말이 아니었다. 따라서
두 장수의 가상假像을 보고, 또한 공신으로서 남긴 행적을 듣고서
한시 한 수를 읊지 않았다면 예종 그가 아니라고까지 말할 수 있
다. 그것으로도 족한데 다시 향가를 지어서 보탠 것은 결코 예사
로운 일은 아니다. 왜 그랬을까. 한시는 식자층의 음영吟詠을 위
하여, 향가 〈도이장가〉는 여항인들의 가창에 충당하기 위해서, 그
리고 한 걸음 나아가 〈보현십원가〉처럼 널리 전파되기를 기대하
면서 그렇게 하였던 것이 아닐까. 〈보현십원가〉는 위에서 말한
바와 같이 세상에 알려진 뒤 3백 년이 지난 본강 화상 때에도 세
인의 입에 오르내렸거니와 예종 또한 이 번안된 불가의 전파력을
알고 있었다고 보아야 한다.

　　　님을 온전하게 하온
　　·마음은 하늘 끝(에) 미치니
　　　넋이 가시되(가시도록)
　　　충심衷心 삼으시어(충심을 다 하시어) 수행遂行하신 소임이여

　　　또 하고자(본받고자) 바라며
　　　아름답게 수놓은(장식한) 저기에
　　　두 공신이여
　　　오랫동안(내내) 곧은 자취를 나타내실진저

　　　　　　　　　　　　　　　（신재홍 해석）

---

25) 졸고, 〈유구곡과 예종의 사상적 번민〉, 《고려가요의 연구》, 새문사, 1990,
　　119~152면에서 예종의 시인적인 체질에 대하여 상론하였다.

앞의 장은 두 공신의 충의를 되새기면서 추모하고 그들의 자취가 길이 전해 오는 사실을 노래하는 데 역점을 두었다면, 뒷장은 두 장수의 자취가 지속적으로 세상에 머물기를 비는 가운데 후인들로 하여금 옛 충신들이 남긴 위국충절의 정신을 본받기를 에둘러 권장하는 사설이 핵심을 이루고 있다. 신라의 〈해론가〉·〈양산가〉의 맥이 이 노래에 이어졌다고 해석해도 좋다.

〈도이장가〉는 '단가 이장端歌二章'이라는 이름으로 전해 온다. 향가·사뇌가·시뇌가, 또는 향풍체가 등 신라시대 이후 오랜 세월 동안 통용되어서 굳어진 명칭을 쓰지 않고 낯선 이름을 사용한 것이다. '단가'라는 명칭에는 특정 갈래를 가리키는 요소가 전혀 없고, 그저 '짧은 노래'라는 보통명사 수준의 의미만 있을 뿐이다. 실제로 향가·사뇌가 등의 명칭도 원래는 보통명사였다고 보아야 한다. 그렇게 계속 사용하다 보니 향찰로 표기된 시가를 지칭하는 특수 명칭으로 고착되었다고 믿는다.

왜 '향가 이장'이라 하지 않고 '단가 이장'이라고 하였을까. 헤아리건대 큰 이유는 없었다고 본다. 그저 짧은 토막 노래 두 편인지라 아무 생각 없이 그렇게 명칭을 붙였으리라고 생각한다. 그렇다손 치더라도 향가가 천수백 년 동안 이어져 오다 보니 어느덧 장르 명칭에 둔감해졌을 터이고, 그 결과 때때로 편하게 부르는 일도 있었다고 헤아려진다. 그래서 '단가'라고 하였을 것이다. 이를 장르 명칭의 작은 변화로 치부한다면 지나친 발상이라 하겠다.

〈도이장가〉는 노랫말보다 형식이 더 눈길을 끈다. '단가 이장'이라고 했으므로 일단 4행 향가 두 수로 된 연장체 작품으로 보아야 한다. 그러나 노랫말을 읽어 보면 앞뒷장이 서로 연결되어

있어서 둘로 토막을 내는 것이 무리라는 점을 어렵지 않게 느낄
수 있다. 그렇다면 〈도이장가〉는 8행체 작품이 된다. '단가 이장'
이라는 것을 고려하지 않으면 그렇다. 이를테면 두 개의 얼굴을
가지고 있는 노래가 된다는 뜻이다.

　하나의 작품이 형식상 이와 같이 둘의 모습으로 달리할 수 있
을까. 여간 난처하고 어려운 문제가 아니다. 하지만 해답을 내놓
을 길이 꽉 막혀 있는 것은 아니다. 이렇게 정리하기로 한다. 먼
저 내용에서 앞뒤 문맥의 연결을 중시하여 〈도이장가〉를 8행체로
규정키로 한다. '단가 이장'이라는 명칭에 구애받지 않겠다는 뜻
이다. 그 다음으로는 '단가 이장'이라 한 점을 중시하여 4행 중복
의 연장체 작품으로 간주키로 한다. 〈도이장가〉의 앞뒷장이 문맥
상 연결되어서 둘로 나누기 어렵다는 점에 동의하면서도 이를 온
전히 받아들이지 않는 까닭은, 비록 앞장의 사설이 그 자체로 매
듭을 짓지 않고 뒷장과 연결코자 하는 움직임이 있을지라도 이를
뒷장을 예비하는 '시의 여운'으로 수용하여 단락을 끊어서 독립시
키겠다는 것이다. 이러한 이중성, 어찌 보면 모호성이라고 언급할
수 있는 형식이 〈도이장가〉의 특성이면서 또한 흠결이라 하겠다.

　형식에 관한 설명은 계속된다. 이 〈도이장가〉를 포함하여 〈보
현십원가〉와 현종 등의 〈향풍체가〉까지 고려의 향가는 형식 면에
서 일대 전환을 꾀한다.

　상술한 바를 되짚어 보자. 균여의 것은 11장으로 된 연장체다.
현종과 신하들이 공동으로 창작한 것도 10여 수 연장체. 〈도이
장가〉 또한 기록으로는 '단가 이장'의 연장체다. 이렇듯 세 작품
전부가 동일한 연장체 일색이거니와 이런 현상을 중시하여 고려
시대의 향가가 그 형식 면에서 일단 변모하였다고 치기로 하자.

그리고 〈도이장가〉 이후 일실된 노래들에서 연장체가 있었는지 여부, 있었다면 어느 정도였는지는 미상인 채로 남겨 두자. 위 해당 작품 조에서 빠뜨린 점을 여기서 '명기하거니와, 〈보현십원가〉와 〈현종 향풍체가〉가 10여 장의 연장체로 된 것은 전자의 경우 그 바탕이 되는 '보현행원품'이 워낙 길고 많기 때문에, 후자의 경우는 다수의 인원이 공동창작에 참여했기 때문이다. 장르 자체가 형식의 변화를 직접 시도한 끝에 나온 결과가 아니다. 그런 점에서 〈도이장가〉는 예의 두 노래와 변별된다. 작자인 예종이 과연 의도적으로 장르 형식 변화를 꾀하였는지는 자못 의심스럽다. 즉흥적으로 읊다 보니 연장체가 된 것이 아닐까. 하지만 굳이 '단가 이장'이라고 한 것을 보면 또 의도적이라고 할 수 있다. 어떻게 정리해야 할지 미결인 채 남겨 둔다.

신라 이후 고려시대까지 향가의 긴 역사는 〈도이장가〉로서 마감된다. 이 또한 당연히 역사적인 의미가 있는 것으로 기억하여야 할 대목이다. 그 이후 향가의 창작과 수용의 행위가 완전히 종막을 내렸다고는 결코 생각하지 않는다. 기록이나 작품이 전해오지 않을 따름이다.

고려시대 향가에서 현저하게 눈에 띄는 현상을 몇 꼽는다면 일반인들의 작품이 없다는 점이다. 현전 작품을 지은 이들은 승려와 두 명의 임금이다. 현종의 〈향풍체가〉는 여러 신하들이 참여했으나 본시 왕의 주도로 짓게 된 것이니 저들의 역할을 크게 내세울 수도 없고, 또한 그들인즉 고위 관료들이니 일반 평민이라고 할 수 없다. 그러므로 작자층의 제한적 한계가 곧 고려향가의 단처短處라고 일단 규정할 수밖에 없다. 그렇지만 과연 그 오랜 세월 동안 평민 출신의 작가가 전혀 없었다고는 상상할 수 없다. 예를 하나 들자. 〈보현십원가〉는 살펴본 바와 같이 일반인들이 입으로, 또는 담·벽에 첨부되어 있는 것을 눈으로 보면서 즐겨 익혔다. 그런 환경이었거늘 창작에 재능이 있는 사람들이 그 가운데 있었다고 판단하여야 한다. 이런 사실을 떠올리면 평민 출신 작가의 존재를 인정해야 옳다고 본다. 단지 문헌에 전해 오지 않을 뿐이다.

둘째, 이와 관련하여 알아야 할 사안은 한시와 속요의 성행이다. 필자는 이 장 '고려 향가'를 쓰면서 왕조가 바뀌었어도 향가의 세가 만만치 않았음을 부각시킨 바 있다.

이러한 추정은 계속 유효하다. 그러나 기록에 따르면 고려시대의 대표적인 시가 장르인 속요는 제4대 임금인 광종이 즐겨 탐닉한 이래 제11대 문종이 그 폐단을 막지 못하여 후세 사신史臣들의 비판의 대상이 되기도 하였다. 얼마나 그 세가 컸기에 어진 임금으로 이름이 높은 문종까지도 손을 놓고 말았을까. 고려 초기부터 기세가 이러하였기에 그 뒤로는 속요가 왕실 악장급 노래로 정착되기에 이른 것이다.

속요와 함께 한시 또한 신라시대보다 질과 양 면에서 훨씬 발전하였고, 수많은 학자와 문인들이 작시作詩에 심취하였음도 기억할 필요가 있다.

이처럼 속요 및 한시에 관한 당시의 사정을 기술하는 까닭은 고려 향가가 아무리 오랜 시간 중단 없이 수명을 이어가면서 적지 않은 작자들이 노래를 지어냈다고 해도, 속요와 한시가 대세를 이루며 문단을 주도하던 때였으므로 향가는 어차피 그 큰 흐름의 외곽에서 움직일 수밖에 없었다는 사실을 상기하기 위해서

다. 한시의 성행에 따라 향찰 능력도 함께 원숙해져 향가도 지속적으로 창작되면서 성장했다는 학설도 있기는 하지만……

세 번째 두드러진 현상은 작품의 내용과 형식이 아주 특수하다는 점이다. 신라시대 향가와 닮은 노래는 세 편 가운데 한 편도 없다. 이런 현상을 두 왕조의 향가문학 전체를 놓고 조감할 때 제한된 변화의 차원에서 평가하면 어떨까 싶다. 장르 자체의 의도에 따른 결과물이 아니로되 어쨌거나 불경의 향가화, 군신의 공동합작, 연장체 형식 그리고 화자 개인의 사사로운 서정을 드러낸 노래의 전무 같은 몇 모습은 오로지 고려 향가에서만 만날 수 있는 특별한 현상이라는 사실을 기억할 필요가 있다.

고려시대 향가의 기술을 마치면서 참고문헌으로 양희철의 《고려향가연구》(새문사, 1988)를 든다. 많지 않은 그때의 작품을 한 편의 논문이 아닌 한 권의 저서로 담아낸 것이므로 더 깊이 파고들기를 원하는 연구자에게 유용한 벗이 될 것이다.

제10장 내용·작가별 분류, 표현기법과 그 외 몇 가지

1. 향가의 문학사적 위상과 내용별 분류

향가를 문학사적인 입장에서 한 마디로 요약한다면 "한국문학의 뿌리"라고 할 수 있다. 이러한 정의는 서론에서 먼저 내려놓고 본론을 시작해야 마땅하다고 할 것이다. 그럼에도 여태껏 묻어 둔 까닭은 누구나 다 아는 상식 차원의 말, 비유컨대 원형이정元亨利貞과 같은 수준의 말을 굳이 재론할 필요가 있을까 하는 생각이 작용하였기 때문이다. 그러다가 글을 마감하는 이 단계에서 문득 꺼내는 까닭은 두루 통용되는 흔한 개념이요 정의이지만 그런 이유로 해서 시종 함구하는 것도 말이 안 되는 처사라고 생각하였기 때문이다. 책의 체계를 갖춘다는 의미에서도 형식적으로나마 언명하고 넘어가는 것이 타당하다는 결론을 내렸다. 다시 되뇌거니와 "향가는 수천 년 역사를 표방하는 한국문학의 '새벽'을 깨운 문학이다."

서론에서 피력한 바와 같이 현전 향가만으로는 향가 전사全史는 말할 것도 없고 그것만의 시대 구분도 가능하지 않았음을 다시금 밝힌다. 참 아쉽기 이를 데 없다. 9개 장으로 나눈 것은 주로 서술의 편의에 따른 것이다. 경덕왕 시대의 향가를 중심에 놓고 그 앞뒤 시대의 향가를 연결시켜 논의한 것이 그나마 내세울 만한 기술이라고 할까.

이제 화제의 방향을 바꿔서 이 장의 제목에서 제시한 몇 논제들을 차례로 거론키로 하겠다. 먼저 향가의 내용별 분류다. 향가의 내용은 후대의 대표적인 시가 장르인 고려 속요나 양반계층이 주도하던 조선 후기 이전까지의 시조의 세계보다 상대적으로 다양하고 넓다. 소수의 현전 작품이지만 여러 항목으로 분류되고, 같은 항목에 속한 개별 작품들도 내용이 제각각이다. 아마 이런 이유 때문이 아닐까 싶다. 즉 우리나라의 경우 후대에 내려가면 인간의 취향·취미(고려 속요의 경우), 그리고 무엇보다도 이념과 강호가도(시조의 경우)가 고착화·편향화·교조화되어서, 인생사·세상사·정신세계를 반영하는 문학, 좁혀서 시문학 또한 번다하지 않고 단조롭게 변하지 않았을까 조심스럽게 헤아려 본다. 그와 달리 향가의 경우는 비록 불교와 화랑단 세력이 주류를 이루었던 시대의 문학이요, 그 때문에 이 두 계통의 노래가 상대적으로 많은 것은 사실이나 그 외의 작품들도 무시할 수 없으리만큼 전해 온다. 요컨대 신라인의 정서와 사유세계가 어디에 묶이지 않은 상태에서 폭 넓고 단조롭지 않았던 결과가 아닌가 싶다. 그런 향가를 내용상 몇 그룹으로 나누면 아래와 같다.

- 치리가(5편): 〈유리왕 대 도솔가〉·〈혜성가〉·〈월명사 도솔가〉·〈안민가〉·〈신공사뇌가〉
- 사뇌격 서정시가(6편): 〈송사다함가〉·〈모죽지랑가〉·〈헌화가〉·〈원가〉·〈제망매가〉·〈찬기파랑가〉
- 불가佛歌(3편): 〈원왕생가〉·〈도천수대비가〉·〈우적가〉
- 번해飜解 불찬가佛讚歌(1편): 〈보현십원가〉
- 민요 및 음가淫歌(3편): 〈서동요〉·〈풍요〉·〈처용가〉
- 헌가獻歌 및 조가弔歌(2편): 〈향풍체가〉(현종과 신하들의 공동창작)·〈도이장가〉

　연구자의 관점과 사관에 따라서 이보다 분류 항목이 더 많거나 적을 수 있으나 이 책에서는 가급적 간소하게 정리하는 것으로 기본을 삼았다. 그렇게 줄이고 압축하여도 고작 20수 미만(〈보현십원가〉와 현종 등의 〈향풍체가〉 같은 연작시를 1편으로 계산함)의 향가가 위와 같이 여섯 항목으로 나뉘는 것으로 보아도 다양한 내용으로 짜인 장르였다는 예의 지적이 타당하다는 점을 알 수 있다.

　본론에서 개별 작품을 다룰 때 창작 배경·작품 세계와 성향 등에 대해서 설명하였지만 위와 같이 분류를 해 놓고 보니 일부 항목과 텍스트에 대해서 보완 설명이 필요함을 느낀다.

　치리가계의 5편 가운데 〈혜성가〉와 〈월명사 도솔가〉는 기능면에서 주가呪歌의 성격을 동반하고 있다는 점을 덧붙여 적는다. 〈유리왕 대 도솔가〉와 〈신공사뇌가〉는 가사부전이지만 기록에 남아 있는 창작 과정으로 보아 치국·치세와 직결되어 있음이 분명하므로 치리가에 귀속시키는 데 어려움이 없다고 믿는다. 〈신공사뇌가〉는 화자의 개인 체험에 따라 창작된 연고로 그 바탕에는 사사로운 서정도 흐르고 있었을 것이다.

　사뇌격 서정시가, 이 항목은 그 명칭과 작품 등 몇 가지 면에서 논란의 대상이 되리라고 예상된다. 하지만 필자가 관견하는 바로는 '사뇌격 서정시가'라고 명명하는 것도, 또 이 항목에 포함시킨 작품들도 제자리를 제대로 잡았다고 보아 크게 신경을 쓰지 않는다. 그렇지만 이해를 돕기 위하여 짧은 해설을 덧붙이기로 한다. 먼저 '사뇌격 서정시가'라는 항목의 명칭 문제다. 이에 관해서는 본론에서 잠깐 언급하였거니와 향가에 속해 있는 서정시가의 원류가 '수리', '사래' 곧 '사뇌'에 있음이 밝혀진 이상 뒤 시대의 다른 시가 장르는 몰라도 향가에서만은 '사뇌격'을 위에 올리는 것이 좋다고 판단하여 결정한 것이다. 이는 〈찬기파랑사뇌가〉·〈신공사뇌가〉에서 사뇌가라는 하위 장르의 명칭을 작품 뒤에 후첨한 사례의 역발상이라고 여기면 된다.

다른 하나의 문제는 이 항목에 속해 있는 노래들 가운데 일부를 과연 서정시가로 규정하는 것이 적합하냐의 여부에 있다. 이 점에 관하여 필자는 주저하지 않고 그렇다고 응답코자 한다. 따져 보기로 하자. 〈모죽지랑가〉·〈찬기파랑가〉는 화랑 찬모가다. 그렇기 때문에 신라사에서 화랑도가 차지하고 있는 역사적 위치를 고려하여 '화랑예찬가'식의 별도항목을 설정해서 독립시키는 것이 좋다는 주장이 나올 수 있다. 일면의 타당성이 있는 견해임을 인정한다. 그렇다손 치더라도 특정 인물, 곧 화랑을 중시하는 것은 노래의 한 부분인 인물 소재를 부각시키고자 하는 데서 나온 결론이다. 시 전체를 놓고 볼 때 인물 또한 '서정시가'라는 큰 틀의 소재에 내포된다는 사실, 부인할 수 없을 것이다.

〈헌화가〉의 기능은 짝사랑의 은밀한 고백이고 그 언사는 정감적이다. 그러므로 사뇌격 서정시가임이 틀림없다. '꽃, 바침' 노래이므로 '헌가' 항에 넣을 만도 하나 그렇지 않다. 이 책에서의 '헌가'는 망자亡者에게 헌상한 노래를 말한다.

시비의 대상이 될 수 있는 노래는 〈제망매가〉일 것이다. 문제가 되기에 충분하다. 작자가 낭승이고 작품의 결사가 "아, 미타찰에서 만날 나……" 운운한 점으로 보아 불교 노래로 취급하는 것이 마땅하다고 주장하는 견해가 대다수를 점하고 있음을 알고 있다. 허나 그런 이유 때문에 후설할 〈원왕생가〉 등과 같은 불가와 함께 옆자리에 놓을 수는 없다. 내용상 첫 줄에서 생生과 사死가

하나로 포개져서 우리 곁에 있음을 진술하고, 또 무엇보다도 불교적 진술이 말미 부분에 첨가되어 마침내 슬픔을 깊은 신앙으로 극복한 것으로 단정을 내리면서 불교 노래로 여기는 것을 얼마쯤 이해할 수 있다. 그러나 〈제망매가〉의 거의 전부는 신앙과 무관하게 누이의 죽음을 슬퍼하며 지극히 감상적인 언어로 인간 본연의 심정을 피력한 순수 서정시가로 해석하는 것이 더 합당하다. 결사에 크게 의미를 부여하는 것도 작품의 큰 흐름을 보고 결정할 일이다. 〈제망매가〉의 끝 두 줄은 형식적이며 의례성이 강하다. 그 앞의 절절한 슬픈 언술을 결사가 감당해 낼지 심히 의심스럽다. 향가 연구에서 경계하고 주의할 점 하나는 일연이 승려였고 《삼국유사》가 불교와 직결한 편목이 다수를 점하고 있으며, 향가의 개별 작품에서도 불교적 사유와 표현이 뒤섞여 있는 것이 적지 않은 관계로 향가를 '불교 문학'이라고 속단하는 것이다. 이는 향가가 '화랑도 문학'이라고 주장하는 사례와 다를 바 없다. 분명히 말해 둘 것은, 신라 말 《삼대목》의 편자 2명 가운데 대구화상이 있는 것으로 보아 신라 전 시대에 생산된 향가 작품에서 불교 노래가 다수를 차지하고 있었던 사실을 어렵지 않게 짐작할 수 있으나 '현전 향가'의 실정은 그렇지 않다는 점도 동시에 알 필요가 있다는 것이다.

〈원왕생가〉 등 3편의 불교 노래와 번안 불찬가인 〈보현십원가〉에 대해서는 보충 설명이 필요치 않다. 단, 〈우적가〉는 작자가 자신의 심경을 담담하게 토로한 사적私的인 노래이지만 그러한 본심과는 달리 결과적으로 교술성을 내포한 감계의 작품이 되어 도적들을 회심케 하는 효과를 거두었다는 점에서 매우 특색 있는 불가로 보아야 한다. 〈원왕생가〉나 〈도천수대비가〉와는 본질적으

로 다른 심가心歌요 선가禪歌다. 민요 및 헌가계 향가들에 관해서
도 특별히 토를 달 것이 없다.

그러나 음가淫歌로 특별히 규정한 〈처용가〉에 대해서는 설명이
꼭 필요하다. 대체로 〈처용가〉를 말할 때면 문신門神·벽사진경辟邪
進慶 등을 떠올리면서 무가巫歌로 여기는 것이 상례다. 이는 후대
신라 향가가 밑바탕이 되어서 크게 변모한 〈고려처용가〉가 벽사
진경의 무가인 것과 동일시하였기 때문에 나온 결과다. 본문에서
강조한 바 있듯 〈처용랑 망해사〉 조의 서사기록에서 문신 이하의
일부는 그때 그 장소와는 전혀 관계가 없다. 신라 때의 일이라
할지라도 그 뒤에 생긴 무속이다. 따라서 처용의 노래가 가창된
그때에는 위에서 말한 바 있듯이 간통문학이었음이 틀림없다. 음
가淫歌라는 명칭은 이래서 나온 것인데 남녀상열의 고려 속요와
역사적인 맥락연결을 가능토록 하기 위해서도 이렇게 처리하는
것이 마땅할 것이다. 고려의 예종 임금이 지은 〈도이장가〉는 기
능상 또는 외연과 내포 양면에 걸쳐 조가弔歌, 또는 추모가다.

2. 작가별 분류

이번에는 작자 문제에 접근해 보기로 한다. 향가의 작자층이
위로는 군왕으로부터 아래로는 시골 영감이나 평범한 아낙네에
이르기까지 실로 계층·신분 고하를 초월하여 아주 넓게 분포되어
있었다는 점은 두루 알려진 사실이다. 이 점에 유의하면서 분류
표를 작성해 보기로 한다.

- 군왕(3인): 원성왕(〈신공사뇌가〉)·현종(〈현화사 향풍체가〉)·예종 (〈도이장가〉)
- 승려(3인): 광덕(〈원왕생가〉)·영재(〈우적가〉)·균여대사(〈보현십원가〉)
- 낭승郎僧 및 낭도郎徒(4인): 융천사(〈혜성가〉)·월명사(〈월명사 도솔 가〉·〈제망매가〉)·충담사(〈찬기파랑가〉·〈안민가〉)·득오(〈모죽지랑가〉)
- 고위관리(1인): 신충(〈원가〉)
- 여성(2인): 미실(〈송사다함가〉)·희명(〈도천수대비가〉)
- 평민(1인): 견우노옹(〈헌화가〉)
- 작자 미심未審(4件): 〈유리왕 대 도솔가〉·〈서동요〉·〈풍요〉·〈처 용가〉

이 분류에서 작품의 임자가 없는 것이 있다. 끝에 작자 미심이 라고 한 것이 그것이다. 먼저 〈유리왕 대 도솔가〉의 작자다. 막 바로 말하거니와 이 노래는 지은이를 거론할 수 없다. 나라에서 제정한 가악이니 작자를 따질 수 없는 노릇이다. 〈서동요〉를 지 었다는 서동(후에 백제 무왕)은 왜 빠졌는가. 군왕으로 보고 그쪽 에 귀속시키자는 견해도 있으나 〈서동요〉를 신라 전래의 동요로 규정하는 입장에서는 특정 작자가 없는 것으로 여길 수밖에 없 다. 〈풍요〉도 양지가 지은 것이 아니라는 점은 두말할 여지가 없 다. 풀기에 아주 힘들고 곤란한 노래의 작자가 〈처용가〉다. 노래 를 읊은 이의 이름은 밝혀져 있으나 그가 어떤 신분과 계층의 인 물인지는 단정적으로 언급할 수 없다. 울산 지방 토호의 아들이 니 이슬람 상인이니 하는 설이 대표적으로 떠올라 있지만 어느 하나로 확정짓지 않고 복수로 그냥 놔두기로 한다.

미실은 귀족 여인이고 희명은 평민 여인으로 두 사람의 신분 이 다르나, 당시 여성의 지위가 낮은 사회였고 여성이 창작한 경우가 매우 드물었기에 모두 여성 작가로 분류하였다.

　군왕 항목에 경덕왕이 빠진 것은 향가를 직접 지은 작가가 아니기 때문이다. 그렇다손 치더라도 그가 여느 작가들보다 향가사에 큰 족적을 남긴 점, 본론에서 특기한 바 있다. 한편, 이 표를 보고 의아해하거나 반론을 제기하는 사람이 있을 수 있다. 왜 향가 작가에 '화랑'이 없느냐는 것이다. 간단히 답한다. 향가를 지은 화랑은 한 명도 없다. 낭도(득오)와 낭승(융천·월명·충담)만이 있다. 〈찬기파랑가〉와 〈모죽지랑가〉, 이 두 편은 작품 안의 주인공이 화랑일 뿐 지은이는 낭도 또는 낭승이다. 이를 구별하지 못하는 사례가 아직 남아 있다.

　향가의 내용이 번다하리만큼 다양하다는 점은 위에서 밝힌 바있다. 그러면 작자층은 어떤가. 속요는 민요가 궁중 악가로 전환된 것이므로 〈정과정〉 외에는 지은이를 알 수 없으니 견주기에서 제외된다. 대비할 대상은 시조. 조선 후기에 평민 가객들이 등장하여 창작 및 가창 활동을 한 것을 제외하면 시조는 장르 생성 초기부터 수백 년 동안 사대부 문학으로 한정된 장르였다. 특정 계층의 시가였다. 편의에 따라 그 옆자리에 향가를 잠깐 놓고 따져 보자. 비교 자체가 되지 않는다는 점, 금세 간파할 수있다. 요즘 말로 하자면 향가는 작자와 내용 모든 면에 걸쳐서 '국민문학'이라고 칭할 수 있을 것이다. 우리의 시가문학 전사全史의 측면에서 조명할 때, 향가는 가사歌辭와 함께 그렇게 규정할 수 있다.

3. 표현과 언술

향가의 표현 기법에 대해서도 한번 살피기로 한다. 워낙 오래된 최초의 시가문학이므로 수사 면에서 썩 볼 만한 것이 없다고 속단하기 쉽다. 그러나 음미해 보면 그렇지 않다. 예사롭게 보아 넘길 것도 있지만 당시 문화적 환경과 수준을 감안할 때, 괄목상대할 만한 작품도 여럿 있다는 점에 우리는 유의한다. 비유법을 비롯하여 의장意匠 면에서 눈에 띄는 몇 노래들은 현대시와 키재기를 할 만한 정도다.

〈혜성가〉의 무화無化 기법은 위기를 극복하기 위한 지혜로운 대응과 해법의 극치를 이루고 있다고 할만하다. 본론에서 강조한 바와 같이 이러한 수법을 20세기의 사백詞伯인 한용운의 시 다수에서 다시 접할 수 있다는 점은 반복해서 말하여도 괜찮다. 한용운이 즐겨 사용하던 기법이 그도 모르게 이른 시기인 신라의 향가에서 이미 잉태되었다면 표현 면에서 향가와 현대시를 한자리에 앉혀도 무리가 없는 처리라고 판단한다.

본론에서는 '기원'이라는 언어를 사용했지만, 참말을 말하자면 '갈망·열망'이라고 말하는 것이 더 적절한 〈원왕생가〉 결사를 놓고 보자. 붙잡고 늘어지기 식의 악(집)창성이 두드러지게 나타나 있다. 그와는 생판 다르게 〈도천수대비가〉 7·8행은 욕망 축소를 통한 낮춤과 겸양의 기법을 따르고 있다. 이 두 상반된 언술이 같은 성격의 기원가에서 공존하고 있는 것도 인상에 남는다.

불교의 기원가가 아니어서 위 두 편과 함께 거론하지 않고 따로 감상한 〈모죽지랑가〉는 과거 회상에서 비롯된 찬모의 음성이 자못 간절한 노래다. 그 어간에 상사인 죽지랑을 간절히 만나고 싶어하는 대목이 끼어 있어서 부처와 인간 사이만큼 인간과 인간 사이의 정의情誼 또한 소중한 것임을 새삼 느끼게 한다. 그런 〈모죽지랑가〉의 핵심은 7·8행 끝부분에 놓여 있다. 여기서 우리는 1920년대를 전후하여 생산된 근대시 가운데 많은 시인들의 항일 저항시인 '임의 노래'들에 용해되어 있는 '지절志節'의 어법과 만나게 된다. 향가와 현대시의 맥락 연결을 여기서도 다시 시도할 수 있다.

향가와 현대시의 닮음이 그와 같다면, 단연 〈찬기파랑가〉를 화제에 올리지 않을 수 없다. 7·8행에서 시작하여 결사에 이르기까지 화자가 굳게 다짐하면서 진술한 맹세는 다름 아닌 지절의 강조다. 〈모죽지랑가〉보다 사설에서 두 줄(7·8행)이 더 많으니 다짐의 농도가 그만큼 짙다고 할까. 첫 줄에서부터 계속 이어지는 뛰어난 비유법에서 우리는 〈찬기파랑가〉를 천여 년 전 옛 시가라고 느끼지 않는다. 바로 이 시대의 시인 양 착각한다. 향가와 현대시는 이처럼 분간하기 어려운 경우가 자주 있다.

〈제망매가〉를 보자. 본론에서 지적하였듯이 오누이의 혈연관계와 누이의 죽음을 비유로 표현한 기법은 적절하기는 하나 산뜻하지는 못하다. 그 시대에도 이런 정도의 수사법은 범상한 것이 아니었던가 싶다. 다만 그런 예사로운 대목들을 효과적으로 배치해 놓은 구성은 자못 돋보인다. 듣고, 읽은 이가 공감하면서 감상에 젖게 하리만큼……

〈제망매가〉와 내용뿐만 아니라 표현까지도 비슷하게 닮은 현대시를 찾는다면 단연 박목월의 〈하관下棺〉이다. "관棺이 내렸다 / 깊은 가슴 안에 밧줄을 달아 내리듯 / 주여 용납하소서 / 머리맡에 성경을 얹어 주고 / 나는 옷자락에 흙을 받아 / 좌르르 하직했다……"로 시작되는 〈하관〉도 전반부에 기독교 용어가 나오지만 전체로 보면 그냥 순수 서정시다. 두 편이 세월을 뛰어넘어 워낙 유사하여서 구차한 해설을 피하기로 하겠다. 〈헌화가〉의 능청스런 말 걸기, 행동으로는 잣나무를 고사시키지만 노래 사설만은 체념으로 끝낸 〈원가〉의 비수처럼 무서운 양면성 등도 눈여겨볼 만한 어법이라고 하겠다. 〈헌화가〉·〈원가〉, 이 둘의 말씨 또는 말투와 닮은 현대시가 분명 어디 숨어 있을 터인데(산더미 같은 현대시이거늘…) 찾아내지 못한 것은 필자의 독서량이 부족하기 때문이다.

필자는 일찍이 향가가 현대시로 수용 가능한가 하는 물음에 대하여, '가능성'이라는 말은 향가와 현대시 두 쪽 모두를 바로 보지 못하고 발설한 빗나간 말이라고 언급하면서 향가의 정신과 기법은 이미 현대시 곳곳에 '수용 완료'되었다고 단언한 바 있다.26) 이 절은 그러한 필자의 지론에 근거하여 향가의 표현을 더 듬어 본 것이다.

4. 기타 몇 가지

향가의 작가들이 그들의 작품을 통해 관심을 둔 분야는 인사人事와 세사世事였다. 추상적이거나 관념적인 세계를 다룬 작품은 불가 계통의 일부 노래에 국한되어 있다. 후대 조선왕조 시대에 성행한 강호가도江湖歌道류의 풍월은 단 한 편도 없다. 시가사적인 전개 과정에서 짚어볼 때, 신라·고려시대까지는 한시漢詩를 제외

---

26) 졸저,《향가여요의 정서와 변용》, 태학사, 2001, 27면.

한 우리말 노래는 아직 자연에 심취하여 본격적으로 눈길을 돌릴 겨를이 없었던 것이 아닌가 싶다. 그렇다고 자연 생태에 전혀 둔감한 것은 아니었다. 자연의 여러 부분을 비유의 수단으로 사용한 예가 여럿 있는 것을 보면 이를 알 수 있다.

인사와 세사에 치중하였다는 사실은 곧 향가가 삶의 노래, 생활과 직결되거나 밀착된 노래였다는 점을 증언해 주는 것이라고 하겠다. 맞다. 향가는 초기부터 그랬다. 〈유리왕 대 도솔가〉의 치리적 성향, 그 뒤를 잇는 〈혜성가〉·〈월명사 도솔가〉·〈안민가〉 등이 모두 당면한 어려운 국면에서 탈피하기 위해 부른 현실과 연계된 노래다. 〈송사다함가〉에서 묻어나는 남녀의 사랑은 인간의 본성과 관련된 가장 핵심적인 부분을 토출해 낸 것이다. 같은 시대의 〈서동요〉는 거짓으로 꾸민 사랑을 활용하여 장래의 고귀한 신분을 획득한 인생담人生譚이다. 〈헌화가〉 또한 한 여인의 아름다움을 작자 자신의 정신세계로 끌어들여서 잠시 황홀경에 빠지고자 읊은 애정류의 향가다. 〈제망매가〉·〈도천수대비가〉에서 읽을 수 있는 인간 운명의 한계에 대한 탄식, 간절한 기도로 마침내 장애를 고친 일 등은 모두 인간이 살아가면서 겪는 이러저러한 생활의 한 단면임을 부인할 수 없다.

〈모죽지랑가〉·〈찬기파랑가〉야말로 시대변화가 반영된 세사의 대표적인 시가라 하겠다. 그와 작품 내용은 다르지만 〈우적가〉도 알고 보면 정치세력권에서 밀려난 집단, 또는 낙척의 길을 걷고 있던 화랑단의 일부 때문에 지어진 노래이니 전자 두 편과 큰 범주 안에 포함시켜도 무방하지 않을까 싶다. 이렇게 거시적인 관점에 따라 경계를 넓히다 보면 〈원가〉도 신라 왕실의 중대와 하대가 교체되기 직전에 정치권이 요동을 친 결과 종당에는 고위 관료의 운명을 바꿔 놓은 세사와 관련된 향가라고 규정하여도 좋을 것이다.

인사와 세사를 다룬 생활시이기 때문에 대부분의 향가는 실용성과 연결되어 있다. 정신적·이념적인 면에 탐닉하거나 미학적인 아름다움에 심취하기보다는 여러 가지 삶의 어려운 점, 또는 세태 변화와 시대고에서 비롯된 난처하고 고통스런 문제들, 이런 난제들과 맞서 해결책을 찾아내고 원만하게 풀어내려는 데 초점을 맞춘 시가 장르가 바로 향가라는 얘기다.

이러한 성향은 향가의 장처長處임이 분명하다. 한편으로는 시가가 누릴 수 있는 정신적인 가치의 세계, 곧 현대인이 지금 찾고 있는 '인문정신'처럼 탈생활·탈실용을 지향하면서 인간이 추구하는 철학적·이념적인 관념의 세계, 서정과 자연의 아름답고 순수한 국면을 대수롭지 않게 여겼다는 점에서는 향가가 미흡하다고 지적할 수 있다. 시인은 문제 해결사도 아니고, 시와 노래는 예컨대 '약 처방전'과 같은 것도 아니지 않은가.

제 2 부

여요(속요) 문학사

속요俗謠는 고려를 대표하는 우리말 시가다. 고려 5백 년은 물론 조선 말기까지[27] 이어져 온 유서 깊은 노래다. 두 왕조에 걸쳐 명맥을 유지했던 시가라는 점에서 속요는 향가와 같다.

그러나 향찰로 된 향가와는 달리 속요는 훈민정음 창제 이후 악서·악보에 한글로 표기되어 전해 오고 있다는 점에서 향가와 같지 않다. 한글을 빌려서 문헌에 등재하기 이전인 고려시대부터 조선왕조 건국 뒤 약 1세기 동안 속요는 구비로 전승되면서 향유되었다. 하지만 과연 오랜 세월 동안 문자화되지 않은 상태로 구전에만 의존하였는지 자못 의문스럽다.

생각이 여기에까지 미치다 보니 아주 조심스럽게 다음과 같이 추정해 보게 된다. 즉 고려 당시 궁중 연회자리에서 소용될 때, 현전하는 속요는 아마도 '향찰'을 차용하여 기재되었지 않았는가 싶다. 그 당시 악보가 있었다는 사실을 감안하면 그렇다. 그때 우리말을 글자로 표기할 수 있는 유일한 수단은 오직 '향찰'뿐이었다. 군신들의 향연에서 부른 악장격의 속요이거늘 문자화된 텍스트도 없이 가기歌妓·악사·악공들의 기억에 의해서만 공연되었다고는 도저히 상상할 수 없다.

이런 형태, 곧 향찰을 차용하여 기록에 남겼기 때문에 조선왕조 9대 성종(成宗, 1469~1494년 재위) 이후 여러 악서가 편찬될 때까지 원본이 보존될 수 있었다고 생각한다. 그렇게 전해 내려온 향찰 표기 속요를 뒷날 한글로 바꿔서 옮긴 결과물이 바로 오늘

---

27) 김명준, 《악장가사 연구》, 다운샘, 2004, 191~194면. 《악장가사》는 궁중의 음악기관인 장악원이 편찬한 것이며 그 시기는 봉좌문고본은 17세기 말, 윤씨본은 18세기 초, 장서각본은 19세기 초이다. 이로써 속요가 조선왕조 말엽까지 이어졌음을 알 수 있다.

우리가 접할 수 있는 5백~1천 년 전의 고려 속요인 것이다. 거듭 말하거니와 신중하게 추정하면 그와 같다.

다음으로 거론코자 하는 바는 '여요(속요) 문학사'를 어떻게 기술해야 할지 그 어려움에 대해서다. 여기에 관하여 말하려면 먼저 이 글에서 다루어야 할 대상 작품의 편수와 분포를 구체적으로 제시함이 마땅하나 이는 편의에 따라 뒤로 미루기로 하고, 널리 알려져 있는 10편 가량의 노래가 논의의 장場에 오를 것이라는 점만 우선 밝힌다.

앞의 제1부 〈향가 문학사〉를 기필하면서 필자는 소수의 작품, 곧 선으로 연결시킬 수 없는 점으로 된 텍스트의 존재 양상을 지적하며 사적史的인 성찰과 조망이 매우 어렵다는 사실을 털어놓은 바 있다. 그러면 속요의 경우는 어떠한가. 한마디로 말해서 예의 향가보다 상태가 더 좋지 않다는 점을 강조하지 않을 수 없다. 작품의 양이 적다는 것은 향가도 매한가지이므로 서로 상쇄하면 된다. 문제는 다른 데 있다.

노래만 달랑 전해올 뿐, 그걸 누가 어느 시기에 지었는지는 전혀 알 수 없다는 데 심각함이 있다. 정서鄭敍가 18대 의종(毅宗, 1146~1170년 재위) 때 유배지 동래에서 〈정과정鄭瓜亭〉을 지었다는 것이 작자와 제작 시기가 모두 밝혀져 있는 유일한 예다. 거기에 하나 더 보탠다면 25대 충렬왕(忠烈王, 1274~1308년 재위) 때의 작품인 〈쌍화점雙花店〉을 들 수 있다. 이 노래는 연대는 드러나 있으나 작자층에 대해서는 똑 떨어지게 명기되어 있지 않기 때문에 연구자들에 따라 학설이 분분한 실정이다. 그래도 어느 임금 대의 것인지는 알 수 있으니 그나마 양호한 편이다.

이처럼 두 편과 예종의 〈유구곡〉을 제외한 나머지 10편 남짓

한 작품은 그 작자와 지은 시기가 불명인 상태로 전해 오고 있다. 악서와 악보에 실릴 때부터, 아니 궁중 악가로 채택되어 추정컨대 향찰을 차용하여 일시 정착되었던 고려 당시부터 그랬으니 고증할 여지조차 없다. 사정이 이와 같은즉 개별 작품론을 쓰기도 벅찬데 장르사, 속요사를 집필한다는 것은 심하게 말하자면 허공에다 주먹질을 하는 격이라 하겠다. 허구의 세계인 소설을 창작하는 일과 진배없다고 할까. 새삼 안타까워하거니와 작품을 지은 주인과 생산 시기를 알아야 종縱으로 엮고, 역사적으로 살필 것이 아닌가.

그러므로 개별 작품론 이외 현전하는 여러 노래들을 역사의 잣대로 엮고 조명하려는 이 작업은 그 발상 자체부터 무리한 것이라고 말하여도 지나침이 없다. 동어반복이지만 향가의 경우와도 견줄 바 아니다. 그럼에도 무모하리만큼 어려운 이 난공사難工事를 시작하려는 데는 필자 나름의 작은 근거가 마련되어 있기 때문이다. 첫째, 〈정과정〉·〈쌍화점〉 이외 몇 편쯤은 그 지어진 연대와 작자를 추정할 수 있다. 이를 토대로 작품의 배경 등을 알아내는 한편 여타의 노래들까지 연결시키면 미흡하나마 속요 전체를 종으로 훑어볼 수 있지 않을까 하는 것이 필자가 기대하는 바다.

둘째, 다행히도 《고려사高麗史》를 비롯한 몇 문헌에는 속요 장르가 어떻게 발원했는지, 민요에서 궁중의 악장으로 정착되기까지의 과정, 몇 군왕의 속요 탐닉, 고위 사대부 계층의 속요관과 속요 수집, 삼국의 노래와 당악唐樂과의 관계 등을 알 수 있는 자료들이 수록되어 있다. 이런 조각들을 모아서 분석하고 의미를 찾다 보면 속요의 역사적인 흐름을 대강이나마 파악할 수 있으리라고 또한 기대할 수 있다. 어렵고 무리한 일일수록 낙관적으로 전망하면서 시도해 보기로 한다.

이 책에서 다룬 속요는 모두 《악장가사樂章歌詞》에 수록되어 있는 것이다. 단 〈정과정〉·〈동동〉·〈처용가〉는 《악학궤범樂學軌範》에도 실려 있다. 〈소악부〉는 《익재난고益齋亂藁》 권4와 《급암선생시고及菴先生詩藁》 권3에 수록되어 있다.

제1장 전제가 되는 몇 문제

1. 개념· 삼대 가집三大歌集 및《소악부小樂府》

고려가요를 일컫는 명칭은 여럿 있다. 우선 고려가요高麗歌謠라는 이름을 들 수 있고, 그 밖의 이를 약칭한 여요麗謠와 속요, 속악가사 등이 비교적 널리 쓰이는 장르명이다. 깊이 생각하지 않고 아무 것이나 편한 대로 하나 골라서 부른다면 이것저것 가릴 필요가 없지만, 간단한 듯한 이 명칭도 막상 학술적인 관점에서 숙고하며 논하자면 확정짓기가 그리 단순하지 않다. 위에 열거한 이름 말고도 장가·별곡·속가·고려가사 등이 나름대로 논거를 내세우면서 갈래 명칭에 동참하고 있는 까닭도 이름을 정하는 일이 쉽지 않다는 증거가 된다.[28]

이렇듯 여러 종류의 명칭 가운데 이 책에서는 '고려 시가', '속요', '고려가요', '여요' 등을 택하여 혼용키로 하되 주로 '속요'를 사용키로 하겠다.

속요는 어떤 노래인가. 그 개념은 무엇이며 범주는 어디까지인가. 간추려서 말하자면 민간에 떠돌던 민요의 일부가 나라의 음악기관인 대악서大樂署, 관현방管絃房 등에 속해 있던 관원들을 비롯하여 궁중에 소속된 지방 출신의 기녀들, 일부 고위 관료를 중심으로 한 사대부들 등에 의하여 대궐에 이입되어서 음곡과 가사를 다듬는 과정을 거친 뒤 궁중 연회에서 가창 공연된 노래가 바

---

28) 윤성현, 《속요의 아름다움》, 태학사, 2007, 15~24면. 시가문학사 연구 초창기부터 근년에 이르기까지 여러 인사들에 의해서 꾸준히 논의된 다수의 명칭에 관한 설명이 종합적으로 정리되어 있다.

로 속요다. 그 일부가 후대 악서 악보 등에 우리 문자로 수록되어 있다는 점은 앞에서 설명하였다. 짧게 요약하면 '민요→속요'라는 아주 간단한 도표로 대신할 수 있다. 뿌리가 민요이기 때문에 속요는 서민의 정서와 생각, 삶과 풍습, 꿈과 현실이 두루 녹아 있는 것이 특징이다. 이러한 민가의 노래가 궁중 악가로 활용되고 정착되었다는 것이 여간 이례적인 일이 아니다.

더욱 관심이 가는 것은 이 속요가 자유분방했던 고려 전 시대는 물론이고 유교 이념에 따라 엄격하기 이를 데 없던 조선왕조에서도 19세기 말 26대 고종(高宗, 1863~1909년 재위) 시대까지 대궐 잔치 자리에서 불린 흔적이 남아 있다는 점이다. 이처럼 두 왕조에 걸쳐서 악장으로 인기를 끈 것을 보면 공연물로서 매력이 어땠는지를 충분히 짐작할 수 있다.

개인 창작이 아닌 민요가 속요라는 이름으로 바뀌어서 특수사회의 독립된 장르로 변신한 예를 우리는 속요 이외 달리 찾을수 없다. 이처럼 특별한 악장이므로 작품이 수록된 악보·악서도 관찬官撰, 또는 그에 준하는 문헌인 점에 유의할 필요가 있다.

이제 《악학궤범》·《악장가사》·《시용향악보》 등으로 이 책의 대상이 되는 텍스트를 가려내기로 한다. 먼저 《악학궤범》이다. 성종 24년(1493년)에 성현成俔·유자광柳子光 등이 편찬한 이 음악서는 무용, 곧 정재呈才 위주의 예악서다. 국가의 제례와 연향의 규준을 마련한 책인데, 전조前朝의 악장인 속요에 해당되는 노래에는 아박정재牙拍呈才의 가사인 〈동동〉, 학연화대처용무합설鶴蓮花臺處容舞合設의 〈처용가〉, 그리고 〈정과정〉 세 편이 들어 있다. 이외에 무고정재舞鼓呈才의 악장인 〈정읍〉이 있는데, 이 또한 고려의 속악으로 궁중 잔치에서 쓰인 것은 사실이나 그 연원이 통일신라시대인 35대 경덕왕 이후 옛 백제 지방에서 유행되던 것인 점을 보아 순순한 고려가요로 규정하기는 곤란하다.

《악장가사》(각주 27에 편찬기관 및 연대가 있음)는 속요의 보고라고 이를 만한 문헌이다. 춤이나 음곡에 관한 설명은 빼고 순전히 노랫말만을 모아 놓은 가사집이니 요즘 말로 치자면 '시집詩集', 또는 '가사집歌詞集'이라고 할 수 있다. 속악가사〔宗廟樂章〕·아악가사〔文宣王　文廟樂章〕·가사歌詞 등 3편으로 구성된 이 악서에서 고려 속요와 관련이 있는 편목은 '가사'편이다. 조선시대에 지어진 노래까지 포함하여 18편이 수록되어 있는 이 악서에서 속요에 해당되는 작품은 〈정석가鄭石歌〉·〈청산별곡靑山別曲〉·〈서경별곡西京別曲〉·〈사모곡思母曲〉·〈쌍화점雙花點〉·〈이상곡履霜曲〉·〈가시리〉·〈만전춘 별사滿殿春別詞〉·〈처용가〉 9편이다. 그 가운데 끝의 〈처용가〉는 《악학궤범》에도 수록되어 있으므로 《악장가사》에만 나오는 속요는 8편이 된다. 《시용향악보》는 1950년대에 비로소 세상에 알려진 책이다. 편찬 시기로 세조~연산군 사이, 명종~선조 사이, 성종 시대 등이 거론되어 왔으나 근자 연산군 10년(1504년) 즈음에 이루었다는 주장이 새로 대두되고 있다.[29] 이 몇 가지 추정시기를 보면 《시용향악보》가 엮어진 연대가 《악학궤범》이 찬집된 성종 대 전후와 시차가 그리 크지 않은 때였음을 짐작할 수 있다. 《악학궤범》에서 빠진 여러 편의 노래를 시간적인 간격을 두지 않고 수습한 것을 보면 이 악서의 소중한 가치를 새삼 느낄 수 있다.

《악장가사》를 말할 때 놓친 내용을 《시용향악보》를 거론하는

---

29) 김명준, 앞의 책, 247면.

이 자리에서 함께 얘기하자면, 두 악서 모두 궁중 회연을 위한 악서이므로 그 편찬자도 음악관서 등에 소속된 관원이라는 점이다. 《악학궤범》만이 궁중용 음악서가 아니라는 사실이다. 종묘악장과 문묘악장文廟樂章이 들어 있는 《악장가사》는 말할 것도 없고 〈풍입송風入松〉, 〈야심사夜深詞〉처럼 군신君臣이 모인 회연 자리에서 공연된 노래가 《시용향악보》에 실려 있는 것으로 보아 이 둘 또한 궁궐용으로 만들어진 책임을 쉽게 알 수 있다.

두루 알고 있는 바와 같이 《시용향악보》는 악보 위주로 편찬된 악서이기 때문에 모든 노래는 가사 초장만 기록하였다. 첫 번째 노래인 〈납씨가納氏歌〉를 시작하면서 "가사는 단지 1장만을 기록하며, 그 나머지 가사는 다른 가사책(악서)을 보라. 다른 노래들도 이를 따른다[歌詞只錄第一章其餘見歌詞冊他樂倣此]"고 밝혀 놓았다. 모두 26곡의 가사 가운데 《악학궤범》, 《악장가사》에 들어 있는 작품과 속요로 규정할 수 없는 것, 그리고 고려가요이긴 하되 의미가 없이 구음口音만 늘어놓은 〈군마대왕軍馬大王〉·〈구천九天〉 등 굿판의 소리 여러 곡을 제외하고 나면 〈유구곡維鳩曲〉·〈상저가相杵歌〉 두 편이 남는다.

여기까지 살펴본 결과 이 책에서 다룰 수 있는 속요는 일단 13편이 된다. 빈약하기가 향가와 다를 바 없다. 그처럼 소수임에도 〈유구곡〉을 비롯, 거론하지 않아도 될 몇 편을 제외하면 최종적으로 10편쯤 된다.

조선왕조가 들어선 이후 많은 노래들이 음사淫詞라는 이유로 삭거되었다고 두루 이해하고 있다. 하지만 달리 생각해 보면 꼭 그런 이유만일까 하는 의구심도 지울 수 없다. 나아가 대대적인 '삭거' 자체를 의심하게 된다. 예컨대 〈쌍화점〉·〈만전춘 별사〉를 비롯한 여러 편의 노래는 조선왕조에서 기피한 음사요, 연가戀歌에 속한 것들이다. 그럼에도 악장집인 《악장가사》에 올라 있다. 조선 시대의 가악관歌樂觀이 엄정하고 경직되기 이를 데 없었음에도 이렇듯 난잡한 남녀상열지사가 궁궐에서 사용된 악서에 실려 있다면, 비리지사鄙俚之詞, 망탄妄誕, 사리부재詞俚不載라고 일컬어 온 고려 속요에 대한 핍박과 일부 제한적인 전승설을 다시 한 번 생각지 않을 수 없다. 요컨대 말로는 그와 같이 강도 높게 표현하였지만 실제로는 그렇지 않았을 확률도 배제할 수 없다는 뜻이다. 만약 이런 가정이 용인된다면, 고려 당시 여항의 수많은 민요에서 궁중 속요로 상승된 '한정된 소수의 대부분'은 후대 삼대 가집에 거의 다 수습된 것이 아닌가 추정해 볼 수 있다. 바꿔 말하자면 현전 작품이 곧 고려 때 궁중 속요의 거의 전부일 수 있다는 뜻이다. 한 권도 아닌 세 권의 악서·악보에 건사해 놓은 작품의 수량이 이와 같다면 고려 당대의 편수와 큰 차이가 없다고 헤아릴 수 있을 것이다. 저잣거리의 민요가 다수 유행한 것과 구분하면 그렇다.

속요를 담아 놓은 문헌은 위 세 책 말고 또 있다. 익재益齋 이제현李齊賢과 급암及庵 민사평閔思平의 《소악부小樂府》가 바로 그것이다. 여기에는 궁중 악가로 소용된 노래인 속요는 수삼 편만 있고, 나머지 대부분은 속요로 변신되지 않은 여항의 노래가 차지하고 있으니 민간가사집이라고 하는 것이 더 마땅할 듯하다. 전자 《익재 소악부》에 11수, 후자 《급암 소악부》에 6수, 도합 17수가 당대 일류 문사에 의하여 번해되어 보존되었다는 점이 특기할 만하다. 수록 작품 수가 《악장가사》 등 삼대 가집에 게재된 국문 속요의 전수보다 더 많다는 점도 눈길을 끈다. 앞에서 말한 바와 같이 《시용향악보》의 대부분을 셈에 넣지 않으면 그렇다.

《소악부》는 우리말 노래를 한시로 옮겨 놓은 것, 말하자면 번해翻解·번안翻案시다. 따라서 엄밀히 따지자면 국문으로 전해 오는 예의 삼대 악서·악보의 노래들과 동격으로 취급할 수는 없다. 국문으로 표기된 원시原詩와 번역시를 수평선상에 함께 놓을 수는 없는 노릇이다. 오로지 문학의 이론 면에서 생각한다면 이 말이 경우에 맞다. 그러나 문학적인 환경에는 특수한 시대성도 작용한다는 사실 또한 고려하지 않을 수 없다. 익재·급암이 살던 시대는 훈민정음이 제정되기 이전, 그러므로 떠돌던 구비 가요를 문자로 정착시킬 수 있는 수단으로 향찰 표기와 한시 번해(번안) 말고는 다른 방법이 없던 때였다. 익재·급암은 후자의 방식을 택하여 어느 누구도 관심을 두지 않은 우리말 노래를 악부체로 남겨 놓았다. 이 점을 중시하지 않을 수 없거니와, 비록 국문시가의 형태가 아닐지라도 한시로 된 그들의 작품에는 원가原歌의 내용과 함의가 크게 훼손되지 않은 채 수렴되고 있는 터, 익재·급암의 《소악부》 17수도 속요 문학사에 포함시켜 논의하는 것이 당연하고 마땅하다고 하겠다.

'고려의 속요는 남녀상열지사'라는 이 굳어진 등식을 《소악부》가 깨고 있다는 점에서도 이 자료집은 소중히 다룰 필요가 있다. 이에 관해서는 장을 달리하여 다시 말하겠지만 우선 짧게나마 언급코자 하는 바는 민요의 세계가 일반적으로 알고 있는 것처럼 남녀상열 쪽으로만 편중되지 않았다는 점을 《소악부》가 증언한다는 사실이다.

2. 생성 과정과 앞선 시대의 노래들

1) 토풍土風

향가를 읽다가 속요와 마주하게 되면 두 장르의 세계가 이토록 심하게 다른가 하는 생각이 절로 난다. 전자가 삶의 여러 소재와 국면을 다루고 있는 것과 달리, 후자 고려가요의 중추인 속요는 두루 알고 있는 바와 같이 단 한 가지의 화두, 곧 남녀상열의 사설로 일관하고 있기 때문이다.

그냥 지나치지 않고 곰곰이 생각할 때면 사랑노래인 속요는 마치 하늘에서 떨어진 돌출형 장르이고 현전 향가를 비롯한 가사부전의 신라시대 가요에는 속요류의 작품이 전혀 없었다고 단정을 내려야 할지 어려움에 봉착한다.

깊이 생각건대 가사부전의 것까지 포함한 범汎 신라 가요에도 사랑의 노래는 분명히, 또한 당연히 있었다. 이에 관해서는 제1부 〈향가 문학사〉를 다룰 때 이미 언급한 바 있다. 사람 사는 사회는 예나 이제나 크게 다르지 않다. 다만 그런 가요가 많이 전해 오지 않을 뿐이며, 더욱이 향가를 수렴해 놓은 《삼국유사》나 《균여집》은 악서樂書나 시가집詩歌集이 아니다. 이른바 속되고 난잡한 것과는 거리가 먼 고승高僧의 문헌임을 새삼 돌이켜 보면 해답은 쉽게 나온다. 이럴 때 일실逸失된 《삼대목》의 존재가 더욱 아쉬워진다.

여기까지 말한 바의 요지를 간추리자면, 속요는 고려왕조가 들어서자 신라와는 완전히 절연한 상태에서 새로 만들어 낸 노래가 아니라 외려 앞 시대인 신라의 것 일부도 이어받아서 재생시킨 가요라는 점이다. 신라 24대 진흥왕 때 미실이 출전하는 애인 사다함의 안위와 재회를 기원하며 지은 〈송사다함가〉며, 26대 진평왕 때 천관녀가 김유신과의 절연絶緣을 애통해하면서 읊은 〈천관원사〉, 그리고 신라 말 49대 헌강왕 때 처용이 노래한 음사淫詞 계통의 〈처용가〉 등을 생각하면 위에서 언급한 바가 어렵지 않게 입증된다고 단언을 내려도 좋을 것이다.

이와 같은 맥락에서 비록 남녀상열지사는 아니지만 고려가요가 삼국의 노래와 연계된다는 점을 상기하면 고구려, 백제의 노래가 당연히 거론의 대상이 된다. 이 경우 또한 예의 《고려사》 악지의 기록이 뒷받침하고 있다. 고구려의 〈내원성來遠城〉·〈연양延陽〉, 백제의 〈정읍井邑〉·〈지리산地異山〉·〈무등산無等山〉·〈방등산方等山〉·〈선운산禪雲山〉 등이 고려에 계승되었음을 알 수 있다. 지면 관계로 고려 노래로 다시 쓰인 위의 신라·고구려·백제 등의 가요가 어떤 내용을 담고 있는지를 소개하지는 못하나, 한 가지만을 밝히자면 세 나라의 10여 편이 다기 다양한 인사·세사를 소재로 하여 여러 가지의 주제를 드러내고 있다는 점이다. 따라서 속요의 주류를 이루고 있는 남녀상열의 작품들과는 거리가 먼 것들이라 하겠다. 《소악부》 쪽과 가까운 노래들이라고 규정할 수 있다.

어쨌든 속요는 신라 가요 및 고구려·백제의 시가를 흡수하였음을 재확인키로 한다. 그 규모도 《고려사》 악지의 것, 곧 고려 궁중의 노래로 쓰인 것 이외 수많은 민요가 여항에 남아 평민들이 애창하였음이 확실하고, 그를 바탕으로 고려가 산출한 이른바 속요(민요)를 비롯한 이런저런 내용의 새 노래가 태어났음이 또한 분명하다고 하겠다.

궁예·견훤, 통일신라 등 후삼국시대를 마감하고 새 왕조를 개창할 때까지 고려는 오랜 시간에 걸쳐 전국을 섭렵하며 영토 확장과 통일을 위한 전쟁을 계속하였다. 한편으로는 곳곳의 지방 세력과 평화적으로 타협하여 복속시킨 예도 적지 않았다. 지방 세력의 존재를 인정하고 적극적으로 흡수하는 전략, 이 점에서 고려의 건국은 통일신라나 조선왕조와 극명하게 변별된다. 그 결과는 오래전부터 내려오는 각 지방의 풍속과 문화 등을 존중하는 효과로 나타났고, 한걸음 나아가 이를 중앙에까지 견인하여 뿌리 내리게 하기에 이르렀다. 이와 관련하여 태조 왕건이 전장戰場을 전전하면서 29여 곳의 지방 여인과 부부의 인연을 맺고, 건국 뒤로는 빈嬪으로 맞아들인 것도 통일을 염두에 둔 지방 세력과의 연합이었으며, 그 결과는 지방 문화 및 풍속의 지속적인 존치였다. 어찌 왕건뿐이었으랴. 그의 수하에 있던 여러 장군과 무사들도 왕건처럼 행세하였을 것이다. 그 바람을 타고 여러 지역의 민요가 건국 초기부터 개성으로 유입되었으며 그 가운데 일부는 궁중의 속요로 자리를 잡기에 이르렀다. 속요는 이처럼 여러 방면의 가요들이 이를테면 마중물이 되어서 만들어진 노래다.

이런 현상을 고려 초기의 저명한 인물인 최승로崔承老가 언급한 '토풍'이라고 할 수 있다.

2) 화풍華風

지금까지의 몇 사례는 고려가 건국 초기부터 굳게 지켜 온 고유의 전통 문화를 아끼고 지킨 토풍에 해당되는 것이라면, 나라 밖의 문화와 예술, 곧 중국의 것도 받아들여서 활용한 것은 박종기,《고려사의 재발견》에 따르면 화풍華風이라 하겠다.

《고려사》악지에 속악과 함께 당악唐樂 조가 있어서 그 실상을 쉽게 확인할 수 있다. 당악은 송악宋樂을 일컫는 것이다.《태종실록太宗實錄》에 따르면 4대 광종 때 당악이 이미 이 땅에 유입되었다는 기록이 있으나, 그보다 확실한 근거를 든다면 11대 문종 27년 2월에 답사행가무踏沙行歌舞, 포구락抛毬樂, 구장기별기九張機別伎, 왕모대가무王母隊歌舞 등이 교방敎坊의 여제자들에 의하여 연등회에서 연주되었다는 사실史實을 꼽을 수 있다. 이보다 2년 전인 동왕 25년에 송宋의 신종神宗이 고려 사신에게 송의 교방악과 악기를 가르칠 악사를 고려에 보내서 위의 여제자들을 교육시켰다는 설도 있다.30) 그러므로 고려의 음악과 시가의 역사를 이해함에 있어서 광종 대와 문종 대는 매우 중요한 시대다. 당시 수입된 당악곡의 사詞들은 거의 모두가 송나라의 사문학詞文學인 송사宋詞로서, 이 사詞는 크게 대곡大曲과 산사散詞로 구분된다. 《고려사》 악지 당악 조에 전하는 대곡은 7곡, 산사는 41곡이다. 이들 사문학이 고려 속요에 끼친 영향은 결코 가볍지 않다. 더욱이 산사는 남녀상열의 궁중 속악과 유사한 내용이 적지 않다. 몇 마디 설명하는 것으로 건성 넘어갈 것이 아니라고 판단하여 아래에 차주환車柱環이 번역한 송사宋詞 두 편을 인용해서 속요와 견줘 볼 기회를 갖기로 한다. 이 책의 과제이며 대상인 속요 텍스트는 아직 인용하지 않은 것에 비하면 당악에 대한 과도한 대우라고 할 수 있으나 예의 속요 작품은 뒤에서 본격적으로 다수 읽을 기회가 있을 터이므로 잠시 기다리기로 한다.

> 얼굴은 단정하고 마음은 깔끔하고
> 눈썹은 길고, 눈은 귀밑머리로 들어가고
> 코는 우뚝하고 입은 작고

---

30) 송방송, 《한국음악통사》, 일조각, 1988, 184~185면.

혀는 향기롭고 부드럽고, 귀는 그 가운데서 붉고 윤기가 있다
목은 경옥瓊玉과 같고 머리는 구름 같고
귀밑머리와 눈썹은 깎아 놓은 것 같고, 손은 봄철의 죽순 같고
젖은 달고 허리는 가늘고 발은 단단히 쥔 듯한
그런 것들은 다시 물으려고도 하지 말 것

〈해패解佩〉라는 작품이다. 여인의 여러 육체 부위를 부각시켜서 묘사해 놓았다. 끝의 두 줄은 사뭇 에로틱한 면을 숨기지 않고 있는데, 성性이 극도로 문란한 21세기 현대도 아닌 그 옛날에 이처럼 적나라하게 그려 놓았다는 점에서 놀라움을 금치 못할 지경이다.

아래의 〈감은다感恩多〉라는 노래는 이별하는 자리에서 비감한 심정을 술회한 작품이다.

깁방장 반쯤 드리운 데 문은 반쯤 열려 있고
남은 등불과 외로운 달은 창틀 비친다
북두성이 점점 옮기어 하늘은 밝아지려 하는데
누각은 더욱 재촉한다
손잡고 님에게 이별주를 권하자니
눈물은 붉은 분粉과 함께 금술잔에 떨어진다
흐느끼며 님에게 물어보기를
"오늘 떠나가시면 어느 때 돌아오시오?"

이별하는 밤의 가눌 수 없는 심경을 먼저 술회하고, 이어서 헤어질 때의 슬픔과 재회의 기약을 임에게 묻는 형식을 빌어 다짐을 받고자 하였다. 이 노래를 읽으면서 속요의 어떤 작품이 떠오

르는지에 대해서는 독자에게 일임한다.

대곡은 산사와 성향이 전혀 다르다. 속가俗歌가 아니고 격이 높은 악시樂詩인데 여러 연으로 구성되어 있어서 이를테면 장시長詩라 할 수 있다. 대곡의 두드러진 특징은 본사 내용과는 전혀 관련이 없는 의식성儀式性 사설 한 대목을 먼저 읊고 본사를 시작한다는 점이다. 끝 단락 또한 본사의 뜻과 연결되지 않는 것을 달아 놓은 뒤 작품 전체를 마무리한다. 앞과 뒤의 이러한 격식格式 부분을 구호치어口號致語라고 일컫는데, 속요 일부도 이 방식을 본받고 있다는 점에서 그냥 지나칠 수 없다. 본사의 내용과 전혀 통하지 않는 〈동동〉과 〈정석가〉의 첫째 연이 바로 구호치어적 발상에서 비롯되었음을 기억할 필요가 있다. 여항에 떠돌던 민요가 궁중악가로 취택되어 음곡과 사설을 다듬을 때, 일부 가요는 왕실의 권위와 체통을 살리기 위해서 관원이 따로 지은 의식성 단락을 앞과 뒤, 특히 첫머리에 올렸을 것으로 사료된다.

당악의 산사와 대곡을 이런 수준으로 거론한 데는 그만한 까닭이 있다. 민요가 궁중속요로 전환되는 과정에서 궁궐에 유입되어 각종 연회에서 가창되던 일부 당악, 특히 산사가 그와 유사한 고려 민요를 대궐에 끌어들이는 데, 또는 그 반대로 고려 속요가 외국의 음악을 끌어들이는 데 적잖게 기여하였다는 사실을 강조하기 위해서다.

3. 생성시기와 초기의 형세 — 몇 군주의 탐닉과 관련하여

속요는 언제 생겨났을까. 저잣거리에서 서민들이 가창할 그때

1차(민요) 싹이 텄다고 쉽게 말할 수 있다. 그러나 이는 절반쯤만 맞는 해답이다. 여항에서 유행하던 그때가 정확하게 어느 시기였는지 밝혀져 있지 않고, 또한 최초의 작품과 지은이가 누구였는지가 불명한데 "저잣거리에서 가창할 때" 운운하는 것은 그냥 한 번 해 보는 소리에 지나지 않는다. 사정이 이와 같으므로 속요의 생성 시기는 신뢰할 만한 자료가 나오지 않는 이상 정확히 알 수 없다고 말하는 것이 가장 정확한 해답이 된다. 정답은 그렇지만 바늘구멍만한 빈틈이라도 찾아내면 우리는 이를 근거로 삼아 그 겉과 속에 숨어 있는 역사적 단서를 해석하고 나아가 체계화하는 데 공력을 기울일 수 있다. 천만 다행히도 앞이 보이지 않아 답답했던 속요의 역사가 그런 좁은 길보다 좀 더 넓은 길에 숨어 있어서 장르의 출발 및 전개 과정의 흐름과 윤곽을 어림잡을 수 있다. 일정 편수의 작품들을 그 흐름 위에 올려놓을 수 있는 소중한 자료가 존재함에 우리는 어느 정도 안도감을 느낄 수 있다.

　이제 몇 문헌 기록에 접근하여 그동안 궁금하게 여겨온 바를 풀어 보기로 하고 4대 광종에 관한 기록부터 읽기로 하자. 최승로(崔承老, 927~989년)는 같은 왕 대의 저명한 문신文臣으로서 그 시대를 누구보다도 잘 알고 있던 인물이다. 그가 왕에게 올린 상소문에는 아래와 같은 것이 있는데, 조선 후기의 실학자인 안정복安鼎福의 《증보문헌비고增補文獻備考》 제106 악고樂考17(동국문화사, 영인본, 1957, 중권 282면)에 게재되어 있다.

　　안정복이 말하기를 광종이 속악俗樂을 기뻐하며 관람하는지라 최승로가 그 부당함을 상서上書하였다. "소위 속악俗樂 창기倡伎의 희락은 분칠로서 온갖 교태를 꾸미서 음탕한 마음을 제멋대로 품

게 하고 아정雅正의 기氣를 사라지게 합니다. 향속鄕俗과 토풍土風
은 끊어져서는 안 되므로 마땅히 악공·악사들로 하여금 이를 전
습토록 하여 옛 시대의 진실된 것을 보존해야 할 따름입니다. 어
찌 음란하고 더러운 여악女樂을 하겠습니까?"

한번 보는 것만으로도 속요 문학사와 직결된 기록임을 알 수
있으리라. 고려 초기인 광종 대에 이미 속악이 존재했고, 가사를
동반한 것이 확실시되는 그 노래를 다른 사람도 아닌 임금이 기
뻐하며 즐김에 신하가 상서하여 그 부당함을 아뢰었다는 것이 주
된 내용이다. 속요는 그 비속한 내용으로 보아 고려 후기 문란한
시대에 생성되어 궁중악으로 사용된 노래라는 설이 한때 유통되
었는데, 위에 인용한 기록은 예의 학설과 주장이 사실에서 크게
벗어나 있음을 명쾌하게 증언하고 있다. 속요는 고려 초인 10세
기 중반을 전후하여 시가사에 등장한 장르다.

둘째, 광종이 가까이한 속악은 어떤 내용인지를 대충 알 수 있
다. 최승로에 의하면 기품 있고 바른(雅正)의 기운을 사라지게 하
리만큼 음탕하고 더러운 여악이었다. 현전하는 일부 작품들을 연
상하면서 이 대목을 읽으면 쉽게 동의할 수 있다. 최승로의 상소
가 괜히 나온 것이 아님을 십분 이해할 만하다. 그런 음란한 노
래는 신라 향가 시대에 유행하던 민간가요이거나, 고구려·백제가
멸망하기 전부터 오랜 세월 동안 여항에서 떠돌던 노래를 이어받
은 것일 수도 있고, 고려 건국을 전후하여 각 지방에서 생겨난
속가俗歌일 수도 있다. 어느 것으로 여겨도 무방하다.

광종에 이어 왕위에 오른 5대 경종(景宗, 976~981년 재위)도 최
승로가 판단하기에는 문제의 임금이었다. 《고려사》 최승로전의 일

부 대목을 보면 알 수 있다.

　　(경종은) 정사를 게을리하였으며, 드디어 여색에 빠져 향악鄕樂
　연주를 즐겨 관람하다가 뒤에는 장기와 바둑을 종일 두어도 싫증
　을 내지 않았다.

　왕의 잡기를 거론하는 가운데 향악을 즐겨 관람하였다는 점을
지적하고 있다. 여기서 말하는 향악인즉 부왕인 광종 대의 속악
과 동일한 성격의 노래로 보는 것이 옳다. 4·5대 광종과 경종이
마치 인수인계나 하듯 속가에 깊이 빠졌다는 사실은, 두 임금은
말할 것도 없고 수하의 적잖은 신하들 또한 이를 탐닉하였으리라
는 정황을 암시한다. 임금 혼자서 독방에 술자리를 차려 놓고 여
악을 즐겼다는 것은 상식적으로 말이 되지 않는다. 군신의 속요
애호를 뜻있는 신하가 걱정할 정도라면 민간 사회에 파급된 실상
이 어땠었는지를 족히 짐작할 수 있을 것이다. 최승로의 상소를
인용하여 광종 대의 속악을 거론한 안정복은 같은 글의 뒷부분에
서 11대 문종 대의 속악에 따른 심각성도 지적하고 있다(졸저,
《향가여요 종횡론》, 보고사, 2014, 267면).

　　…… 문종과 같이 어진 임금도 속요의 병통을 능히 잡지 못
　하여 뒤에 여러 왕들이 황음荒淫에 빠지게 되었다.

　《고려사》 문종 조 말미에 놓여 있는 익재의 사평史評에 따르
면 문종이야말로 고려 전기前期를 대표하는 성군현주聖君賢主였다.
여느 임금들과는 달리 사평의 거의 대부분이 찬양과 호평으로
가득 채워져 있다. 그런 임금임에도 속요의 성행을 막지 못하여

끝내 후대의 군주들이 황음에 빠지는 결과를 낳게 하였다고 탄식하고 있다. '황음' 운운한 것을 볼 때 초기 광종·경종 대 가요의 성향이 확장되어 이어졌음이 분명하거니와, 문종 대까지 시간의 간격이 1백 년쯤 되는 점을 감안하면 속요의 중단 없는 끈질긴 생명력과 이른바 역사성을 간파할 수 있다. 이런 상태에까지 이르렀으니 선정치국善政治國의 뛰어난 문종인들 어쩔 도리가 없었을 것이다.

문종의 확고한 의지와 대응도 전파력과 생명력이 강한 '노래의 위력' 앞에서는 힘을 쓸 수가 없었다고 단언한다. 권력으로도 끝까지 완벽하게 제압할 수 없는 것이 바로 노래라는 사실은 우리가 살고 있는 이 시대에 가끔 일어나는 대중음악계의 금지곡과 관련된 사건으로 익히 알고 있는 바다. 여기까지 광종—경종—문종으로 이어지는 속요의 성향과 형세를 관견管見하였다. 이것만으로도 초기 속요를 이해하는 데 부족함이 없지만, 중요한 자료가 하나 더 남아 있어서 이것마저 다루고 이 장을 마감키로 한다.

8대 현종은 20년 동안 나라를 잘 다스려서 초창기 고려왕조의 기틀을 다지는 데 큰 업적을 남겼다. 문종 대에 앞서 개국 후 처음으로 황금기를 누리기 시작한 고려는 16대 예종睿宗 대까지 비교적 순탄하게 안정을 유지하였다. 현종은 인격적으로 훌륭하여서 치기수신治己修身에 게을리하지 않았고 효심 또한 지극하여서 부모의 명복을 빌고자 현화사玄化寺를 세우기도 하였다. 제1부 〈향가 문학사〉를 살피면서 언급한 바와 같이 낙성식을 거행할 때 수행한 10명의 신하들과 함께 〈향풍체가〉를 지은 임금으로도 알려진 것으로 보아 시가에 밝았음을 짐작할 수 있다.

고려의 음악기관으로는 대악서大樂署가 대표적으로 꼽힌다. 설

립 연대는 정확히 알 수 없으나 기록에 따르면 늦어도 7대 목종
(穆宗, 997~1009년 재위) 때에 세워졌음은 분명하다. 더 거슬러 올
라가서 그 바로 앞 임금인 6대 성종(成宗, 982~997년 재위) 때, 또
는 광종 때 건립되었을 것이라는 설도 있다. 널리 알려져 있는 음
악관서인 관현방管絃房은 문종 10년(1076년)에 설립되었다. 이 두
기관보다 속요와 관련하여 우리의 눈길을 끄는 것은 교방敎坊이
다. 기녀들의 가무를 관장한 이 기구도 대악서처럼 그 설립 연대
를 정확히 알 수 없다. 광종이 흠뻑 빠졌던 것이 여악이었던 것으
로 보아 그 임금 때, 또는 그 이전에 존재했던 것이 아닌가 싶다.

사실 연대 파악이 주가 아니다. 관심은 이 기관을 현종이 파하
고 소속 기녀 백여 명을 풀어 주었다는 사실에 놓여 있다. 여악
의 폐단이 얼마나 심각하였기에, 나아가 광종 대 이후 현종 대까
지 세를 확장하며 성행한 속요가 얼마나 문젯거리로 대두되었기
에 등극하자마자 왕의 힘이 미칠 수 있는 관서인 교방을 혁파하
고 기녀들을 풀어 주었을까. 그때 없어진 교방은 한참 뒤인 원
지배하 25대 충렬왕 때에 다시 회생되었다. 여하간 교방을 폐지
한 현종의 결단을 통해 이른 시기의 속요가 궁궐과 민간 사회에
얼마나 크게 번지면서 병통의 대상이 되었는지를 간파할 수 있
다. 현종은 그렇듯 과감하게 손을 써서 성과를 올렸는데 후대의
군주인 문종은 실패한 것을 두고 두 임금의 능력을 비교하는 것
은 옳지 않다. 현종 대까지만 해도 그나마 왕의 영令과 조치가 통
했으나 몇십 년 뒤인 문종 대에 이르러서는 해결할 방도조차 없
었다는 식으로 이해하여야 할 것이다.

최승로의 관점과 시각에서 살피기 시작하여 여기까지 이른
결과로는 속요는 요컨대 왕조의 권위·체통·근엄함을 지키려면

있어서는 안 될 노래다. 그럼에도 개국 초 여러 국왕들의 탐닉을 시작으로 여말麗末까지 궁중악가로 자리를 잡았음은 말할 것도 없고, 대궐 밖 민가에서도 널리 가창되고 유행되면서 조선시대에까지 이어져 왔다. 이와 같은 역사적인 계승과 영속성으로 보아 최승로 등 당시 일부 사대부들의 부정적인 평가와 배척과는 달리 속요는 인간의 본능·본성과 정감을 중시한 노래라는 좋은 평가도 받는다. 이런 부분에 관해서는 뒤에서 작품들을 분석하면서 설명할 때 수시로 논할 터이고, 이 장의 주제는 속요의 생성시기와 초기의 형세를 파악하는 데 있기 때문에 여기서는 쓰지 않겠다.

소제목을 달지 않고 기필한 서론을 포함하여 3개의 절로 나누어 쓴 이 장의 글은 속요 문학사 전체의 총론격 글이다. 그런 성격의 끝자리에 개별 작품의 세계를 다룬 〈정석가〉를 얹도록 한다. 그렇게 처리하는 까닭은 논의하는 과정에서 밝혀질 것이지만 〈정석가〉를 속요 장르가 지향할 바를 제시한 모형模型 격의 작품으로 인식하기 때문에 총론의 장에 좌정케 하는 것이 타당하다고 결론을 내렸기 때문이다.

4. 속요 장르의 바탕 격 작품, 〈정석가〉

〈정석가鄭石歌〉는 전편이 여섯 연으로 짜여 있는데, 첫째 연은 서사序詞, 2~5연은 본사本詞, 6연은 결사結詞, 이렇게 세 부분으로 구분되어 있다. 본사 4개 연은 소재만 다를 뿐 사의詞意와 구조는 모두 똑같다. 그러므로 제2연만 읽어도 본사 모두를 통독하는 셈이 된다. 4개 연으로 된 〈쌍화점〉이 이와 같은 구조인 것을 보면 이를 속요 장르의 한 특징으로 여길 수 있다.

딩아 돌하 당금當今에 계십니다
딩아 돌하 당금當今에 계십니다
선왕성대先王聖代에 놀고 싶습니다
                                    (1연)

사각사각 가는 모래 벼랑에
사각사각 가는 모래 벼랑에
구운 밤 닷 되를 심습니다
그 밤이 움이 돋아 싹 나시어야
그 밤이 움이 돋아 싹 나시어야
유덕有德하신 님 여의겠습니다
                                    (2연)

구슬이 바위에 떨어지신들
구슬이 바위에 떨어지신들
즈믄 해를 외따로 지낸들
즈믄 해를 외따로 지낸들
믿음[信]이야 끊어지겠습니까
                                    (6연)

임과의 이별을 거부하면서 한평생 함께 있기를 염원하고, 설혹 오랜 세월 동안 헤어져 있을지라도 신의는 결코 끊어지지 않으리라는 금석 같은 확신이 〈정석가〉의 주제다.

속요의 개별 작품들은 당연한 현상이지만 저마다 내용이나 표현 면에서 한두 가지, 많으면 몇 가지 특성을 지니고 있다. 〈정석가〉도 예외는 아니다. 뒤에서 자세히 설명하겠지만 우선 운만 떼자면 이 노래야말로 모든 속요들이 소망하고 지향한 바를 아우르면서 대변한 밑바탕 격의 작품이다. 이런 점에서 시가사적인 의미가 각별하다는 것이 필자의 지론이다.

먼저 지적코자 하는 것은 〈정석가〉의 합가성合歌性이다. 현전하는 속요 가운데 토막의 노래들이 모여서 한 편의 작품으로 완성된 텍스트가 여럿 있다.

〈정석가〉의 합가성은 그 성격 면에서 특이하다. 첫 번째 연인 서사부터가 그렇다. 이런 성격의 서사의 유래가 이미 언급한 바 고려 왕실에서 사용되던 당악唐樂 대곡大曲의 구호치어口號致語에 있다는 점, 다시 상기키로 한다.

〈정석가〉의 구성에서 서사와 비슷한 수준으로 중요한 것은 결사인 6연이다. 이 또한 구호치어적인 발상에서 첨가된 것이 분명한데, 서사와 다른 점은 왕실의 음악을 관장하고 있는 기관의 관원이 새로 지은 것이 아니라 본사처럼 민간에 떠돌던 유형가사를 끌어다가 앉혀 놓은 것이라는 점이다.

다음으로 부각시켜야 할 내용은 이른바 '극단적인 언술'이다. 이 특성은 〈정석가〉에만 적용되는 것이 아니다. 〈가시리〉처럼 조용한 노래가 없는 것은 아니나 속요의 거의 전부는 결이 섬세하지 않고 무엇보다도 격정적이고 극단적인 쪽으로 기울고 있다.

그 가운데서도 〈정석가〉의 극단적인 말씨와 표현은 더욱 강도가 높은 것의 하나로 꼽힌다. 실현 불가능한 것을 조건으로 내세워 놓고 그것이 이루어지면 임과 이별하겠노라는 이 억지, 요컨대 임과 영원한 사랑을 누리겠다는 열망을 이렇듯 반어법으로 피력한 예를 여타의 속요에서는 찾을 수 없다. 2~5연에서 사용된 불가능한 소재도 '모래 벼랑에 심은 구운 밤 닷 되', '옥으로 새긴 연꽃', '무쇠로 마름질한 철릭', '무쇠로 만든 황소' 등 천지개벽이 되면 몰라도 현실 세계에서는 도저히 있을 수 없는 것이다. 이런 식으로 속내를 드러냈다는 측면에서 이 노래의 뚜렷한 특성을 찾을 수 있다. 〈정석가〉를 비롯하여 여타 속요에 나타나는 이와 같은 극단적인 언사가 후대 포은圃隱과 성삼문成三問·박팽년朴彭年 등 사육신의 노래를 거쳐 조선시대의 시조, 그리고 20세기 일제 식민지 치하에 생산된 다수의 근·현대시로 계승되었다는 점에서 시가사적인 의미가 가볍지 않다고 이해하여야 할 것이다.

〈정석가〉의 본래 정체는 사랑의 영원성을 다짐하는 민요였는데 이것이 궁중에 들어가서 악장이 되었음은 새삼 설명할 필요가 없다. 〈정석가〉처럼 그렇게 이입된 다른 속요 대다수는 군신이 모여서 즐긴 연회의 유흥가요로 충당되었다. 그러나 〈정석가〉는 놀이성이 짙은 노래가 아닌 송도가頌禱歌로 치환된 가악이다. 군신이 모여 성대하게 즐기던 향연의 자리일지라도 이 노래 순서에서는 성수만세聖壽萬歲와 불변의 충성을 에둘러 다짐하면서 가창되었으리라고 헤아려진다. 사악詞樂으로서 회연이 끝날 때 군왕과 태평성대를 위하여 구가한 〈풍입송風入松〉·〈야심사夜深詞〉와 '성향'이 같다고 볼 수 있는 노래다.

이제 〈정석가〉가 '모든 속요의 근원적인 지향 세계를 노래한 밑바탕의 작품'이라는 주장에 대해서 해명키로 한다. 정황상 이 노래는 유덕하신 임과 열애에 빠져 있는 상태에서 그 황홀한 사랑이 영원의 시간으로 이어지기를 바라며 지은 노래일 수도 있고, 또는 오랫동안 사랑을 나누던 임과 여의어야 할 슬픈 시간을 앞두고 이별을 거부하면서 토해 낸 노래일 수도 있다. "즈믄 해를 외따로 지낸들 / 믿음이야 끊어지겠습니까"라고 읊은 결사는 실제로 헤어지면서 다짐하는 사설의 성격이 강하기 때문에 더욱 그러하다.

이렇게 두 가지의 경우를 상정해 볼 수 있지만, 이른바 '이별가'를 해석하는 고착화된 관념과 시각, 곧 겉(文面)만 보고 곧이곧대로 이해하려는 굳어진 사고를 버리고 관점을 확 바꿔서 파고들어 가면 〈정석가〉의 새로운 세계가 열린다는 점을 전제로 하고 조명하기로 한다. 구체적으로 언명키로 하자. 먼저 위에서 전제한 두 가지 정황을 모두 인정하지 않는 결정이 앞서야 한다. 이를 모두 다 짐작에 지나지 않는 것으로 처리한 뒤 〈정석가〉를 다시 읽으면 이 노래가 어느 것에도 구애되지 않는 차원 높은 '무화無化의 노래'임을 인식할 수 있다. 이별은 사랑의 적, 따라서 어느 누구도 바라지 않고 거부한다. 이것이 이별에 대한 모든 인간의 기본적인 불변의 생각이다.

요컨대 〈정석가〉는 이별 그 자체를 인정하지 않으려고 지은 노래다. 고려시대의 선남선녀들이 바라던 대로 편의에 따라 이별을 가상하여 이를 무화시킨 그런 노래다. 근·현대시의 절창인 한용운의 일련의 시편과 맥이 통하는 작품이라는 뜻이다. 앞에서 우리는 〈정석가〉의 범汎속요적 밑바탕, 또는 지향세계를 운운한 바 있다. 맞다. 실제로 이별의 아픔이나 이별 이후 긴긴 세월 동안 하염없이 임을 기다리며 처절한 심정으로 부른 그 모든 속요의 저변에는 '이별이 없었다면……' 하는 간절한 생각, 또는 이후로는 없어져야 한다는 간곡한 생각'이 깔려 있음을 부인할 수 없다. 그 절절한 바람을 〈정석가〉가 대변해 주고 있으므로 사랑을 소재로 한 모든 속요의 밑바닥에는 〈정석가〉의 요체인 무화의 집념이 존재해 있다는 것이 필자의 견해다. 이렇듯 속이 깊은 노래 였기 때문에 송도가로 지정되었을 것이다.

속요문학사의 관점에서 조명할 때, 여타의 무리〔群〕를 초월한 작 품으로 평가하며 연대를 고려하지 않고 이 노래를 속요 장르의 대 표 격인 양 이렇게 윗자리에 올려놓는 이유가 바로 여기에 있다.

〈정석가〉는 언제쯤 궁중 악장으로 자리를 잡았을까. 이 노래의 경우 시기를 추정하는 데 반드시 고려하여야 할 사안은 송宋으로 부터 새로운 노래가 들어온 시기와 관련을 지어야 한다는 점이 다. 첫째 연이 당악의 구호치어를 본받아서 지어진 것이기 때문 이다. 당악은 상술한 바와 같이 11대 문종 27년(1072년)에 수입되 었다. 따라서 〈정석가〉의 정착은 그 이후 어느 때고 가능하다고 판단한다. 그 가운데서도 고려 후기, 원나라 지배에서 서서히 벗 어나 독립된 왕조로 복귀하려던 시기이자 새로 구실九室의 태묘 악장太廟樂章을 제정한 31대 공민왕(恭愍王, 1351~1374년 재위) 때로 잡는 것도 하나의 경우의 수에 해당된다. 단, 본·결사는 그 이전 부터 여항의 노래로 존재해 있었을 확률을 배제할 수 없다.

제 2 장 최초의 작품 추정 및 그와 성향이 같은
노래 한 편

1. 〈서경별곡〉의 연대 추정과 상례常例에서 벗어난 이별가

〈서경별곡〉은 〈가시리〉와 함께 이별을 소재로 한 속요다. 하지만 화자의 태도와 진술 내용, 정서의 표출 양상, 작품의 전반적인 분위기는 전혀 다르다. 별리別離의 노래로 정형화·표준화되어 있는 〈가시리〉 외에 이처럼 성격을 완전히 달리하는 노래가 그와 짝을 이루고 있다는 점에서 〈서경별곡〉의 시가사적 의의와 가치는 가벼운 것이 아니다.

속요 장르의 형식상 특징으로 여음구·조흥구助興句 등을 들 수 있는데, 〈서경별곡〉은 그 빈도가 더욱 심하다. 문학적인 측면에서 무의미할 뿐더러 오히려 사의詞意 파악에 지장을 주고 있으므로 이 부분을 빼고 의미행意味行만을 취하여 단락별로 나누면 다음과 같다.

> 서경西京이 서울이지마는
> 닦은 곳 소성경小城京 사랑합니다마는
> 이별하기보다는 길쌈베 버리고
> 사랑하신다면 울면서 쫓아가겠습니다
>
> 구슬이 바위에 떨어진들
> 끈이야 끊어지겠습니까
> 즈믄 해를 외따로 살아간들
> 신의야 끊어지겠습니까

대동강 넓은 줄 몰라서
배 내어 놓았느냐 사공아
네 아내 음탕한 줄 몰라서
(내 님을) 가는 배에 얹었느냐 사공아
대동강 건너편 꽃을
배 타들면 꺾을 것입니다

〈서경별곡〉은 언제쯤 생긴 노래였을까. 우선 이 문제부터 풀기로 하자. 1연 2행에 나오는 "닦은 곳 소성경小城京 사랑합니다마는"이라는 구절이 연대를 추정해 볼 수 있는 단서가 된다. 즉 작은 서울(소성경)인 서경(평양)을 보수한 시기에 이 노래는 생겼다고 헤아릴 수 있다. 그때가 언제인가.

태조는 나라를 세운 직후부터 옛 고구려의 도읍지인 평양이 황폐한 지 오래되어서 가시밭이 우거져 있는 상태를 매우 가슴 아파한다. 거기에 더하여 오랑캐들이 돌아다니며 사냥을 하다가 고려의 변경을 침범해 그 폐해가 큰 것을 더욱 한탄해 마지않는다. 그리하여 도시를 재건하기로 하고, 우선 사촌 동생인 왕식렴 王式廉을 보내 더 이상의 훼손을 막기 위한 목적으로 평양을 지키게 한다. 이어서 10여 년이 지난 왕 15년(932년) 5월에 완전히 보수를 마친 뒤 백성을 이주시켜서 살도록 한다. 비록 이루지 못하였으나 초기에 그가 꿈꾸던 서경천도에 앞서 그 전 단계의 공사로 '소성경'을 닦는 작업이 착수되고 완성되었던 것이다.[31] 〈서경별곡〉이 생성된 시기를 이때로 비정比定하기로 한다. 추정할 만한 기록이 없는 이상 작품 안에서 단서를 구한다면 이 이상의 꼬투

31) 박종기, 《고려사의 재발견》, 휴머니스트 출판그룹, 2015, 182~183면.

리가 없다.

일단 이렇게 연대를 잡아 보지만 여기에는 다음 두 가지의 의문이 뒤따른다. 첫째, 고려 건국 초기에 벌써 이렇듯 완결된 속요가 생산될 수 있었는가 하는 점이다. 이에 대한 해답은 어렵지 않게 제시할 수 있다. 고려 초기라고 하지만 그것은 왕조가 바뀐 정치사적인 관점에서 시대를 구분한 것일 뿐이다. 신·구의 왕조가 교체되는 것과 무관하게 세월은 토막이 나지 않고 그대로 흐르며, 무엇보다도 사람의 일상적인 삶은 큰 변화 없이 여전히 어제와 마찬가지로 반복된다. 그러므로 건국 초에 수준 높은 속요가 태어난 것을 마치 불가능한 것이 이뤄진 것인 양 놀라워하며 기이하게 생각하는 것은 여간 잘못된 것이 아니다. 향가로 천 년의 세월을 보낸 무르익은 예술의 재능이 어디 갔겠는가. 향가의 높은 질적 수준을 참조하면 능히 알 수 있다.

둘째, 고려 5백 년 역사에서 서경 보수 작업이 태조 이후 여러 번 있었을 터인데 이를 고려하지 않고 〈서경별곡〉을 태조 대에 묶어 두는 것은 억지스럽고 비합리적이라고 할 수 있지 않느냐는 점이다. 충분히 타당성이 있는 문제 제기다. 이 문제를 완벽하게 풀려면 《고려사》는 말할 것도 없고 개인 문집 등 각종 문헌 조사를 통하여 서경 보수 작업과 직접 관련이 있는 모든 기록을 발췌하는 1차 작업이 필요하다. 그런 연후 〈서경별곡〉과 가장 밀접하게 연관성이 있다고 판단되는 자료를 찾아내야 해결할 수 있다. 이것은 현재 필자의 능력으로서는 감당할 수 없는 어려운 일이라는 점을 밝힌다. 우선 분명한 기록이며 또한 역사에서 가장 규모가 크고 거창한 공사였으리라고 헤아려지는 태조 왕건 때와 연결 짓는 것으로 만족코자 한다. 이에 관해서는 이 절 끝에서 다시 설명할 기회를 갖기로 한다.

작품 읽기로 들어가자. 대충 일별하여도 화자의 성격이 매우 강하고 거세다는 점을 알 수 있다. 첫째 연의 요점은 떠나는 임을 따라 이것저것 다 버리고 자신도 좇아 나서겠다는 것이다. 옛시대의 통상적인 부녀의 예절과 법도, 몸가짐이 어땠었는지를 떠올려 보면 화자의 언사가 얼마나 정상적인 선에서 벗어나는 것인지를 알 수 있다. 이처럼 그악스러울 수 없다는 뜻이다.

"닦은 곳 소성경"에 근거를 두고 시기와 화자의 속내를 위와 같이 성찰하여 본즉 한 발짝 더 내딛고 싶은 충동을 느낀다. 무슨 애기냐 하면, 떠나는 임은 공사판에 동원된 외지外地 남성이고 화자는 공사기간 동안 그와 정분이 났던 여인, 아마도 주막집 아낙이나 작부, 기녀가 아닐까 싶다는 생각이 든다. 이렇게 설정해 놓고 보면 두 남녀의 사랑과 연분은 처음서부터 '한때의 인연'으로 끝날 운명이었다. 또 "사랑하신다면 울면서 좇아가겠습니다"라는 1연 끝줄에는 함축된 사연이 있다. 부부나 기타 정상적인 연인 사이라면 "사랑하신다면……" 운운의 조건이 필요치 않다. 이로 보아 위에서 말한 대로 화자와 남정네의 일시적인 관계를 짐작할 수 있다. "울면서"는 그런 자신을 받아들인다면 고맙고 감사할 일일 터이고 "좇아가겠습니다"는 여염집 부인이라면 거의 불가능했던 발설일 것이다.

겉에 나타난 그대로 고지식하게 이해하면 이와 같으나 이 첫째 연을 각도를 달리하여 해석하면 화자의 숨은 속내가 따로 있다는 사실을 짐작할 수 있다. 화자가 그렇게 저돌적인 자세를 취한 까닭은 정말 따라가겠다는 의지보다는 그렇게 하여 떠나려는 임의 발걸음을 멈추게 하려는 겁박의 의도가 더 강하게 작용하였다는 것이다. 여인네가 동행하겠다는 것이 가능한 시대가 아니었음을 떠올리면 이 점 이해하기 쉽다.

둘째 연은 이른바 '구슬사詞'로서 〈정석가〉 끝 연에도 놓여 있다. '구슬사'는 그 사의詞意로 보아 이별이 현실화되자 헤어진 이후의 신의를 다짐하는 데 적합한 대목이다. 앞날을 약속하면서 마무리를 짓는 데 딱 어울리는 언사라는 뜻이다. 그런 점에서 〈서경별곡〉의 '구슬사'는 헤어짐이 실현되기 전임에도 느닷없이 중간에 끼어들어서 일견 어색하기 짝이 없다는 느낌을 갖게 한다. 현재 위치를 그대로 인정하고 읽는다면, 첫째 연에서 보여 준 그악스런 말 속에 내장된 만류에도 임은 결국 떠날 것이라고 마음을 정리한 화자가 격한 감정을 진정시키고 한순간 평상심으로 돌아가 나름 이별 이후를 준비한 서원으로 해석할 수 있다. 위아래의 연들과 연결시켜 읽으면 화자의 감정이 얼마나 기복이 심한지도 익히 알 수 있다.

흔들리는 심사를 잡아두는 것도 잠시일 뿐, 이별의 장소인 대동강에 이르자 화자는 다시 격정과 흥분을 가누지 못하고 막말을 거침없이 쏟아 낸다. 임과의 재회는 아예 포기한 상태에서 엉뚱하게도 뱃사공을 원망하며 공격하더니, 도강하자마자 다른 여인과 사랑에 빠질 임의 앞날을 가상하면서 강한 질투심에 사로잡히고 만다. 이별가의 전통적인 미덕으로 꼽는 기다림의 싹을 싹둑 잘라 버리면서, 건너가면 강폭이 너무 넓으므로 돌아오기 어려운 대동강을 사이에 두고 화자는 결별의 뜻이 담긴 마지막 험악한 말을 던진다. 어떤 연구자는 대동강이 넓기 때문에 도강하기 위해 당연히 배를 내놓았다고 하면서 뱃사공을 탓할 일이 아니라고 주장한다. 일리 있는 학설이지만, 여기서는 넓은 대동

가시리 가시리잇고 나는
바리고 가시리잇고 나는

날러는 어찌 살라 하고
바리고 가시리잇고 나는

잡사와 두어리마는 는
선하면 아니 올세라

설운 님 보내옵나니 나는
가시난 닷 도셔오소서 나는

군소리가 없다는 점에서 여타 속요들과 구별된다. 속요 전반의 도드라진 특성으로 꼽히는 '넋두리'와 '청승맞은 푸념'이 〈가시리〉에도 드러나 있지만 수다스럽거나 장황스럽지 않고 시종 깔끔한 느낌을 준다.

시가문학사적인 면에서 〈가시리〉는 어떤 노래인가. 오래전부터 "이별가의 전형이요 그 대표 격의 노래"라고 정의를 내리는 것으로 이 질문에 대한 응답은 간단하게, 또한 깨끗하게 마무리될 수 있다. 이렇듯 어렵지 않게 정리되지만, 여기에 두어 가지 보충하는 일을 생략해서는 안 된다. 먼저 앞에서 본 바를 재차 강조하거니와 〈서경별곡〉과 짝을 이루고 있다는 점이다. 작품 세계가 완전히 다르고, 그리하여 둘이 이별가의 쌍벽을 이루고 있다는 측면이 중시되어야 한다.

다음으로 마땅히 거론해야 할 것은 우리 시가사에서 가장 이른 시기에 해당되는 진평왕 대에 미실이 지은 향가 〈송사다함가〉

와의 맥락 연결이다. 두 노래는 기나긴 세월의 벽을 넘어 어깨를 나란히 하고 있다. 그리하여 정곡을 뚫거니와 일찍이 〈송사다함가〉에서 마련된 이별의 정한은 왕조와 장르를 뛰어넘어 〈가시리〉에 이어졌다고 언명하여도 흠이 없다. 이것을 일러 우리는 민족 공유의 정서가 시공을 뛰어넘어 무의식적으로 계승되고 재현된 것이라고 한다.

임과의 헤어짐을 〈가시리〉의 화자가 얼마나 서러워하며 수용하지 않으려고 안간힘을 썼는지는 겨우 넉 줄밖에 안 되는 1·2연에서 '가시리'를 네 번이나 연거푸 되뇌는 것으로 알 수 있다. 이별이 피할 수 없는 현실로 눈앞에 다가왔음에도 반복해서 묻는 화자의 심정은 형용할 수 없는 처비悽悲함, 바로 그것이었으리라.

헤어지는 순간까지 지탱해 온 화자와 임의 사랑은 얼마나 짙은 것이었을까. 그러나 그렇게 묻기보다는 둘의 사이는 과연 어떤 관계였는지 의문을 제기하는 것이 더욱 핵심을 뚫는 질문이라고 하겠다. 3연에서 화자는 자신을 뿌리치고 떠나는 임의 옷깃을 잡고 행로를 막을 수도 있지만, 그렇게 야단스럽게 대응하다가 혹시 임이 '선하면'(토라지면, 또는 서운하면) 돌아오지 않을까 두려워서 말없이 보내노라고 말하고 있다. 이 대목에 옛 시대 우리네 여인들의 선하고 애련한 심성과 부덕婦德이 녹아 있는 것으로 규정하고 오래전부터 후하게 평가해 온 것을 우리는 안다.

그러나 이처럼 눈길을 끌게 하는 이 3연이 화자와 임의 관계가 부부거나 미래가 담보된 연인 사이가 아닌 한때 정을 나눈 남녀 관계라는 사실을 암시하고 있음을 놓쳐서는 안 된다. 옷깃을 잡고 늘어지는 여인을 안쓰럽게 여겨서 다독거려 주는 것이 예사 남정네의 일반적인 금도이거늘, 붙잡는다고 심정이 상해서 돌아오지 않을 사람이라면 애초부터 둘의 관계는 불안한 사연邪戀으로서 잠시 애정을 나눈 '뜨내기 사랑'으로 보아야 할 것이다. 화자가 "선하면 아니 올세라"고 우려를 표한 것을 그냥 한번 걱정해 본 것으로 읽어서는 안 된다. 사람과 사람 사이에서는 한쪽이 문득 말한 것으로 그의 인간성·성격·습관·기호 등 여러 가지 정보와 그들의 관계가 어떤지를 다른 한쪽이 눈치로써 알 수 있다. 〈가시리〉의 여인은 떠나려는 남자의 행로를 막으면 앞날은 기대할 수 없다고 술회하였는데 그 근거가 바로 이런 점에 있는 것이다. 1·2연에 거듭 나오는 '바리고'와 연결 지어서 해석하면 더욱 심증이 갈 것이다.

그야 어떻든 〈귀호곡歸乎曲〉(《시용향악보》)이라고도 불리는 이 〈가시리〉가 우리 민족의 고유한 정서, 또는 정한情恨을 온전하게 드러낸 노래요 절창임은 부인할 수 없다. 〈가시리〉의 한마디 한마디가 우리 모두가 공유하는 민족 차원의 감성적인 언어이자 우리 민족의 슬픈 자화상이기 때문이다. 이에 한 가지를 주문한다. 잠시 '이별'을 깨끗이 잊고 애잔한 가락과 넋두리에만 귀를 기울이기로 하자. 그리고는 우리 민족이 살아온 과거를 되돌아보기로 하자. "폐일언커니와 우리는 과거 오랜 세월을 두고 여러 종류의 슬픔에 시달려 온 민족이다. 그 과정에서 정한이 싹이 터서 겹겹으로 쌓여 왔다. 누구라도 마음껏 울라면 울 수 있고 하소하라면 얼마든지 토해 낼 수 있다. 그 슬픔과 정한을 〈가시리〉의 화자가 '이별'을 매개로 삼아서 넋두리체로 읊은 것이라고 치환시켜서 수용하여도 좋으리라. 그 가락에 우리가 빨려들지 않을 수 없고 그리하여 〈가시리〉는 우리 모두의 자화상과 같은 시가로 뿌리를 내린 것이다."32) 이별의 노래를 이처럼 새롭게 해석

하여 읽을 수 있다는 점에서 〈가시리〉의 또 다른 시가문학사적
의미가 있다고 본다.

김소월의 〈진달래꽃〉과의 친연성은 모두가 알고 있는 상식, 하
여 설명을 생략하거니와 다만 민족이 공유하는 정서가 이토록 생
명력이 강하다는 사실을 재확인해 두기로 한다.

---

32) 졸저,《옛사람 옛노래, 향가와 속요》, 태학사, 2003, 289면.

제 3 장 고려 중엽의 작품 2편

장을 바꿔서 논의의 선상에 올리는 작품은 첫째, 〈정과정〉이
다. 이 작품은 연대와 작자가 확실하게 밝혀져 있는 노래다. 여기
에 27대 충숙왕忠肅王 때의 노래로 추정되는 〈이상곡〉을 함께 포
함시킨다. 연대로는 이 작품 앞에 〈쌍화점〉(25대 충렬왕 때)도 있
고 23대 고종 때의 것으로 보이는 〈청산별곡〉도 있어서 합당한
배치라고 볼 수 없다. 그러나 앞에서 말한 바와 같이 시가사의
서술이 예외 없이 시대순을 고수하고 이에 따라야 한다는 원칙은
없다. 작품의 세계와 주지主旨가 같거나 유사한 것끼리 거리를 두
지 않고 한곳에서 만나게 해 주는 것도 시가사가 유의해야 할 점
이라고 생각한다.

그런 측면에서 〈이상곡〉은 〈정과정〉과 배경·격한 정서·말투·
지향점이 일정 부분 비슷한 데가 있다. 이런 점을 사서 〈청산별
곡〉을 기점으로 했을 때 약 반 세기가량 앞선 노래보다 먼저 짚
어 보기로 한다. 그보다 먼저 이 묶음에 비슷한 시기의 노래인
예종의 〈유구곡〉을 넣지 않은 이유를 밝힐 필요가 있다. 임금이
지은 작품이라는 특수성, 그리고 노래가 안고 있는 함의와 다각
도로 조명할 수 있는 창작 배경 등을 고려하면 배제해선 안 될
텍스트일 수 있다. 필자는 이 〈유구곡〉을 여러 측면에서 심층 분
석한 논문을 1980년대에 발표한 바 있다(《고려가요의 연구》, 새문
사, 1990에 재수록). 그러나 이 책에서는 제외시키기로 하였다. 결
정하기까지 여러 번 숙고하였다. 빼서는 안 된다는 생각을 지울
수 없어서 원고도 써 놓았으나 결국 전면 삭제하였다. 까닭은 간
단하다. 〈유구곡〉은 '외마디 소리', 곧 비문학이라고 결론을 내렸

기 때문이다. 그래도 예종의 창작 동기와 배경 등을 중시하지 않을 수 없다고 생각하는 독자는 위 졸저 《고려가요의 연구》와 《향가여요 종횡론》(2014)을 읽기 바란다.

1. 〈정과정〉의 팩트, 시가사 최초의 유배가사

〈정과정〉은 18대 의종 6년~8년 사이 정서鄭敍가 유배지인 동래에서 지은 연주지사戀主之詞이다. 임금을 사모하며 기리는 사설이 워낙 곡진하여서 조선왕조 9대 성종 대에 전조의 노래를 대대적으로 정리하면서 나라의 예악 교본인 《악학궤범》에 올렸던 노래다.

> 내 님을 그리워하여 울더니
> 산山 접동새와 나는 비슷합니다
> 아니시며 거짓인 줄을
> 잔월효성殘月曉星이 아실 것입니다
> 넋이라도 님과 한곳에 가고지라 아으
> 우기시던 이가 누구였습니까
> 과過도 허물도 천만千萬 없습니다
> 말쩡한 말이었구나
> 슬프도다 아으
> 님이 나를 벌써 잊으셨습니까
> 아소 님하 돌이켜 들으시어 사랑해 주소서

향찰이 아닌 국문으로 되어 있지만, 행수로 보자면 10행체 향가와 거의 같다고 하겠다. 전문 11행 가운데 어느 한 줄, 가령 두 줄로 된 8·9행을 하나로 합친다면 온전한 10행체 향가 형식이 된다. 이 때문에 학계에서는 오래전부터 이 노래를 10행체 향가가 일부 변형되어 국문 속요로 정착한 것으로 규정하고 있다.

〈정과정〉은 배경이 되는 역사적인 사실이 작품 못지않게 널리 퍼져서 전해 온다. 그런데 핵심이 되는 중요한 부분이 사실과 어긋나게 알려져 있어서, 이것부터 고쳐 가면서 읽어야 작품의 정확한 해석이 가능하다.

시가사적인 맥락에서 〈정과정〉의 좌표를 정하자면 신라의 〈물계자가〉·〈실혜가〉의 묶음과 조선시대 시조·가사 장르에 적잖게 올라 있는 유배가사의 중간 지점으로 규정함이 타당하다. 신라의 노래를 고려하지 않는다면 유배가사의 원조가 된다.

《고려사》 속악 조 '정과정' 항에는 작자인 정서가 유배를 가게 된 동기 및 임금의 말이 기록되어 있는데, 모두 사실과 맞지 않다. 따라서 이 문장은 배척하고 대신 정확한 기록인 《고려사절요》 정항鄭沆 조를 택하여 논의키로 하겠다. 정항은 정서의 부친이다.

> (정항의) 아들은 서敍이니…… (그가) 대령후大寧侯 경暻과 교결交結하여 항상 함께 놀고 희롱하므로 정함鄭諴·김존중金存中 등이 서의 죄를 거짓 얽어서 아뢰어 의종이 의심하던 차에, 대간臺諫이 정서가 가만히 종실宗室과 결탁하여 밤에 모아 주연을 한다고 탄핵하므로 이에 동래에 귀양 보냈다는 말이 대령후전大寧侯傳에 있다.

〈정과정〉과 유관된 인물 가운데 첫 번째로 꼽아야 할 사람은 대령후大寧侯 왕경王暻이다. 17대 인종은 여러 아들을 두었는데 장

남이 의종인 현睍이고 차남이 곧 대령후 경이다. 두 아들 이외 셋
째는 후일 19대 명종明宗, 다섯째 아들은 20대 신종神宗이 되었다.
곁들여 말하건대 정서는 인종과 동서 사이였고 따라서 의종의 이
모부였다.

정서가 귀양을 가게 된 경위를 살피는 데 대령후가 왜 중요한
인물이었을까. 인종은 자신의 뒤를 차남인 경이 잇기를 원했다.
모후인 공예태후恭睿太后의 뜻도 인종과 같았다. 그 까닭은 큰아들
현이 왕의 재목이 아니었기 때문이다. 후일 실정失政을 거듭한 끝
에 정중부난鄭仲夫亂을 당하여 왕좌에서 쫓겨난 사실 하나만 놓고
보아도 부왕인 인종의 판단이 옳았던 것을 알 수 있다.

하여 '폐태자의廢太子議'가 거론될 정도였는데, 앞장서서 이를
막아내어 현으로 하여금 군왕의 자리에 오르게 한 신하가 정습명
鄭襲明이었다. 어렵게 왕위에 오른 의종은 자신을 대신하여 물망
에 올랐던 둘째 아우 대령후를 잠시도 잊지 않았다. 미래에 언젠
가는 자신에게 대항하여 왕위를 차지할 위험이 있는 정적으로 생
각하고 경계심을 늦추지 않았다. 거기에다 세평마저 대령후가 도
량이 매우 넓어서 뭇사람의 마음을 얻고 있다는 쪽으로 기울어지
고 있음에 따라 의종의 심사는 늘 편치 않았다. 그리하여 즉위한
이후 여러 가지 일로 대령후와 그 주변 인물에 대한 압박을 계속
가하다가 증오심이 극에 달한 끝에 마침내 아우를 천안부天安府로
귀양을 보내기까지 하였다. "대령후가 모반한 정상이 드러나지도
않았고 어머니 태후가 생존해 있는데도"(《고려사절요》의종 11년 2
월 조) 왕은 동생이 세인의 신망을 사고 있음을 두려워하여 그를
멀리 격리시켜 놓기에 이르렀다.

이런 왕족에게 정서는 평소 어떻게 대하였는가. 그것을 말해

주는 것이 바로 위에서 소개한 정서의 부친인 정항 조다. 왕의
측근으로서 권세를 믿고 온갖 악행을 자행하던 김존중·정함 등의
직보直報와 대간의 탄핵이 적지 않게 작용하였음을 부인할 수 없
으나, 그들이 없었다고 하여도 정서가 대령후와 가까이 지낸다는
이유로 왕이 그를 내쳤다고 해석하는 것이 사실과 부합된다고 단
언한다.

대령후에 대한 의종의 질시와 증오심을 익히 알고 있으면서도
그와 밀착하여 수시로 주연을 갖는 등 지나치리만큼 교결하여 가
까이 지낸 정서의 행위는 요컨대 화를 자초한 가벼운 처세로 해
석하여야 한다. 그런 경박함이 의종의 심기를 건드린 계기가 되
었음은 두말할 필요가 없다.

결국 정서의 유배는 의종 형제 사이의 불화와 정서의 가벼운
처신에 근본 원인이 있었다고 규정함이 옳다. 왕은 정서를 동래
로 내려 보내면서 머지않아 소환하겠다고 말한다(《고려사》 정과정
조). 이 또한 정서를 달래기 위한 허언虛言이었음은 그 이후의 경
과를 보아서 쉽게 알 수 있다. 정서가 귀양에서 풀려난 것은 의
종이 폐위되고 19대 명종(明宗, 1170~1197년 재위)이 즉위한 직후
였다. 그 사이 정서는 20년 동안 유배지에 갇혀 있었다. 그 긴 기
간 중 여러 번의 사면령이 내려졌고 대령후를 비롯하여 정서의
사건과 연루된 여러 명이 복권되어서 다시 관직에 올랐으나 정
서, 그만은 단 한 번의 은전도 입지 못하고 긴긴 세월 동안 적소
謫所에서 죄인으로 지내야만 했다. 오래지 않아 곧 소환하겠다고
한 왕의 약속이 원래부터 거짓말이었음을 이로써 알 수 있겠고,
무엇보다도 대령후에 대한 악감정 이상으로 정서를 못마땅하게
여긴 의종의 속내 또한 이로써 파악할 수 있다.

〈정과정〉의 배경에 대한 설명은 여기서 매듭을 짓고 상세한 논증과 해석은 필자의 논문(〈정과정의 역사적 배경〉, 《고려가요의 연구》, 1990, 334~362면)에 미룬다.

시가사적인 관점에서 논할 때, 〈정과정〉은 두루 알고 있는 바와 같이 국문으로 된 최초의 유배가사요 연주지사다. 조선시대의 시조나 가사 등에서 임금에게 충성을 맹세하고 사모하며 기리는 내용으로 된 모든 작품들은 이 〈정과정〉에서 발원하였다고 규정하는 데 이론異論의 여지가 없다. 이것이 곧 〈정과정〉의 정체성이라 하겠다.

성격과 경위는 다르지만 신라시대도 임금의 물리침과 위약 및 상호 갈등관계로 신하가 쫓겨나 거문고를 타며 노래를 지은 예가 있다. 제1부 〈향가 문학사〉에서 거명한 10대 내해왕 때의 〈물계자가勿稽子歌〉, 26대 진평왕 시대의 〈실혜가實兮歌〉 등이 바로 그것이다. 일전향가이므로 내용은 알 수 없으나 시가사적인 여러 면에서 〈정과정〉의 싹이 거기서 잉태되었다고 연결시켜도 무방하지 않을까 싶다. 34대 효성왕 즉위 초에 신충信忠이 군왕의 '위약'을 원망하며 지은 〈원가怨歌〉는 유배시가나 연주지사는 아니지만 창작동기가 〈정과정〉과 가장 비슷한 향가다. 정치적인 복잡한 내막이 있었다는 점도 같다. 〈원가〉는 〈물계자가〉·〈실혜가〉와는 다른 면에서 〈정과정〉의 원형 격 노래로 볼 수 있다.

〈정과정〉에서 놓쳐서는 안 될 또 하나의 두드러진 특징은 언사言辭, 곧 말씨·말투다. 결론부터 말하자면 다채롭고 다양하기 이를 데 없다. 제일 먼저 꼽아야 할 것은 작자가 남성임에도 작품의 화자는 여성이라는 점이다. 이 여성성이 후대 시조·가사 가운데 연주지사나 유배가요에 계승된다는 점, 가볍게 처리할 수 없는 〈정과정〉의 기여라 하겠다. 읍소·결백의 주장·따지기·변명·원망·애원……. 열 줄로 된 노래에 이 모든 것들이 뒤섞여서 담겨져 있다. 이런 언사들이 교직交織되어서 〈정과정〉의 현저한 표현인 '넋두리·푸념'의 서정성이 형성되었고, 이 또한 후대 조선시대 시가문학은 말할 것도 없고 근·현대 '임의 문학'과 연결되어서 그 뿌리 노릇을 하고 있다고 말할 수 있을 것이다. 〈정과정〉의 이러한 언사는 비단 〈정과정〉에만 있지 않고 여타 속요에도 그 일부가 내재되어 있다. 이 점이 속요 전체의 속성이리라. 그럼에도 마치 〈정과정〉만의 언사요 진술법인 양 간주하는 까닭은 총체적으로 혼효되어 진하게 넘쳐나는 서정성이 농도 면에서, 또한 숨 가쁘게 진행되는 과정 면에서 워낙 급박하여 다른 노래와 격차가 있기 때문이다.

2. 참회와 다짐을 겸한 별종의 사랑노래 〈이상곡〉

〈이상곡履霜曲〉은 〈정과정〉과 함께 10행체 향가의 변형 형태로 간주하는 것이 학계의 통념이다. 〈정과정〉은 11행인데 〈이상곡〉은 13행으로 되어 있어서 전자가 향가 형태에 좀 더 가깝다고 볼 수 있다.

> 비 오다가 개어 아! 눈이 많이 내린 날에
> 엉킨 수풀 휘돌아가는 좁은 길에
> 다롱디우셔 마득사리 마두너즈세 너우지
> 잠 앗아간 내 님을 그리어
> 그런 무서운 길에 자러 오겠습니까

때때로 벼락이 쳐서 무간지옥에 떨어져

바로 죽어 없어질 내 몸이

마침내 벼락이 아! 쳐서 무간지옥에 떨어져

바로 죽어 없어질 내 몸이

내 님 두고 다른 산을 걸으리오

이리할까 저리할까

이리할까 저리할까 기약이겠습니까

아소 님이여 한곳에 가고자 하는 기약(뿐)입니다

셋째 줄의 의미 없는 여음 및 1·2행 일부와 중복되는 11행을 제거하면 총 11행이 된다. 10행체 향가에 한 줄 더 있는 후대적 변형인 셈이다. 〈정과정〉을 포함하여 〈이상곡〉의 이런 현상을 보면, 현전하는 속요 장르의 형식은 향가의 전통을 이어 받은 부류와, 작품에 따라 행과 연을 자유자재로 만들어 낸 새로운 부류, 이렇게 두 갈래로 양립된다. 후자에 더 많은 노래가 있는 것을 보면 새로운 장르의 출현에 따라 표현 양식 변화가 당연하고 불가피했음을 알 수 있다.

작품의 전반적인 면, 즉 언어와 시상詩想, 1·2행의 상징성, 짜임새 있는 구성, 불교적 표현 등을 살필 때, 〈이상곡〉은 〈정과정〉과 함께 민요가 아닌 창작가요일 확률이 매우 높은 노래다.

〈이상곡〉의 주제는 '변절 없는('변함없는'의 뜻과 강도 면에서 차이가 있음) 사랑의 고백'이다. 복잡하지 않고 단순 명료한 것이다. 그런데 사정은 그런 방향으로 전개되지 않는다.

막 바로 핵심을 찌르기로 하자. 연가戀歌라고 부르든, 애정가요 또는 사랑 노래라 명명하든 그건 상관할 바 없다. 묻거니와 임에게 바치는 맹세의 노래가 무엇 때문에 이처럼 살벌하고 두렵고,

듣기에 거북한가. 사랑의 언어는 부드럽고 감미롭고 또한 분위기가 있는 것이거늘 〈이상곡〉은 왜 이렇듯 험악한 말들이 연속해서 나열되어 있는가.

하나씩 짚어 보기로 하자. 1·2행은 불순하기 짝이 없는 날씨와 화자가 처해 있는 장소의 궁벽함을 묘사한 대목이다. 시작부터 춥고 스산하며 험난하고 외로운 환경을 조성해 놓고 있다. 외부, 곧 임과 차단되어 도저히 만날 수 없음을 처음서부터 예고하고 있는 것이다. 그러더니 한술 더 떠서 '십분노명왕十分怒明王'처럼 무서운 길[十明길]을 거론하며 임이 화자를 찾아올 수 없는 길의 상태를 밝힌다.

여기까지만으로도 애정가요의 상궤를 완전히 벗어난 것인데, 그 아래 6행 이하 10행까지는 더더욱 상상조차 할 수 없는 공포스러운 고백과 다짐의 말이 이어지면서 이 노래를 보통의 사랑 노래와 완전히 갈라놓는다. 요지인즉 머지않아 벼락을 맞아 죽어서 무간지옥에 떨어질 자신이거늘 어찌 임을 버리고 다른 사람(년뫼)을 따르겠습니까. 그런 변절은 결단코 없으며 오로지 당신만을 사랑할 것입니다. 이렇게 간추릴 수 있다. 〈이상곡〉의 핵심부인 이 부분에서 변절을 떠올릴 수 있는 사설이 나온다. 앞에서 말한 바와 같이 사랑을 다짐하는 노래에 변절을 들먹이는 것이 아무래도 정상적인 것은 아니나 그것까지 폭넓게 수용키로 하자.

다시 묻거니와 무엇 때문에 벼락이며, 무간지옥이며, 곧 죽을 몸이 나오는 것인가. 이렇듯 극단적인 표현을 써 가면서 다짐해야 할 무슨 사정이 있는 것인가. 뭔가 수상한 느낌이 들지 않는가. 문면文面에 나타나 있는 화자의 진술을 뒤집어서 파고들어 가면 짐작할 수 있다.

아마도 이런 기복이 있었던 것이 아닌가 싶다. 과거 언제던가 화자는 임에게 큰 죄를 지었는데 그것은 다름 아닌 '내 임 두고 다른 대상'을 사랑한 화냥질, 곧 변절일 가능성이 매우 높다. 그 뒤 세월이 경과하여 과거의 잘못을 뉘우친 화자가 다시 옛 임에게 돌아가기로 결심하면서 참회의 말을 독백체로 읊은 결과 이와 같은 별종의 애정가요가 나오게 되었다고 추정한다. 화자는 말미 부분에서 '이리할까 저리할까' 식의 양다리 걸치기가 다시 재현되는 일은 없다고 거듭 확언한다.

〈이상곡〉은 작자 미상의 상태로 놓고 감상하여도 이해함에 지장이 없는데, 1980년 무렵에 권영철權寧徹이 찾아낸 이형상李衡祥의 〈아동역유아악여我東亦有雅樂歟〉(〈답학자문목答學子問目〉, 《병와선생문집瓶窩先生文集》 권8에 실린 것을 한국정신문화연구원, 《병와전서瓶窩全書》, 1980, 150면에 재수록)라는 글에 고려 26대 충선왕(忠宣王, 1298년 1~8월·1308~1313년 재위)·27대 충숙왕(忠肅王, 1313~1330년·1332~1339년 재위) 때의 총신寵臣인 채홍철蔡洪哲이 지었다는 기록이 있어서 관심을 끌고 있다. 그러나 이형상의 글에는 고려·조선조의 저명한 여러 인물과 그들이 지은 가요의 작품명이 다수 나오지만 사실이 아닌 엉뚱한 것이 워낙 많아서 신빙성이 약하다. 〈이상곡〉을 지었다는 채홍철만 해도 관련이 없는 여러 작품이 그가 지은 것으로 되어 있다. 사정이 이렇다 보니 〈이상곡〉을 그가 창작하였다는 기록을 무조건 믿기는 어렵다. 작자 문제를 놓고 그동안 몇 학자들에 의하여 찬·반 논란이 거듭되었다. 이에 필자도 검증 과정을 거친 끝에 비록 개운한 심정으로 내린 바는 아니나 음악에 밝은 17·8세기의 인물인 병와 이형상이 자신이 거론한 '모든 인물과 모든 작품'의 관계를 전부 망령되이 연결시킨 것은 아니라고 보았다. 그 가운데서도 〈이상곡〉이 채홍철의 작, 또는 옛 작품을 개사改詞한 노래라고 판단하였다.

채홍철이 이 노래와 관련이 있다면 그 배경은 어떤 것인가. 치국통치治國統治보다 학문과 글짓기에 경도되어 왕좌를 겨우 유지하던 충선왕은 결국 겨우 7~8개월 재임(1298년 1~8월)하다가 물러난다. 이후 다시 왕위에 복귀하였으나(1308년) 곧 충숙왕에게 양위하고, 그 뒤로 원元에 10여 년 동안 머물면서 만권당萬卷堂을 짓고 그곳의 저명한 거유巨儒·문인들과 교류하며 경사經史를 고구하거나 시문을 짓는 일로 세월을 보낸다.33) 채홍철은 상왕이 된 충선왕이 총애하던 신하로서 상왕의 계승자인 충숙왕에게도 충성을 다해야 마땅함은 다시 말할 여지가 없다. 그럼에도 원에 머물고 있던 충선왕이 모종의 일로 원제元帝 영종에게 밉보여서 토번으로 유배를 가 있는 동안 충숙왕을 몰아내고 왕위를 차지하고자 온갖 책동을 자행한 반反충선·충숙왕 세력(충선왕의 조카인 심왕瀋王 고暠)에 가담하여 두 왕을 배신하는 죄를 저지르고 만다.

세월이 지나 인종이 서거하고(1320년) 태정제泰定帝가 등극하여 유배에서 풀려난 충선왕은 그동안 국내에서 일어났던 일을 소상하게 알고 모국의 신하들을 질책하면서 차후로는 "두 마음〔二心〕

---

33) 고려왕조의 왕위 계승에서 충렬왕~충숙왕 때처럼 혼란스러워서 이해하는 데 헷갈리는 시대가 없다. 26대 충선왕은 1298년 1월~8월과 1308~1313년 재위하였으며, 그 후계자인 27대 충숙왕도 두 번에 걸쳐 왕위에 올라 1313~1330년과 1332~1339년 동안 집권하였다. 세가편 연보에 따르면 충선왕이 다시 즉위하기까지 약 10년의 공백을 부왕 25대 충렬왕(1274~1308년)이 채운 것으로 나타나 있다. 고려시대사를 연구한 책자를 보면 그 사정과 내력을 쉽게 파악할 수 있으나 책의 성격상 방계적인 것이므로 깊이 파고들지 않았다.

을 품지 말고 국왕을 잘 섬겨 방가邦家를 편안케 하라"는 교시를 내린다. 이 형상으로 〈이상곡〉의 작자로 규정한 채홍철의 변절이 충선왕의 경고 대상에 포함됨을 쉽게 알 수 있다. 이에 크게 당황하고 충격을 받은 채홍철이 한때의 잘못을 뉘우치면서 또다시 "내 님 두고 다른 산을 걸으리오 / 이리할까 저리할까" 운운하며 용서를 빌었다고 헤아려진다. 벼락이며 무간지옥이며 곧 '죽어 없어질(싀어딜)' 내 몸 등 섬뜩하고 끔찍한 언어들이 튀어나온 연유는 예의 일련의 정치적인 반역사건과 연결 지어 생각하면 마침내 알 수 있으리라 믿는다.

위 두 편과 논의에서 빠진 〈유구곡〉까지 포함하여 생각하면 속요와 군왕의 관계와 인연이 친밀했다는 사실을 거듭 확인할 수 있다. 초기 속요가 광종·경종 등이 주동이 되어 후대 임금들에게까지 파급되더니 그 형세가 고려 후기 군주들에게 이어졌다는 점이 이들 작품을 통해서 입증되었다. 비문학이든 아니든 간에 예종은 〈유구곡〉을 직접 지었고, 의종과 충숙왕은 〈정과정〉·〈이상곡〉을 있게 한 계기契機 인물이다. 이렇게 그때의 사정을 정리하고 다른 한편으로 예의銳意 관심하는 바는 복잡한 정치적인 문제에 흔한 한시가 아닌 속요가 개입하여 풀고자 하였다는 점이다. 전 왕조인 신라시대의 향가도 여항에 떠돌던 노래가 엄청나게 많았으리라고 우리는 추정하거니와, 임금과의 교통을 위해서 지을 정도였다면 속요 또한 그 위세가 예사롭지 않다고 해석할 수 있겠다.

이상 이 소결小結에서 지적한 두어 가지도 개별 작품을 독해할 때마다 언급한 시가사적 의의 및 가치와 같은 것으로 여긴다.

제 4 장 고려 말의 작품 3편

이 편에서는 〈청산별곡〉·〈雙花店〉·〈만전춘 별사〉 등 세 편을 한자리에 놓고 논의하기로 하겠다. 〈雙花店〉은 25대 충렬왕 3년부터 궁중악가로 공연되었음이 문헌에 명기되어 있다. 〈만전춘 별사〉는 여느 속요와 매한가지로 작자 및 연대 미상의 가요다. 하지만 전 6연으로 짜여 있는 노래의 형식이 들쭉날쭉한 모습이다. 앞 시대의 향가, 뒤 시대의 시조와 달리 정형화되지 않은 노래다. 요즘의 속된 말로 비유하자면 잡탕식으로 빗나가며 장르 말기를 예고하는 것으로 되어 있다. 합성가일지라도 그렇다.

〈雙花店〉과 〈만전춘 별사〉는 중요한 동질성을 공유하고 있다. 같은 시대라고 해도 지나친 말이 아닐 정도의 시기에 속요 가운데 가장 음탕한 노래, 에로티시즘의 정점을 찍은 노래가 공존하였다는 사실을 중시하지 않을 수 없다. 시기나 작품의 내용이나 다 이처럼 근접해 있으니 같이 논의하는 것이다.

문제는 〈청산별곡〉이다. 이 노래는 북방 종족들의 내침과 관련된 작품이다. 따라서 위 두 편과 작품 세계가 아주 다르다. 그러므로 하나로 묶을 수 없고, 한자리에서 함께 거론할 수 없다.

그러나 〈청산별곡〉은 그런 이유 때문에 이 묶음에서 제외시킬 노래가 아니다. 위에서 "문제는 〈청산별곡〉"이라고 말하였지만 이는 〈雙花店〉·〈만전춘 별사〉의 내용과 전혀 다른 점을 의식하고 피력한 말일 뿐, 실은 문제가 될 만한 것이 없음을 밝힌다. 〈청산별곡〉은 연대·시기가 비교적 수긍이 될 만할 정도로 판명이 되어 있다. 일찍이 필자는 23대 고종(高宗, 1213~1259년 재위) 대 몽고족의 내침 때 생성된 노래로 추정한 바 있다. 연대가 이와 같다면

〈청산별곡〉은 위 두 편보다 약간 앞서 생산된 노래로, 시간 차가 별로 없는 동시대의 작품이다. 이 점이 〈쌍화점〉·〈만전춘 별사〉와 함께 다뤄야 할 근거가 된다.

1. 피란민의 노래, 〈청산별곡〉

〈청산별곡〉은 남녀상열지사가 아니라는 점에서 여타 속요와 다르다. 가볍게 그냥 한번 죽 훑어본 이 노래는 어느 떠돌이가 읊은 방랑가라는 느낌이 매우 짙다. 단, 편하고 여유롭게 산천을 편력하면서 부른 유람 노래는 아니다. 화자가 피력한 사설에 조금 더 가깝게 읽으면 어두운 시대성·사회성의 작용에 영향을 받은 어느 '쫓기는' 떠돌이가 산과 바다로 이동하면서 구성진 가락으로 탄식하며 빚어낸 노래일 확률이 높다.

> 울어라 울어라 새여
> 자고 일어나 울어라 새여
> 너보다 시름 많은 나도
> 자고 일어나 울고 있노라
>
> (후렴구 생략)

둘째 연이다. 얼마나 시름겹고 답답하기에 새를 향해 함께 울자고 하였겠는가. 전 8연 가운데 한 연인 2연만으로도 위에서 말한 바와 같이 〈청산별곡〉이 과연 어떤 노래인지 그 윤곽을 잡을 수 있다. 이어지는 3연을 읽으면 화자가 현재 어느 곳에 있는지와 심리적인 상태가 어떤지를 짐작할 수 있다.

갈던 사래 갈던 사래 본다
믈 아래 갈던 사래 본다
이끼 묻은 쟁기를 가지고
믈 아래 갈던 사래 본다

여기서는 '갈던 사래'라고 옮겨 놓았지만 원래 텍스트에는 '가던 새'라고 되어 있다. '새'를 '鳥'로 알기 쉬운데 뒤에 '쟁기'가 나온 것으로 보아 '논밭'·'밭이랑', 곧 사래를 지칭하는 것으로 이해함이 마땅하다. 그 앞에 놓여 있는 '가던'은 자연스럽게 갈던〔耕〕으로 읽게 된다.[34] 이렇게 풀이해 놓고 쟁기(농기구)에 이끼가 끼어 있다는 진술에 초점을 맞추면 농사꾼인 화자가 오랜 기간 동안 논밭갈이를 하지 못한 상태에 놓여 있음을 또한 알 수 있다. 거기에 '믈 아래'를 '물水이 고여 있는(또는 흐르는) 곳에서 밑으로 떨어져 있는 지점'으로 해석하면 논밭의 위치가 드러난다.

어휘 셋에 대하여 이렇게 부연敷衍한 까닭은 어떤 연유인지는 아직 알 수 없으나 여하튼 본업인 농사일을 하지 못하고 떠돌이 신세가 된 화자의 허탈하고 딱한 처지를 분명하게 밝히기 위해서다. 〈청산별곡〉의 연구는 바로 여기서부터 시작되어야 한다.

그 첫 작업이자 〈청산별곡〉 연구의 핵심이 되는 일인즉 작품 안에 놓여 있는 핵심어 찾기다. 관점에 따라서 여러 어휘가 나오겠지만 필자가 생각하는 바로는 '청산'과 '바다' 이 두 단어가 바로 이 노래의 키워드다. 왜 청산과 바다인가. 이유는 간단하고 명료하다. 제목으로 쓰인 청산은 두말할 여지가 없는 핵심어다. 내

34) 서재극, 〈麗謠 註釋의 문제점 분석—동동·청산별곡을 중심으로—〉, 《어문학》 19, 한국어문학회, 1968.10, 1~10면.

용에서도 전 8연 가운데 절반이 청산에서의 삶을 묘사해 놓은 것
이다. 그러므로 〈청산별곡〉은 청산 때문에 생겨난 노래다. 바다
또한 청산과 같은 선상에 놓인다. 중반 이하 작품의 거의 반은
바다와 연관된 사설로 되어 있다. 〈청산별곡〉은 엄밀히 말하자면
〈산해山海별곡〉이라 하겠다.

이제 풀어야 할 과제는 어떤 이유로 노래의 주인공이 떠돌이
로 전락하였는가 하는 점이다. 결국 작품 안에서 단서가 될 만한
편린을 찾아서 해답을 구할 수밖에 없다. 이럴 때에 마치 보석처
럼 떠오르는 어휘가 바로 핵심어로 정해 놓은 청산이요 바다이
다. 논거가 될 만한 가치가 충분한 이 두 단어가 고려사에 중요
한 역사적인 사건과 직접 연결되어서 특별나게 사용된 기록을 찾
아낸다면 〈청산별곡〉의 정체는 근사하게 밝혀지리라고 믿는다.

고려는 건국 초부터 멸망할 때까지 5백 년 내내 외침에 시달
린 왕조였다. 주로 국경과 맞닿은 여진·거란·몽고 등이 고려를
끊임없이 괴롭힌 종족이었다. 실록에 따르면 4대 광종, 6대 성종,
8대 현종, 16대 예종 대에 북방의 세력들이 쳐들어와서 고려를
크게 괴롭혔다. 현종 때는 수도인 개경이 함락되는 비운을 맞았
고, 어느 임금은 난리를 피하여 수도를 떠나 남쪽으로 몽진하는
수모와 고통을 감수하기도 하였다. 그럴 때마다 양민들은 이리저
리 삶의 터전을 옮기면서 목숨을 부지하고자 하였다. 일찍이 생
존을 위해 '섬으로 들어가서 안전을 확보한다〔海島入保〕'는 피신법
이 이래서 나왔다.

고려 역사에서 큰 규모와 장기간의 침략전쟁은 따로 있었다. 2
3대 고종 18년(1231년) 이후 약 30년 동안 계속된 몽고(뒷날 원나
라)의 난이 바로 그것이다. 이것이 계기가 되어서 이후 고려가 60

년 동안 원의 부마국이 되었으니 당시 사정이 어땠는지를 짐작하기에 어렵지 않다. 사정은 이랬다. 그때 1차로 고려를 침략한 몽고군은 고려 왕실로부터 조공 및 여러 가지 형태의 유리한 외교적 약속을 받아 내고 일단 물러간다. 그때 고려는 정중부난 이후 군부의 통치가 계속되던 시대였는데, 최충헌崔忠獻의 뒤를 이어 그의 아들 최우(崔瑀, 후에 최이崔怡로 개명)가 실권을 장악하고 있었다. 왕은 명목상의 군주일 뿐, 힘이 없었다.

　최우는 강단이 있었다. 저들의 요구와 비위를 맞추면서 노상 당하고만 있을 수는 없다고 결론을 내리고, 2차 내침이 있기 직전 대몽항쟁對蒙抗爭의 길을 택하였다. 그 첫 번째 전략적인 대응이 강화천도였다. 해전海戰에 약한 북방족의 결점을 이용하여 3백 년 동안 지켜 온 개경을 떠나 강화도로 조정을 옮긴 뒤 적들과 싸워서 승리하여 사직을 지키겠다는 용단을 내린 것이다. 조정에서는 천도와 함께 전국에 사자를 파견하여 긴급명령을 내리기에 이르렀는데 그것이 곧 "백성들을 산성山城과 해도海島에 옮기라〔遣使諸道徙民山城海島〕"는 것이었다. 이 긴급조치의 배경과 취지는 상대적으로 안전한 산과 바다로 백성들을 일단 피하게 하여 전화戰禍를 당하지 않게 하고, 나아가 그들을 방위군으로 조직하여 곳곳에서 침략자와 맞서 싸우도록 하자는 것이었다. 양민을 방위군으로 조직하다니 그게 가능했던가. 이 점은 대몽항쟁이 실패한 이후 삼별초군의 끈질긴 대항을 떠올리면 어느 정도 수긍할 수 있다.

　이만하면 짐작할 수 있는 데까지 이르렀다. 정리하자면 〈청산별곡〉은 몽고 내침 당시 조정의 긴급조치에 따라 작품의 중심 공간인 산과 바다로 떠돌던 피란민의 노래로 이해하는 것이 적절하다.

작품의 구조는 청산의 노래와 바다의 노래, 이렇게 두 단원으로 짜여 있다. 당연한 구성이다. 4연까지가 피란 초기에 청산에서 머루와 다래를 먹으면서 삶을 유지하던 상황을 그려 놓은 것이다. 위에서 읽은 2연의 울고 싶은 시름, 3연의 이끼 묻은 쟁기를 가지고 전답을 하릴없이 바라보는 화자의 허탈한 심사가 안쓰럽고 딱하기 그지없더니 4연에서는 고독한 청산의 밤이 작품의 전반을 더욱 어둡고 침중한 쪽으로 이끌어 놓고 있다.

후반부의 첫 연인 6연은 1연의 진술과 같다. 다시 바다로 머물 곳을 찾아 옮기는 피란민의 지친 발걸음과 기력이 쇠한 모습이 그 안에 담겨 있다. 이렇게 시작된 바다의 노래는 청산의 경우와는 달리 바다에 당도하여 정착도 하지 못하고 중도에서 주저앉는 것으로 끝난다. 바다로 향하는 어느 길목에서 전란의 참상도 아랑곳하지 않고 묘기를 연출하는 광대패의 놀이를 보거나 또는 어드메쯤에서 누가 권하는 독주를 마시는 등 눈앞에 펼쳐지는 환경에 그냥 끌려서 움직이다가 비극의 시대가 낳은 〈청산별곡〉의 작자는 그만 좌초하고 만다.

〈청산별곡〉은 지금까지 분석하고 설명한 바와 같이 결코 반길 만한 노래는 아니다. 그럼에도 전쟁 때에 부르던 노래는 종전 이후에도 민간에서 꾸준히 애창된다. 6·25때의 노래들을 근 70년이 경과된 스마트·IT시대인 21세기 오늘에도 많은 사람들이 잊지 않고 부르는 것을 보면 알 수 있다. 전쟁 중에 겪은 온갖 체험이 지독히도 아프고, 생사의 경계선을 넘나들며 이리저리 헤매던 일이 잊을 수 없는 추억으로 변질되고 치환되어서 그토록 애착이 가는 모양이다. 이것이 전쟁 때의 노래가 지니고 있는 생리가 아닌가 싶다.

하지만 기억하기조차 싫은 노래가 어떻게 궁중의 가악으로 선정되어 회연 때 공연되었는지 그것만은 도무지 알 수 없다. 만약 몽고 내침시의 피란민의 노래가 아니고 배경과 연유를 알 수 없는 가요라 할지라도 이렇듯 어둡고 구슬픈 비가悲歌를 왜 궁궐의 노래로 채택하였는지 전혀 이해가 되지 않는다. 남녀상열계통의 노래는 음사이지만 그나마 즐거움을 주거늘…….

2. 〈쌍화점〉과 충렬왕, 그리고 에로티시즘

〈쌍화점雙花店〉(또는 〈상화점霜花店〉)은 《악장가사》에 4연 전편이 실려 있다. 《고려사》악지 속악 조와 열전列傳 오잠吳潛 조에는 둘째 연만 한역되어서 수록되어 있는데, 후자에는 제목이 없이, 전자에는 〈삼장三藏〉이라는 이름으로 등재되어 있다. 첫째 연이 "쌍화점雙花店에 쌍화 사러 간즉슨……" 운운으로 시작되어서 작품의 제목이 〈쌍화점〉으로 되었듯이 둘째 연의 첫 줄이 "삼장사에 불을 켜러 간즉슨……"으로 출발하기 때문에 제목을 그렇게 붙였을 것이다. 한역된 둘째 연은 《고려사》의 두 군데에만 있는 것이 아니다. 급암及庵 민사평閔思平의 《소악부小樂府》에도 전해 오고 있다. 〈쌍화점〉은 궁중의 노래로 정착되기까지의 경위 및 연회에서 공연될 때의 장면을 하나로, 그리고 작품의 세계를 또 하나로 하여 두 가지 측면에서 접근하여야 한다. 그럴 때 우리는 이 노래만이 가지고 있는 독자적인 특성과 만나게 된다.

이 노래는 25대 충렬왕을 위한 가요다. 특정 군왕을 기쁘게 해 주려고 특별히 채택된 레퍼토리라는 점부터가 다른 속요와 구별

되는 〈쌍화점〉만의 특성으로 들 수 있다. 충렬왕은 고려가 원의 황실과 결혼하여 왕위에 오른 초기 임금이다. 왕은 34년 동안 재위하였는데, 사서史書와 사평史評에 따르면 쌓은 치적은 보잘것없으며 성품과 취향은 황음방탕하고 사냥이며 격구 등의 놀이를 좋아하였다. 호연호락好宴好樂과 호색好色한 정도가 한참 지나친 부패하고 패덕한 군주였다. 그러한 군주의 측근에는 으레 간신배들이 모여 있기 마련인데, 특히 오잠吳潛(오기吳祈라고도 칭함), 김원상金元祥과 석천보石天輔·천경天卿 형제 등 네 명이 성색聲色으로 왕을 기쁘게 해 주기에 힘썼던 인물들이다. 그들은 관현방管絃房 소속 예능인과 연회에서 가창되는 노래들이 많음에도 하급 행신(倖臣, 간신)들 가운데 음곡音曲에 능통한 자들을 여러 고을에 파견하여 왕이 좋아할 만한 여항의 노래를 채취토록 했다. 또 한편으론 관기官妓로서 자색과 기예技藝가 있는 자, 수도인 개성의 관기와 무당으로 가무를 잘하는 여인들을 선발하여 궁중에 등록토록 하였다. 그리고는 고급 비단옷으로 치장케 하고 말갈기로 짠 삿갓을 씌워서 '남장(男粧, 남자의 전용 삿갓을 씌웠기 때문에 붙인 명칭인 듯)'이라는 가무집단을 따로 조직하여 운영하였다. 〈쌍화점〉은 그때 전국에 파견된 하급 실무자들이 찾아낸 음란한 노래인데, 이를 새로 다듬어서 '남장' 별대의 가기歌妓와 악공들에게 가르친 뒤 왕을 위한 향연에서 부르도록 하였다. 왕 25년 5월 수강궁壽康宮 연회에서 처음 불린 이후 자주 공연되었는데 기록에 따르면 그 장면이 노래 가사가 말하듯 난잡하고 음란하기 짝이 없을 정도였다고 한다.

만두가게(쌍화점)에 만두(쌍화) 사러 간즉슨

회회回回아비 내 손목을 쥐었더이다

이 소문이 이 가게 밖으로 퍼지면

다로러거디러 조그마한 새끼 광대 네 말이라 하리라

더러둥셩 다리러디러 다리러디러 다로러거디러 다로러

그 잠자리에 나도 자러 가리라

위위 다로러거디러 다로러

그 잔 데같이 지저분한 곳이 없다

(1연)

　이하 3개의 연이 이어지는데 공간(2연: 삼장사, 3연: 우물, 4연: 술집)과 행위 인물(2연: 사찰 주지, 3연: 우물 용, 4연: 술집 아비)만 바뀔 뿐 내용과 구조는 첫 연과 다름이 없다.[35] 이렇듯 똑같은 연이 중복되는 점을 보아서도 이 가요의 바탕이 민요였음이 확연하게 드러난다.

　노랫말을 독해하기로 하자. 날벼락을 맞듯이 회회아비에게 손목을 잡힌 여인은 소문이 날 것을 염려하여 현장을 목도한 새끼광대에게 입조심을 하라며 으름박을 지른다. 그런데 새끼광대라는

---

35) 이정선, 《고려시대의 삶과 노래》, 보고사, 2016, 183면 이하. 그는 〈쌍화점〉 네 연의 구조가 같지만, 그렇다고 동일한 내용의 반복이 아니고 각 연의 상황은 다르다고 해석하였다. 또 하나 그의 풀이에서 눈길을 끄는 대목은, 3~4연의 목격자가 사람이 아닌 '두레박'과 '쇠구박'으로 나오는 것을 '소리를 낸다'는 면에서 소문의 확산을 의미하는 사물과 그런 장소를 에둘러 표현한 것으로 규정한 점이다.

　김대행은 3연의 용龍은 오래전부터 우물에는 용이 산다고 믿어온 바를 인정하는 것으로 무엇의 상징으로 볼 필요가 없다고 하였다(《고려시가의 정서》, 개문사, 1985, 195~196면).

놈이 입을 놀리게 되면서 소문이 퍼지고 갑자기 제2의 여인이 등장하자 이 노래는 확장되어 점입가경의 국면으로 접어든다. 그 여인이 자신도 만두가게 주인과 정을 통하고 싶다고 고백하는 놀라운 장면이 뒤따르고, 이 말을 들은 최초의 여인이 그 잠자리처럼 지저분한 곳이 없으니 가지 말라고 만류하는 것으로 노래는 끝난다.

첫 여인의 이러한 친절한 만류, 이를 글자 그대로 수용하는 것이 원칙이나 그 말에 은밀하게 숨은 뜻도 있지 않은가 하는 생각도 지울 수 없다. 노래의 시작부터 끝부분까지 진행된 전 과정을 살필 때 그녀의 말에 트릭이 있는 듯싶다. 정곡을 뚫자면 회회아비와의 관계를 혼자 유지하고 독점하기 위해서 제2의 여인을 따돌리자고 한 말일 가능성을 배제할 수 없다. 호색녀好色女라고 낙인을 찍어도 좋을 둘째 여인의 등장과 그가 토해 낸 색정적인 말은 첫 여인이 어떤 부류의 인물인지도 간접적으로 암시해 주고 있다. 한마디로, 〈쌍화점雙花店〉은 사건의 전개와 구조, 함축된 의미 등 모두가 에로티시즘에 해당하는 속요다.

춤과 희락을 동반한 〈쌍화점〉의 공연 현장은 어떤 모습이었을까. 충렬왕이 상좌에 앉고 그 좌우에 신하들이 좌정한 회연에서 〈쌍화점〉은 남장 별대들이 춤을 추며 가창되었다. 임금과 신하가 각기 이름난 기생을 끼고 낮밤을 지새워 가며 외설스런 춤과 노래를 즐겼다고 기록은 전한다. 가무歌舞 술판의 분위기가 고조되면 군신의 엄격한 상하관계도 아랑곳하지 않고 모두 일어나 가무척歌舞尺들과 뒤섞여서 방탕스럽고 난잡한 유흥에 빠지기를 마다하지 않았다고도 하였다. 따라서 〈쌍화점〉은 정상적인 궁중 놀이 행사에서 사용된 노래와 거리가 먼 비정상적인 돌연변이형의 병적인 가요였다.

이상 문헌기록에 바탕을 두고 작품의 성격을 규명하였다. 이를 시가문학사의 관점에서 한마디로 결론을 내리자면 "별별別別 노래 가 다 있었구나"라는 말로 요약할 수 있다.

하류의 노래이며, 건전한 에로티시즘과는 거리가 먼 음사淫詞 인 노래가 충렬왕 당대는 물론 그 이후 조선왕조 전기에 해당되 는 16세기 퇴계 이황李滉의 시대에도 점잖은 사대부들이 즐겨 향 유하였다 하니 이를 어떻게 이해하여야 할까. 조선 초기의 문신 인 서거정徐居正의 《태평한화골계전太平閑話滑稽傳》, 송세림宋世琳의 《어면순禦眠楯》, 홍만종洪萬宗의 《명엽지해蓂葉志諧》, 그리고 19세기 유식한 어느 양반이 위의 육담·골계 위주의 여러 소화笑話를 모 아 편찬한 《고금소총古今笑叢》 등을 그들이 가까이하였다는 사실 을 떠올리면 어렵지 않게 그 연유를 알 수 있을 것이다.

3. 〈만전춘 별사〉와 사랑의 일대기

〈만전춘 별사滿殿春別詞〉는 색정적인 요소가 가미된 사랑노래다. 스토리 방식으로 전개되는 이 노래는 사랑과 이별 이후의 그리 움, 기다림, 재회 때의 이루어질 행복을 미리 꿈꿔 보기 등 열애 의 전 과정이 각 연별로 나눠져서 실현되는 그런 노래다. 속요 전체에서 이런 성격의 노래는 이 작품이 유일한데, 이 점에 시가 사적 특성이 있다고 하겠다. 이 가요를 대할 때면 문득 떠오르는 작품이 있다. 신라 〈처용가〉의 정사情事 장면이다. 구체적인 설명 이 없어도 상상할 수 있을 것이다. 고려 속요의 에로티시즘의 연원이 향가에 있었음을 다시금 짐작할 수 있다.

> 어름 위에 댓닢자리 보아
> 님과 내가 얼어 죽을망정
> 어름 위에 댓닢자리 보아
> 님과 내가 얼어 죽을망정
> 정情둔 오늘 밤 더디 새오시라 더디 새오시라
>
> 뒤척이며 홀로 자는 잠자리에
> 어찌 잠이 오리오
> 서창西窓을 열어 보니
> 복사꽃 피었구나
> 복사꽃 시름없어 봄바람과 웃도다 봄바람과 웃도다
>
> 넋이라도 님과 함께
> 지내는 모습 그리더니
> 넋이라도 님과 함께
> 지내는 모습 그리더니
> 우기던 이 누구였습니까 누구였습니까
>
> 오리야 오리야 어린('어리석은'으로 의역해도 가함) 빗오리야
> 여울일랑 어디 두고
> 못에 자러 오느냐
> 못이 얼면 여울도 좋으이 여울도 좋으이
>
> 남산南山에 자리 보아
> 옥산玉山을 베고 누워

금수산錦繡山 이불 안에

사향麝香 각시를 안고 누워

남산에 자리 보아

옥산을 베고 누워

금수산 이불 안에

사향 각시를 안고 누워

약藥든 가슴을 맞추십시다 맞추십시다

아소 님하 원대평생遠代平生에 여읠 줄 모르세

첫째 연의 진술을 보면 임과 함께 누리고 있는 뜨거운 사랑의 온도가 여간 높지 않다는 것을 느낄 만하다. "어름 위에 댓닢자리······ 얼어 죽을망정"이라고 화자는 고백하고 있다. 열애熱愛라는 말로도 그 뜨거움을 표현할 수 없는데 여타의 작품에서도 나오는 극단적인 언술이 여기서도 더욱 그 강도가 높게 실현된다. 이와 함께 이 첫째 연에서 꼭 눈치채야 할 딱한 사정은 얼어 죽어도 좋으리만큼 떨어지기 싫은 그 사랑이 실제로는 피할 수 없는 불안함을 안고 있다는 점이다. '정情을 둔 오늘 밤'이 새면 이별이 기다리고 있기 때문이다. 하여 화자는 지금 절박한 심정으로 환희와 쾌락의 마지막 끝자락을 잡고 있다. 20세기 초반의 시인 이상화의 〈나의 침실로〉를 연상케 한다.

예상한 바는 적중하여 2연은 이별 이후의 감내하기 어려운 고독한 삶을 그려 놓은 것, 그 이하의 연들도 그 연장선에서 파생한 여러 가지 사연들이다. 둘째 연에서 주목해야 할 현상은 시조의 형식이 눈에 잡힌다는 것이다.

다음으로 언급할 점은 인간의 삶을 자연현상과 연결시키려는 발상이다. 자연의 운행은 화합과 순조로움으로 일관하고 있는데 사람의 생활은 그렇지 못하여 한숨을 짓는 것으로 표현되었다. 자연에 대한 인간의 부러움이 여기에 녹아 있다. 복사꽃과 봄바람의 어울림을 떠날 임이 다른 여인을 만나 행복한 삶을 누리는 장면을 비유한 것으로 풀이한 견해도 있다. 이렇게 되면 고독함 속에서 살아가는 화자의 일상이 더욱 편하지 않을 것이다.[36) 이상 두 가지 현상만으로도 2연의 시가사적인 의미는 예사로운 것이 아니다.

3연은 〈정과정〉에도 있는 것, 이른바 '구슬사'가 〈정석가〉와 〈서경별곡〉에 편입되어 있는 예와 같다.

4연은 완전히 상징법으로 되어 있다. 한두 마디가 아니고 연 전체가 추상적으로 빗대어 말하고 있다는 점에서 매우 특이한 연이다. 사람과 사람 사이의 일에 뜬금없이 조류鳥類 동물인 '오리'를 끌어들였으니 노래 전체로 보아서 돌출형의 표현이라고 하겠다. '(빗)오리는' 유야랑遊冶郞, 곧 한량 또는 탕아, '여울'은 한 곳에 고여 있지 않고 늘 흐르는 물이므로 여인에다 연결하면 난잡한 여인, 그와 달리 못〔沼〕은 고여 있는 물이니 정절을 지키면서 곧게 사는 여인이다. 화자가 여기에 속한다. 이렇게 풀어 놓고 보니 4연 전체의 함의가 어렵지 않게 잡힌다. 예나 이제나 홀로 사는 여인에게는 음흉한 생각을 품은 외간 남자가 접근하여 집적거리는 일이 자주 일어나는데 이 4연이 바로 거기에 해당한다. 결과는 정조를 중히 여기며 살고 있는 화자가 유야랑을 탕녀에게 쫓아 버리는 것으로 끝난다.

---

36) 현혜경, 〈만전춘별사에 나타난 화합과 단절〉, 《고려시가의 정서》, 개문사, 1985, 216면.

5연과 한 줄로 된 6연은 현실이 아닌 원망願望의 세계를 그려 놓은 것이다. 1~3연까지 현실세계에서 여러 가지 체험과 고비를 넘긴 화자는 4연에서 외부의 유혹을 물리친 뒤 이윽고 5연에서 장차 해후할 임과의 달콤한 삶을 설계한다. 그런데 그가 예비하고 준비해 놓은 생활의 모습은 육체적인 결합을 통한 쾌락의 에로티시즘으로 채색되어 있다. "정든 오늘 밤"을 몸과 몸으로 뜨겁게 달구며 지샜던 첫째 연과 수미쌍관首尾雙關 식으로 연결되어 있음을 놓칠 수 없다. 5연 또한 4연과 마찬가지로 상징법에 따른 진술로 일관하고 있는데 남산은 따뜻한 아랫목, 옥산은 옥처럼 깨끗한 베개, 금수산은 수놓은 비단 이불을 일컫는 것이다. 이 연에서 논란이 되는 어휘는 '사향각시'이다. 여러 견해들이 나와 있으나 거의 모두가 '각시=아가씨'처럼 평소 쓰이는 상식의 범위 안에서 풀고자 한다. 그런 시각으로 접근하면 정답을 얻을 수 없다. 여기서 '각시'는 사람이 아니라 "조그맣게 색시 모양으로 만든 여자 인형"(국립국어연구원《표준국어대사전》)을 가리킨다. 죽부인竹夫人을 '바람각시', 풀로 만든 인형을 '풀각시'라고 부르는 예와 같다. 그러므로 사향각시는 '사향이 든 인형 모양의 주머니', 곧 '향낭'을 가리키는 것이다. 그 향낭을 여성인 화자가 가슴에 품고 화려한 잠자리에 누워 있을 터이니 임은 맨몸이 되어 어서 와서 가슴과 가슴을 맞추자는 얘기다. 끝마무리를 청승맞게 매듭 짓지 않고 비록 야하지만 낙관적으로 밝게 종결짓고 있는 것 또한 이 노래의 강점이라 하겠다.

앞머리에서 언급한 바를 다른 말로 다시 표현하자면 〈만전춘별사〉는 속요 가운데 유일하게 꼽을 수 있는 만화경萬華鏡과 같은 노래라는 점이다. 여타 작품과 달리 '사랑—이별—고독—기다림—

앞날의 설계'의 사연들을 모두 아우르는, 마치 '사랑의 일대기一代記'와 같은 속요라는 뜻이다.

만화경의 양상은 표현 형식 면에서 또한 뚜렷하게 드러난다. 각 연마다 행수가 다르며, 같은 작품임에도 각 행에 배치된 어절의 수 또한 제각각이다. 겉으로 한번 슬쩍 훑어보아도 금세 알 수 있는 노래 전체의 제멋대로의 자유분방한 이런 형식은 속요 갈래는 말할 것도 없고 그 이전 향가 장르에서도 찾을 수 없으며 후대 평시조나 정형의 가사에서도 접할 수 없는 모양새다. 사설시조와 잡가에서나 볼 수 있다고 할까. 하여 한 번 더 강조하거니와 〈만전춘 별사〉는 형식과 내용 모두가 만화경을 연상케 하는 속요다.

노래의 원래의 이름은 〈만전춘〉이었다. 그런데 조선왕조가 개창된 초기 세종 대에 한문시에 토를 단 형태를 갖춘 개찬가사가 생겨났다. 새로 고친 노래는 고려의 원가原歌와 내용이 전혀 다른 새 나라의 개국과 군왕의 덕을 찬양하는 근엄한 노래로 되어 있다. 《세종실록》 악보 권146에 개사한 이것을 〈만전춘〉이라고 명명하고 음곡만은 그대로 살려서 궁중악가로 부르게 하였다. 대신 원래의 〈만전춘〉에는 별사別詞라는 꼬리를 달아 통용하였는데, 《악장가사》에 전해 오는 현재의 이 텍스트가 바로 그것이다. 왜 이런 일이 일어났는지는 자명하다. 조선의 신흥세력들이 가사를 음사淫詞로 규정하였기 때문이다. 그렇다면 당연히 폐기처분했어야 할 터이나 곡은 버리기 아까우리만큼 좋아서 가사만 들어내고 이름도 그냥 둔 채 악장으로 사용하였던 것이다. 그렇게 엄하게 조치를 취하였으나, 고려 이후 장구한 세월 동안 입과 귀에 워낙 익숙해져 있는 데다가 인간의 본능과 본성은 권력이나 기타 어떤

힘으로도 막을 수 없는 것인지라 개찬곡인 〈만전춘〉과 별도로 〈만전춘 별사〉는 조선시대에서도 인기를 유지하면서 오래도록 가창되고 공연되었다. 노래의 힘은 대단한 것, 현대에서도 접할 수 있다. 이런 과정을 보면서 망외(望外)로 확인할 수 있는 시가사적인 소중한 사실은, 오늘날 심심찮게 만나는 개사곡의 원조에 바로 조선왕조 초창기 국가 정책으로 단행된 예의 〈만전춘 별사〉를 비롯한 몇 곡이 해당된다는 점이다.

세 편의 후기 작품을 위에서와 같이 조명하였음에도 끈적거리며 여진으로 남은 두어 가지를 적기로 한다.

먼저 〈쌍화점〉·〈만전춘 별사〉다. 이 두 편보다 앞선 속요들, 그 노래들은 모두가 사랑 타령이요, 이별 앞의 몸부림이며, 뒤에서 이야기할 〈동동〉을 비롯하여 여러 노래의 곳곳에 담겨 있는 긴긴 기다림의 고통스런 세월들이며 ─ 이런 사연으로 채워져 있음을 우리는 안다. 인간의 본능과 본성이 작용하여 읊은 진한 노래일지라도 넘어서는 안 될 선은 넘지 않았다. 그랬었는데 〈쌍화점〉·〈만전춘 별사〉에 이르러 속요는 비유컨대 알몸·나신(裸身)으로 변하였다. 놀라운 변신이다.

이 돌연한 변화의 노래가 궁궐에서, 저잣거리에서 거리낌 없이 가창되고 공연되었다. 이런 현상은 분명히 건전해야 할 성(性)의 타락으로 규정함이 마땅하다. 그럼에도 저항을 받지 않고 외려 인기 가요로 널리 오랜 세월 동안 수명을 이어갔다는 사실에 우리는 주목해야 한다. 위에서 언급한 바와 같이 겉으로는 근엄한 체하지만 속으로 거의 대다수의 인간은 〈쌍화점〉, 〈만전춘 별사〉와 같은 노래에 젖기를 좋아한다는 이 진실을 두 편의 노래가 이른 시기에 알려 주고 있다는 이 점에 시가사적 함의가 있다.

그렇듯 신명나고 성적性的인 쾌감을 느끼게 하는 노래가 있었는가 하면, 외침을 받아 산과 바다로 피란을 하면서 부른 처참한 노래 〈청산별곡〉도 있었다. 이러한 사실 앞에서 우리는 시대성이 반영된 노래가 생산된다는 점을 새삼 깨닫는다. 〈청산별곡〉은 시가사의 측면에서 살필 때 참으로 드문 노래다. 후대 임진왜란 때 참전한 박인로朴仁老가 반전反戰사상이 내포된 〈선상탄船上嘆〉을 지은 것만 기억에 남아 있을 뿐이니 희소 운운함이 과장이 아니다. 그 옛날 왕조국가 시대에 헤아릴 수 없이 많은 외침을 겪었음에도 전쟁을 소재로 한 노래가 귀한 상태에서 〈청산별곡〉은 그 존재 자체만으로도 사적史的인 가치를 확보하고 있는 가요라 하겠다.

제5장 새해를 위한 노래 2편

〈고려처용가〉는 새해를 앞두고 벽사진경辟邪進慶을 바라며 부른 무가巫歌다. 〈동동〉은 순환구조에 따라 이듬해 정월 노래로 이어져서 다시 부르도록 되어 있는 노래다. 요컨대 두 편 다 '새해'를 앞두고 가창된 가요라는 공통점이 있다. 이런 점에서 〈고려처용가〉와 〈동동〉은 짝을 이룰 수 있다. 〈동동〉은 예의 성격 외에도 속요 문학사 전체를 마무리할 수 있는 노래라는 필자의 사관史觀이 작용하여 끝자리에 놓이게 되었다는 점을 덧붙여 둔다.

1. 〈고려처용가(희)〉의 여러 문제

향가인 〈처용가〉에서 비롯된 〈고려처용가〉는 40여 행의 장문으로 된 벽사진경의 무가다. 8행으로 된 신라의 〈처용가〉와는 길이는 물론, 가사의 내용도 전혀 다르다. 서사기록을 제외하고 노랫말만을 놓고 볼 때 향가에는 무가의 요소가 없다. 그런 노래가 〈고려처용가〉에 이르러서는 전혀 딴판의 벽사진경을 추구하는 무가로 변신하였다. 이러므로 〈향가처용가〉와 〈고려처용가〉는 별개의 노래로 보아야 한다. 하지만 〈고려처용가〉에는 향가의 1~6행이 삽입되어 있고, 무엇보다도 〈향가처용가〉의 서사기록에 처용이 벽사진경의 문신門神이 되었다는 대목이 있는 것으로 보아 〈고려처용가〉의 연원이 향가에 있음을 부인할 수 없다.

〈향가처용가〉의 후대적 변신은 무가로 몰라보게 모습을 바꾼 것만이 아니다. 다른 것이 또 있다. 이것을 먼저 일별하기로 하겠다. 《고려사》에 〈처용가〉와 관련된 기록이 몇 있는데, 신라 향가나 〈고려처용가〉와는 전혀 다른 것이어서 일순 당황스러움을 금치 못한다.

먼저 고종 23년 3월 임인壬寅 강화 천도 때에 그곳에서 있었던 일이다. 내전內殿에서 소연小宴할 제 송경인宋景仁이 술에 취하여 처용희를 작희作戲하는 데 조금도 부끄러운 빛이 없었다고 하였다.

충혜왕忠惠王 4년 8월 경사庚子에 원元의 사신 오라고吾羅古가 묘연사妙蓮寺에서 왕을 청하여 베푼 연회에서 천태종의 승녀인 중조中照가 춤을 추자 왕도 일어나 춤추며 좌우에 명하여 모두 작무作舞케 하였는데 처용희를 하기도 하였다. 〈고려처용가〉는 섣달 그믐날이 아닌 아무 때나 향연의 자리에서, 더군다나 놀랍게도 왕을 포함하여 집단으로 공연하는 그런 것이 아닌 것임을 유념키로 한다.

다음으로 신우辛禑, 곧 우왕禑王 때의 일이다. 11년 6월 병신丙申에 왕이 호곶壺串에서 사냥하고 밤에 화원花園에 돌아와서 처용희를 하였다. 앞의 충혜왕과 마찬가지로 임금이 춤을 추었다는 사실이 거듭 눈길을 끈다.

우왕이 처용희를 작희한 예는 또 있었다. 12년 정월에 왕은 당시의 권세가이며 그와 혈연의 관계를 맺은 이인임의 집에 있었다. 어느 날 연회에서 이인임의 처가 올린 술을 마신 뒤 처용가면을 쓰고 작희하며 즐거운 시간을 보냈다고 기록은 전한다. 여기서도 앞에서 지적한 일이 반복되고 있음을 거듭 기억하기로 한다.37)

위의 자료를 분석하기로 하자. 이미 눈치를 챘으리라고 믿거니와, 고종과 실권자인 최우를 비롯하여 충혜왕과 우왕이 즐긴 처용희는 놀이성으로 장식된 것임을 쉽게 알 수 있다. 같은 고려시대의 〈처용가〉이지만 무가인 〈처용가〉와는 준별되는 별도의 공연물임을 확인할 수 있다. 또한 세 기록 모두 〈처용가〉라 하지 않고 '처용희'를 작희했다고 하였다. 이로써 우리는 신라 향가의 가사와 서사기록이 희戱로 변형되었음을 알 수 있다. 그러나 거기에 노랫말인 신라 향가가 원문 그대로이든지, 또는 놀이에 맞게 다시 만든 것이든지 간에 동반되었는지 여부가 기록에 없어서 알수 없다. 하지만 동작만 있는 무언無言의 희戱보다는 노래도 가창하면서 작희된 희가戱歌일 가능성이 높다고 추정한다.

세 임금이 즐긴 예의 '처용희處容戱'에서 무엇보다도 중요한 것은 그것이 어떤 내용과 형태로 구성된 놀이였던가 하는 점이다. 몇 가지 측면에서 탐색할 수 있으나, 번거로움을 피하기 위해서 가장 확실한 근거가 되는 것 하나만 들자면 고종 대의 "송경인이 술에 취하여 처용희를 작희하는 데 조금도 부끄러운 빛이 없었다"는 구절을 꼽을 수 있다. 이 대목은 부끄러운 내용으로 된 〈처용희〉이므로 술을 마시지 않고는 작희할 수 없었다는 진술이다. 위에서 우왕도 술을 마시고 작희하였다고 하였다. 같은 시대

---

37) 조동일, 앞의 책, 2권, 135~136면. 그도 송경인·충혜왕·우왕 등이 작희作戱한 이 부분을 놓치지 않고 인용하면서 나름 해석하였다. 그 가운데 신라 헌강왕 때의 처용굿(가)을 "망국의 불안한 조짐을 재앙 또는 질병이라고 여기며 공연한 것"으로 규정한 것에 전적으로 공감한다. 또 강화도로 피란할 때 조정에서 몽고 침략군의 격퇴를 기원하였다는 어느 특정 학설에 일단 주목하지만, 예의 3인이 보여 준 일련의 행위는 "엄숙한 분위기에서 공연한 것이 아니며 따라서 주술적 기능이 약화된 것"이라고 풀이한 것도 타당하다. 그러나 앞의 부분, 곧 '몽고 침략군의 격퇴' 운운한 어느 견해는 그때의 처용희가 순전히 놀이임이 명확한 점을 들어 부정적으로 비판하였으면 하는 아쉬움이 남는다.

의 무가인 〈처용가〉는 말할 것도 없으려니와 신라의 〈처용가〉도 술이며 부끄러움이며 하는 것과는 꼬물만큼도 상관이 없는 것이다. 그런데 유독 고종 대의 것과 이를 이어받은 것이 확실시되는 충혜왕·우왕 대의 것만 그와 같다면 요컨대 별종의 처용희였음을 부인할 수 없다. 어떤 성격의 별종이었을까. 성희性戱였거나 그와 유사한 가희였으리라고 단언한다. 그렇기 때문에 술이며 부끄러움이 거론된 것이다.

이런 유형의 처용희가 어떻게 존재할 수 있었을까. 쉽게 해답할 수 있다. 신라 〈처용가〉에 남녀가 잠자리를 같이한 에로틱한 장면이 나오는 것은 두루 알고 있는 바다. 바로 그 부분만을 떼내어 더 야한 내용을 보태어서 각색하면 음란물의 처용희가 되는 것은 아주 쉬운 일이었을 것이다. 〈향가처용가〉는 무가와는 별도로 이런 성性적인 희작戱作이 나올 수 있는 모태가 되었다.

고려 후기에 있었던 이런 종류의 '처용희'에 관해서 꼭 짚고 넘어가야 할 과제가 하나 남았다. 곧 세 임금이 어떤 인물이었던가 하는 점이다. 지면을 아끼기 위해서 극심한 면모와 행위만을 간추린다.

호화로움과 방탕함, 호연好宴·호색好色에 빠져 살던 이들을 각각 구체적으로 소개하자면, 고종·최우는 강화로 천도해 있을 때 1,300명의 예능인을 동원하여 '음악회'를 열면서 "다시 오늘과 같이 할 수 있을런가"라고 크게 자랑하던 정신 나간 인물이다. 충혜왕은 사람의 처첩妻妾으로서 미모를 갖춘 여인이면 반드시 강음強淫할 뿐만 아니라 부왕의 여인마저 범한 성폭행범이다. 우왕은 사대부가 딸을 시집보낼〔女婚〕 때면 혼인에 앞서 여인을 강음하고, 궁녀와 뭇 기녀들을 데리고 욕희浴戱를 하면서 물속에서 부끄러움 없이 음외한 짓을 했으며, 또한 밤이 새도록 기녀들과 잔치를 베풀기를 자주 함에 최영崔瑩이 울면서 간한 일마저 있게 한 변태적인 저질 임금이었다. 이것이 세 군주의 적나라한 모습이요 행위다. 아마도 이전부터 은밀하게 존재하였으나 실제로 작희하는 일은 거의 없었으리라고 추정되는 처용희가 오직 이 세 임금 시대에만 궁중의 음탕한 놀이로 존재했던 이유가 바로 그들의 병적이요 저급한 인간됨과 행실에서 비롯되었음은 다시 말할 여지가 없다.38)

　신라 향가 〈처용가〉에서 파생된 또 하나의 〈처용가〉, 위에서 다룬 성희性戱의 '처용희'와는 전혀 다른 현전의 〈고려처용무가〉 ― 이제 이 노래를 조명할 차례가 되었다. 《악학궤범》 등 삼대 가집에 노랫말만 실려 있고 제작 연대는 밝혀져 있지 않아서 자못 궁금한 생성 시기부터 먼저 풀기로 한다.

　여기저기 찔러 본 끝에 필자가 어렵사리 찾아낸 단서인즉 신라 시대로 되돌아가서 〈처용가〉와 그 관련기록이 실려 있는 《삼국유사》 〈처용랑 망해사〉 조가 바로 그것이다. 이 조목이 문제를 풀 수 있는 실마리가 된다고 생각한다. 그 조목을 곱씹으면서 깊이 읽어 보면 뜻밖에 〈고려처용가〉의 형성 연대를 짐작할 수 있다.

　풀어서 설명하겠다. 〈처용랑 망해사〉 조에는 〈향가처용가〉와 그 서사기록만 실려 있고 〈고려처용가〉에 대해서는 일언반구의

---

38) 김수경, 《고려 처용가의 미학적 전승》, 보고사, 2004, 87면. 조선조 연산군이 처용 복장을 하고 처용무를 하며 스스로 노래를 하였다는 기록이 《조선왕조실록》 연산군 11년 4월 7일에 실려 있으며 《소문쇄록》에도 그와 내용이 같은 것이 적혀 있다고 하였다. 성희性戱인 처용의 희무戱舞가 왕조를 뛰어넘어 음탕한 군주에게까지 이어졌다는 점이 실로 놀랍다. 김수경의 이 저서는 〈고려처용가〉의 전반적인 점을 본격적으로 파고든 연구로 꼽힌다.

설명조차 없다. 일연이 고려 사람임에도, 또 그 조목에서 후세인
들이 처용의 모습을 문에 붙여서 벽사진경의 문신門神으로 삼았
다는 점까지 기록으로 남겼음에도 정작 그것과 직결되는 〈고려처
용가〉에 관해서는 언급조차 하지 않고 있다. 이 점이 전혀 이해
가 되지 않는다. 일연의 의도된 누락이었을까. 또는 깜박 잊은 것
일까. 전혀 그런 것이 아니었다고 단언한다. 여기서 우리는 일연
의 치밀한 고증과 기록의 세밀함을 떠올리기로 한다. 그는 월명
사의 〈도솔가〉를 두고 세속에서는 〈산화가散花歌〉라고 하나 이는
잘못이며 〈산화가〉는 따로 있는데 문장이 길어서 싣지 않는다고
하였다. 〈풍요〉도 원래는 성안의 남녀들이 승려인 양지良志의 불
사佛事를 돕고자 진흙을 운반하면서 부른 공덕가이나, 일연 그가
살던 고려 말엽에는 사찰의 영역을 벗어나 경주 지방 사람들이
방아 타령으로나 역사役事할 때 부르는 민요로 가창 용도가 바뀌
었다고 친절하게 토를 달아 놓았다.

그가 이와 같이 《삼국유사》를 편찬하면서 굳게 지켜 온 집필
의 기본 원칙을 한마디로 말하자면 바로 '용의주도함'이다. 향가
와 관련된 위의 예뿐만 아니라 곳곳에 협주夾註를 달아서 보충하
고, 나아가 확실하지 않은 것은 현장을 찾아가서 확인한 뒤 바르
게 기술한 것으로 우리는 그의 치밀함을 확인할 수 있다.

그런 일연이 〈처용랑 망해사〉 조에서만 유독 향가 〈처용가〉에
대해서는 상설하고 당연히 언급하고 넘어가야 할 고려의 무가인
〈처용가〉에 대해서는 함구로 일관한 것은 결코 정상적이라고 할
수 없다. 대저 입을 다물고 누락시킨 까닭은 무엇일까. 문장이
길어 이어俚語로 되어 있기 때문이라면 〈도솔가〉 조에서처럼 그
런 이유로 기재하지 않는다고 사족을 달아야 할 터이고, 향가

〈처용가〉가 후대 무가로 변모되었다면 〈풍요〉 조처럼 그 또한 토를 달아야 마땅히 일연다운 기술이라 할 수 있다. 그런데 왜 〈처용랑 망해사〉 조는 예외였을까. 이에 타당하다고 믿는 해답을 내놓는다. 일연이 《삼국유사》를 엮은 충렬왕忠烈王 때까지 무가인 〈고려처용가〉는 만들어지지 않았기 때문이다. 그전에는 첫째, 전혀 존재하지 않았을 수 있고, 둘째, 《악학궤범》 등에 실린 노랫말 수준의 완결된 것이 아닌 그와 유사한 가사가 구비로 전승되다가 《삼국유사》 이후에 현전하는 내용과 형태로 정착되었다고 가상해 본다. 후자일 가능성이 좀 더 높지 않을까 싶다. 어느 경우든 〈고려처용가〉는 충렬왕 이후 생성되었고, 《고려사》 속악 조로 넘겨짚자면 고려 말엽에 생기기는 하였으나 궁중의 큰 행사로서 자리를 잡은 때는 조선왕조가 들어선 이후였다. 충렬왕 이후라는 전제 아래 그 시기를 좀 더 좁혀 보자. 입증할 자료가 몇 있으나 번거로움을 피하고자 《고려사》 속악 조에 있는 이제현의 해시解詩만 인용한다.

> 옛날 신라의 처용 옹은
> 푸른 바다 가운데서 왔다고 일컬어 왔다
> 자개 이빨〔貝齒〕에 붉은 입술로 달밤에 노래하였고
> 높이 솟은 어깨에 자주 소매로 봄바람 속에서 춤을 추었다

위의 시 가운데 특히 처용의 입과 이빨 모습과 춤추는 동작을 묘사해 놓은 대목이 〈무가처용가〉의 14~15행 "아으, 천금 먹으시어 넓으신 입에 / 백옥유리같이 하야신 이빨에", 18행 "길경 겨우셔 늘어지신 소맷자락에"와 같거나 유사한 점으로 보아 이제현이

이를 관람하고 지은 것임이 확실하다. 그의 생몰 연대는 충렬왕 13년~공민왕 6년(1287~1367년)이므로 그 사이에 생성된 것으로 추정할 수 있다. 원가原歌가 소멸되지 않고 존재하면서 그것을 토대로 하여 성향이 다른 변용된 노래가 또 파생되었다는 점이 〈처용가〉 군群이 누리고 있는 특별한 시가사적 의의라 하겠다.

이제 벽사진경의 무가인 고려 〈처용가〉의 가사를 만날 차례가 되었다. 전문 43행으로 된 긴 노래이므로 여기에 전부 인용하는 일은 생략하기로 한다. 긴 가사이지만 요점은 역신을 퇴치하는 처용의 위용과 그의 주력呪力으로 열병신이 제압당한다는 것이다.

> 新羅盛代昭盛代
> 天下大平羅候德處容아바
> 以是人生애 相常不語ᄒ시란ᄃᆡ
> 以是人生애 相常不語ᄒ시란ᄃᆡ
> 三災八難이 一時消滅하샷다
>
> (하략)

서사는 이렇게 시작된다. 이 다섯 줄을 두고 본사가 시작되는 6행 이하의 내용과는 무관한 것, 당악 대곡의 구호치어적인 것으로 이해하기도 하나, 신라의 나후덕(일식의 신이라는 별, 잉태 6년 만에 출생한 석가의 참을성 있는 적자, 신라의 군후 곧 나왕의 덕德… 등) 운운한 것을 참작할 때 원류가 되는 신라와 그때 일어났던 처용 사건을 전제로 한 것임을 알 수 있다. 따라서 본사와 맥락 연결을 염두에 두고 지어진 부분이라고 하겠다. 〈고려처용가〉의 핵심은 그 이하, 6행부터에 놓여 있다.

　　어와아비즈싀(이)여 처용處容아비즈싀(이)여

　　　　　　　　　　　　(7행~22행 생략)

　　아으 계면界面도ᄅ샤 넙거신 바래(하략)

　　모두 18행이나 되는 이 절은 처용의 형상을 머리끝에서부터 발에 이르기까지 전신을 묘사해 놓은 것이다. 〈고려처용가〉는 가무척歌舞尺이 노래하고 춤추는 등 온몸으로 공연하며 움직이는 정재呈才다. 대문 위에 걸어 놓은 박제 같은 것과 성격이 전혀 다르다. 그러므로 전신의 각 부위를 부각시킬 필요가 있었을 것이다. 역신·열병신처럼 사람의 중한 목숨을 앗아가는 악귀를 물리치려면 처용은 거인이고, 신체 각 부위는 역신이 두려워하리만큼 공포스러우면서도 화려해야 한다고 믿었다는 뜻이다. 몸만 보고서도 귀신이 제압당하게끔 하였다는 얘기다.

　　세 번째 단락은 24행~31행까지가 된다.

　　누고지서(어) 셰니오
　　누고지서(어) 셰니오

　　　　　　　　　　　　(26행~28행 생략)

　　마아만 마아만 ᄒ니여
　　십이제국十二諸國이 모다지서(어) 셰니오
　　아으 처용處容아비롤(를) 마아만ᄒ니여

　　처용의 전신상全身像을 누가 지었느냐고 묻는 형식을 통해 비단 고려인뿐만 아니라 열두 제국의 사람들이 지어서 세워 놓았다고 진술했다. 여기에 이르러 처용은 요즘 말로 치자면 '글로벌'한 존재로 상승된다. 대단한 신격神格이 아닐 수 없거니와 거기에 사람의 손이 가는 바늘과 실도 없이 만들어졌음이 첨가됨에 따라 인공人工이 아닌 신神의 손길이 미쳤음을 내비치고 있다. 그만큼 신성성을 확보한 존재라는 뜻이다.

32행 이하 끝줄인 44행까지는 여러 사설이 섞여 있어서 이해하기에 혼란스럽다. 마무리를 하면서 할 말이 많은 것을 서둘러 한 자리에 모아 놓은 인상이 짙다. 편의상 32행~34행은 잠시 뒤로 미루고 먼저 35행~37행부터 살펴보자. 이 대목은 〈신라처용가〉 가운데 6행까지를 옮겨 놓은 것이다. 그 사설은 이와 같다.

> 東京 밝은 달에 밤새도록 노닐다가
> 들어와 내 자리를 보니 가랑이가 넷이로구나
> 아으 둘은 내 것이거니와 둘은 누구 것이뇨

이 인용 가사가 왜 거기에 삽입되었으며 그 기능과 의미는 무엇인지 등에 대하여 학설이 분분하다. 하지만 그렇듯 어렵게 접근할 필요가 있을지 참으로 의문이다. 괜히 복잡하고 난해하게 해석하여야 '심도 있는 학문 연구'로 착각하고 있는 학계의 병통이 드러난 현상이라고 아니할 수 없다. 쉽게 제대로 풀이하자면, 그 앞에까지는 처용의 위용과 신성성을 그려 놓은 것이고 인용된 〈신라처용가〉는 역병에 걸려 있는 상태를 묘사해 놓은 것이다. 이치로 생각해 보자. 두 단락의 맥락 연결은 극히 자연스럽다. 축귀逐鬼의 위력이 있는 처용이 그 뒤의 현상을 처리한다는 의미에서 〈신라처용가〉가 뒤를 이었다고 간단하게 생각하면 된다.

> 머자 외야자 綠李야
> 샐리나 내 신고홀 미야라

　　아니옷 믜시면 나리어다 더즌말

　　32행에 갑자기 나오는 "머자 외야자 綠李"(버찌, 오얏, 녹리)는
무엇인가. 열병신의 다른 명칭이다. 33행에 "셜리나 내 신고홀 민
야라"(빨리 내 신코를 매라)는 명령은 문면 그대로 신코를 매라는
것이 아니라 '내 앞에 무릎을 꿇으라', 곧 굴복하라는 의미로 해
석함이 근사하다.[39]

　　이상 무가巫歌의 큰 줄거리만 파악하는 것으로 만족하고 여기
서 매듭을 짓기로 한다. 이 노래를 어휘 하나하나 문맥 한 줄 한
줄, 그리고 전승 과정과 기타 여러 문제에 대해서 전문적으로 파
고든 논저가 많이 축적되어 있다.[40] 이들 연구물을 다각도로 참
고하지 않고 여기서 멈추는 까닭은 이 무가의 특수성 때문이다.
풀어서 말하자면 이 노래는 문학에 속하지 않고 민속물에 해당된
다. 한 발짝 더 들어가서 언급하자면 인간 사회의 애환이나 정서
와 사유세계를 노래한 것이 아니라 귀신을 상대로 해서 그만이
들도록 지어서 부른 노래라는 뜻이다. 그런 특정 집단의 푸닥거
리에 깊이 빠질 이유가 없고 다만 벽사진경의 큰 대목만 아는 것
으로 충분하기 때문에 이쯤에서 마무리를 짓기로 한 것이다.

　　이렇게 매듭지으면서 두 가지를 덧붙인다. 첫째, 고려 때 처용
문화는 실제로는 노래가 뒷전에 나앉고 춤과 놀이를 앞세웠다는

---

39) 이정선, 앞의 책, 156~157면.
40) 김수경, 앞의 책; 김영수, 〈처용가 연구의 종합적 검토〉, 《국문학논집》 16집,
　　단국대학교 국어국문학과, 1999; 서대석, 《무가문학의 세계》, 집문당, 2011;
　　최철, 〈고려처용가의 해석〉, 처용간행위원회 편, 《처용연구전집》 Ⅱ—문학2,
　　역락, 2005; 임주탁, 〈고려 〈처용가〉의 새로운 분석과 해석〉, 《한국문학논총》
　　40집, 한국문학회, 2005 등 다수가 있다.

점이다. 둘째, 궁중 연행에서 국왕의 성수만세를 축원하는 송도가
의 성격도 겸하였다는 점이 눈길을 끈다.[41] 이 부분을 필자대로
연상하자면 신라 〈처용랑 망해사〉 조의 주지는 '나라의 멸망[國終
亡]'이라고 확신하거니와 이런 비극적인 과거사가 고려에서는 재
현되지 않기를 기원하는 뜻에서 그와 같은 성격이 가미된 것이
아닐까 조심스럽게 추정해 본다.

2. 틀에 갇힌 〈동동〉의 인고忍苦

〈동동〉이야말로 어느 시기에 태어난 노래인지 도무지 감을 잡
을 수 없다. 지금까지 거론된 속요들은 비록 정확하지는 않지만
작은 꼬투리를 잡아서 연대를 추정할 수 있었다. 그런데 〈동동〉
만은 예외다. 그런 까닭에 이 시가사 연구의 끝자리에 앉히기로
하였다.

〈동동動動〉은 '기다림의 노래'다. 〈님의 침묵〉이 현대의 〈동동〉
이라면 속요인 〈동동〉은 고려시대의 〈님의 침묵〉이다. 이렇게 규
정하여도 좋으리만큼 두 노래는 아주 오래전인 옛 시대와 지금 2
0~21세기를 대표하는 기다림의 시가이다. 향가 이후 오늘에 이르
기까지 이어 온 우리 시가문학 전체 역사[全史]의 절창이요 또한
거편巨篇으로 꼽히는 노래다. 달거리체인 〈동동〉은 일 년 열두 달
동안 기다리며 쉼 없이 구슬픈 가락을 빚어낸다. 한용운 또한 마
찬가지, 그는 평생을 한 해로 생각하고 살아 있는 동안 노래하기
를 멈추지 않았다. 문학사적으로 두 노래는 하나의 끈으로 연결

---

41) 윤성현, 앞의 책, 320~321면.

된다. 〈동동〉이 튼실한 뿌리라면 〈님의 침묵〉은 화려한 꽃이요
열매에 비견할 수 있다. 이렇게 기술한 것으로서 〈동동〉의 시가
사적인 의의와 위상의 요체는 정리되었다고 말할 수 있으리라.

〈동동〉의 첫 연은 이렇게 운을 뗀다.

> 덕德을랑 신령님께 바치옵고
> 복福을랑 임(금)에게 바치옵고
> 덕이여 복이라 하는 것을
> 드리러 오십시오
> 아으 동동動動다리

〈정석가〉와 마찬가지로 당악 대곡의 구호치어적 발상에서 지
어 올린 서사序詞다. 이런 첫 연의 존재로 보아 〈동동〉은 11대
문종 27년 당악 수입 이후에 궁중악장으로 정착된 노래임을 알
수 있다.

〈동동〉의 화자는 자연 현상의 변화가 자신에게 연동되지 않는
것을 탄식하며 정월 벽두부터 구슬픈 노래를 부른다. 4월 노래인
5연에서도 같은 독백은 이어진다. 아래에 함께 인용한다.

> 정월 냇물은
> 아으 얼으려 녹으려 하는데
> 누리 가운데 나서는
> 몸하 홀로 살아가는구나
> 아으 동동다리
>
> (2연)

사월 아니 잊고
아으, 오셨구나 꾀꼬리새여
무엇 때문에 녹사錄事 님은
옛날을 잊고 계신가
아으 동동다리

(4연)

정월에 언 냇물이 반쯤 녹을 낌새가 보이고, 더 나아가 사월을 잊지 않고 봄의 전령사인 꾀꼬리가 찾아오자 화자는 자신의 신상에도 고대하던 변화가 당연히 일어나리라고 기대한다. 이런 바람은 이뤄질 수 없는 헛된 꿈임에도 계절과 자연의 변화에 혹시나 하는 마음으로 운명을 건 화자의 순진하고 어리석은 소망이 눈물겨울 정도로 시리다. 자연과 인간의 삶을 일치시키려는 이러한 시도는 현대시에도 자주 나온다. 그 가운데 〈동동〉과 닮은 두 편을 아래로 옮긴다.

강이 풀리면 배가 오겠지
배가 오면은 님도 탔겠지

님은 안 타도 편지야 있겠지
오늘도 강가에서 기다리다가 가노라

님이 오시면 이 설움도 풀리리
동지섣달에 얼었던 강물도
제 멋에 녹는데 왜 아니 풀릴까
오늘도 강가에서 기다리다 가노라

— 김동환, 〈江이 풀리면〉

〈동동〉의 2·5연과 어쩌면 이토록 닮았을까. 해설을 보태는 것이 외려 부질없는 노릇이니 건너뛰기로 한다.

> 송화松花 가루 날리는
> 외딴 봉우리
>
> 윤사월閏四月 해 길다
> 꾀꼬리 울면
>
> 산지기 외딴 집
> 눈 먼 처녀사
>
> 문설주에 귀대이고
> 엿듣고 있다
>
> — 박목월, 〈閏四月〉

사월, 제철을 잊지 않고 어김없이 찾아온 꾀꼬리를 바라보면서 낙담한 〈동동〉의 화자가 그 직전 가슴 설레면서 기쁜 소식을 기다릴 때의 심정이 바로 〈윤사월〉의 주인공인 눈 먼 처녀의 마음이었으리라. 이 또한 더 보탤 말이 없으므로 입 다물고 있는 것이 차라리 현명하다. 그 대신, 앞에서 시사적詩史的으로 조명할 때 〈동동〉을 〈님의 침묵〉의 작품인 양 전체적인 의미를 부여하였듯이, 이번에는 부분적인 면에서 김동환·박목월이 읊은 시와 또 다시 시대를 뛰어넘어 상통하고 있다는 점을 명기키로 한다. 그토록 사모하며 기다리는 〈동동〉의 임은 과연 어떤 인물이며 또한 화자는 어떤 존재인가. 2·3월 노래와 6·10월 노래에서 그 정체를 만날 수 있다.

　　이월 보름에
　　아이 높이 켠
　　등불 다워라
　　만인 비치실 모습이시로다
　　아으 동동다리

(2월 노래)

　　삼월 나면서 핀
　　아으 늦봄 진달래꽃이여
　　남이 부러워할 모습을
　　지니고 나셨도다
　　아으 동동다리

(3월 노래)

　임은 등불이며 진달래꽃이라고 하였다. 만인을 비추는 존귀한 존재이며 만인이 부러워할 아름답고 출중한 인물이라는 것이다. 비록 녹사錄事라는 낮은 관직에 있지만(4월 노래) 사랑하는 데 꼭 사회적 신분이 필수적인가. 화자는 이렇게 뽐내며 자랑하고 있으나 그 말 속에 함정이 파여 있음을 모르고 있어서 지켜보기에 참으로 딱하기만 하다. 어떤 함정인가. 6·10월 노래를 읽고 난 뒤 알아보기로 하자.

　　유월 보름에
　　아으 벼랑에 버린 빗 다워라

돌아보실 님을
잠시나마 쫓아갑니다
아으 동동다리

(6월 노래)

시월에
아으 잘게 저민 보릇(보리수나무) 다워라
꺾어 버리신 뒤에
지니실 한 분이 없구나
아으 동동다리

(10월 노래)

유월 보름은 유두일流頭日이다. 예로부터 상서롭지 못한 일을 예방하기 위해서 일가친지들이 함께 계곡에 가서 머리를 감고 빗으며 몸을 씻은 뒤 벼랑에 빗을 버리는 유속이 있었다. 시월 노래에 나오는 보리수도 염주가 완성된 뒤 방기放棄되었다는 점에서 유두일의 빗과 같다. 화자가 그와 같다는 뜻이다.

화자는 임과 이렇듯 천양天壤의 차이가 나는 사이다. 2·3월 노래를 다시 자세히 읽으면 임은 화자만이 사랑하며 존경하는 존재가 아니다. 만인이 사모하며 그리워하는 만인의 애인이다. 그런 대상을 버려진 빗이나 보리수나무와 같은 하찮은 화자가 자신만의 임인 양 착각하고 일 년 열두 달 내내 짝사랑하며 기다리는 그 자체가 잘못된 것이다. 그것이 바로 함정인 셈이다. 〈동동〉은 애당초 재회며 상봉이 이뤄질 수 없는 연모의 노래로 시작된 속요다.

사실을 말하자면 〈동동〉은 체험의 시가 아니라 만들어진 노래다. 사랑의 시는 열애의 순간보다 헤어짐과 기다림의 세월이 있어서 아름답다. 참고 견뎌 내기가 참으로 어려움에도 사람들은 그 인고忍苦 때문에 연가戀歌를 애창하고 애독한다. 〈동동〉은 그런 만인들의 마음을 채워 주려고 이른 시기에 만들어진 만인의 노래다. 이것이 시사적인 면에 비춰 본 〈동동〉의 원래 모습이다.

위에서 화자와 임의 거리가 천양지간이라고 하였다. 이와 관련하여 한마디 보태기로 한다. 향가 〈찬기파랑가〉에서 화자(충담사)는 찬모의 대상인 기파랑을 '하늘의 달'로, '잣가지 높아 / 서리 모르올 화판花判'으로 비유하였다. 천상과 지상을 지배하고 있는 그런 존재로 부각시켜 놓았다. 반면 그 자신은 '일오逸烏 냇물의 조약돌'로 크게 낮추어 놓았다. 〈동동〉에서 읽은 장면이 앞선 시대의 노래에 이미 있었음을 알겠거니와 그러므로 역사적인 맥락에서 이런 점에도 관심이 가지 않을 수 없다. 유사 인물의 전승을 챙길 필요가 있다는 뜻이다.

달거리체의 노래42) — 사실 이 특성을 가장 먼저 거론하는 것이 글쓰기의 바른 순서다. 한 달도 빠짐없이 그리움과 기다림의 간절한 언어를 정해져 있는 틀과 규격에 맞춰서 빚어낸다는 것, 이것이야말로 요즘의 말로 하자면 〈동동〉의 브랜드요 상표다. 누구나 다 알고 있는 고유한 형식이기 때문에 이제야 뒤늦게 언급하는 것일 따름이다. 그러나 단지 그 이유만으로 글의 끝부분에서 비로소 화두로 삼는 것은 아니다. 일 년의 반은 절일節日이 있는 달이다. 그런 달이나 날일수록 돌아오지 않는 임을 그리워하

---

42) 임기중林基中, 〈고려가요 動動攷〉, 《고려가요연구》, 정음사, 1979. 그는 이 논문에서 〈동동〉을 '월령체가'가 아니고 중국의 十二月 相思之曲에서 비롯된 '달거리체 노래'라고 규정하였다.

는 그 마음은 처량하기 이를 데 없다. 이런 사정은 8·15광복 직후, 그리고 6·25동란→1·4후퇴 당시 북에다 부모·형제자매를 다 놔두고 혈혈단신 남으로 내려와 70년 동안 눈물로 모진 세월을 보낸 월남 동포의 경험담을 들으면 저절로 알 수 있다. 설날·추석이 찾아오면 속된 말로 미치겠다고 한다. 절일이 없는 달보다 한층 더 비감에 젖는다는 것이다.

그러나 이것은 인간의 심정적인 측면에서의 실상이다. 시의 관점에서 성찰한 바는 아니다. 시는 화자의 속내와 정서가 어딘가에 얽매이지 않고 순수하게 드러나는 것을 미덕으로 삼는다. 정형시일지라도 그렇다. 미리 정해져 있는 틀과 규격에 맞춰서 마치 기계가 돌아가듯 이끌려 돌아가는 시를 진정성 면에서 후하게 평가하지 않는다. 공작工作의 성격을 벗을 수 없기 때문이다.

〈동동〉을 기다림의 절창으로 인정하면서도, 절일이 있는 날을 비롯하여 매월 의무적으로 달력을 넘기듯 인위적인 형식으로 구성되어 있는 태생적인 점 때문에 기왕 넉넉하게 평가한 데서 얼마쯤 점수를 감해야 하는 이유가 바로 여기에 있다. 달거리체 노래의 양면은 이와 같다.

섣달, 12월 노래에서 화자는 그만 타인에 의해서 훼절한다. 가슴을 치며 슬퍼하여도 아픈 상처는 아물지 않을 일이다. 하지만 화자가 자진해서 정절을 꺾은 것이 아닌 이상, 임을 향한 그녀의 한결같은 마음은 변함이 없다. 바로 그와 같은 곧은 단심이 있기에 화자는 새해를 맞아 임과의 해후를 기다리는 노래를 다시 부르기 시작한다. 이러한 순환구조의 반복성에 유의하며 틀로 꽉 짜인 〈동동〉의 달거리체 노래에 좋은 점도 있음을 얼마간 인정하기로 한다.

제6장 《소악부》의 반속요적 노래와 시가사적 의의

1. 《소악부》의 편찬시기와 계기

텍스트를 읽기에 앞서 이 작품집을 어느 시대에 배치하느냐는 문제가 당연히 거론되어야 한다. 17편 모두 같은 시대의 속가는 아니다. 따라서 원칙론에 입각하여 개별 작품이 어느 때의 것인지를 밝혀내서 시대별로 서술하는 것이 마땅하다. 그러나 이는 전혀 불가능한 일이다. 익재의 〈장암〉·〈수정사〉·〈북풍선자〉와 급암의 〈월정화〉 등 몇 작품 정도가 어느 때의 것인지 짐작할 수 있을 뿐 나머지 대다수는 연대를 알 수 없는 것들이다. 사정이 이러므로 《소악부》의 편찬이 진행되고 마무리된 충선왕 이후 31대 공민왕 때까지에 17편 모두를 올려놓는 것이 차선의 방법이 될 것이다.

필자는 시기와 관련된 위의 논리에 물론 이끌리지만, 그보다 몇 배 더한 이유로 《소악부》가 앉을 자리가 바로 이 지점일 수밖에 없다고 말하고자 한다. 왜 그런가? 뒤에서 《소악부》의 전모가 드러날 터이므로 짧게 언급한다. 헤아리건대 번해자인 익재·급암의 '반反〈쌍화점〉·반反〈만전춘 별사〉'라는 강한 반발 의식이 발동하여 마침내 개인 차원에서 악부체 시집을 편찬하는 작업에 착수하였다고 판단한다. 이 점을 입증할 방증 자료는 없다. 필자의 사관史觀에 따라 이렇게 해석하는 것일 따름이다.

생각해 보자. 충렬왕과 그 측근 행신倖臣들이 '남장男粧'이라는 비공식 기구를 만들어 군신이 뒤엉켜서 기녀들을 끼고 밤낮으로 변태적인 〈쌍화점〉에 취하여 황음방탕에 빠졌던 앞 시대의 타락상을 전해 들었을 때, "도덕의 으뜸이요 문학의 종장宗丈"(이색의 〈묘지명〉 일절)이라는 호평과 찬사를 들으며 살던 익재의 심정이 과연 어땠을까. 광종 이후 그렇듯 염려하고 걱정하던 후대의 군주가 그 지경까지 타락한 소문을 들은 그의 탄식이 얼마나 컸을까.

거기에 〈만전춘 별사〉까지 궁중의 악가로 들어가서 희희낙락하는 꼴을 접하고 얼마나 심란했을까. 노래는 시대상을 반영하는 것이거늘 혹시 향가 〈처용가〉의 서사기록 말미에 나오는 '나라의 멸망[國終亡]'이라는 우려와 근심, 걱정에 사로잡히지는 않았을까. 이래서는 안 되겠다는 강한 의식이 발동하여 반동의 심리로 편찬한, 속뜻이 깊고 의미 있는 번해시집이라고 단정한다. 세상에는 〈쌍화점〉·〈만전춘 별사〉류의 노래 이외 시대상과 사회상을 비판하고 폭로한 건강한 민요도 있다는 사실을 알리고자 《소악부》를 엮는 작업에 손을 대기에 이르렀다고 확신한다. 그 시기가 익재와 급암이 태어나서 서거할 때와 맞물린 고려 말이다. 《소악부》는 그때의 문학 유산이다.

익재와 급암의 《소악부》는 존재해 있었다는 것만으로도 문학사적인 의의가 있다. 어떤 작품들이 수록되어 있느냐를 논하기에 앞서 그렇다. 노랫가락을 귀로 듣고 흥겨워할지언정 어느 누구도 문자를 사용하여 기록해 놓는 일을 엄두조차 내지 않을 때, 익재가 그 일부를 먼저 악부체로 옮기고 그 뒤를 급암이 이은 것이다. 이 일련의 번안 작업을 우리는 균여대사가 향찰문자로 〈보현십원가〉를 번안해 낸 것과 유사하거나 동일한 것으로 규정하여 크게 의미를 부여하지 않을 수 없다.

익재와 급암이 어떤 인물이었는지 그 생평과 행적을 소상하게 더듬는 일은 생략키로 한다. 다만 익재로 말하자면 고려를 대표

하는 학자·문사의 한 사람으로, 26대 충선왕忠宣王의 권유에 따라
왕과 함께 장장 10여 년 동안 원나라에서 생활한 바 있는데 그때
요수姚燧 등 중국의 저명한 학자·문인과 교유하며 피토彼土의 학
술과 문장, 역사·문물제도·풍물 등을 두루 섭렵하여 중국통中國通
으로 널리 알려진 인물이라는 점만은 적어 둔다. 더욱이 짓기에
까다롭기 이를 데 없는 악부시 창작에 능하여 우리나라 문인으로
그를 따를 사람이 없었다는 점도 덧붙여 놓기로 한다. 급암은 익
재만큼 명성이 드날린 문사는 아니었으나, 전해 오는 바에 따르
면 그도 정도전鄭道傳·이색李穡·이곡李穀 같은 당시 저명한 여러
문사로부터 찬사를 받았던 출중한 시인이었다. 그렇기 때문에 익
재가 자신이 1차 번해한 소악부 여러 편을 그에게 보여주고 번안
작업에 동참하기를 강력하게 종용하였다고 본다.

　익재가 《소악부》를 짓기로 한 것은 원에 머물면서 접한 한대漢
代 이후 꾸준히 이어져 온 악부시樂府詩의 영향이 컸을 터이다.
그리하여 모국인 고려의 민요도 그처럼 일부 수집하여 기록문학
으로 바꿔 놓아서 시대상을 증언하려는 의도가 작용되었다고 믿
는다. 그때 고려에는 이규보李奎報·이지저李之氐·임종자林宗庇 등
관료·문사들이 민가의 노래를 채집하여 구호口號를 올려서 임금
에게 바치는 관행이 있었다. 그러나 그런 목적 없이 순전히 개인
차원의 취지에 따라 번해시집을 낸 예는 익재·급암 이외 다른 인
사에게서는 찾아볼 수 없는 일이다.

　이상 언급한 몇 가지를 《소악부》의 시가사적 의의로 꼽을 수
있다. 이는 1차로 정리한 것이고, 이제 두 사람이 어떤 민요를 번
해하였는지 작품명을 열거하고, 이어서 문학세계를 살핀 뒤 2차
로 시가사적 가치와 의미를 후첨키로 하겠다.

- 익재의 소악부(《익재난고益齋亂藁》 권4 수록)

  〈장암長巖〉·〈거사연居士戀〉·〈제위보濟危寶〉·〈사리화沙里花〉·〈소년행少年行〉·〈처용處容〉·〈오관산五冠山〉·〈서경西京〉·〈정과정鄭瓜亭〉

  (이상 9편, 1차 번해한 것)

  〈수정사水精寺〉·〈북풍선자北風船子〉 (이상 2편, 2차 번해한 것)

- 급암의 소악부(《급암선생시고及菴先生詩藁》 권3 수록)

  〈정인情人〉·〈인세사人世事〉·〈흑운교黑雲橋〉·〈삼장三藏〉·〈안동자청安東紫靑〉·〈월정화月精花〉

2. 《익재 소악부》의 시세계와 메시지

익재의 몇 편(〈처용〉·〈서경〉·〈정과정〉)과 급암의 한 편(〈삼장〉)을 제외하면 그 외의 노래들은 처음 접하는 생소한 가요임을 알 수 있다. 따라서 그들이 고려가요의 양적인 범위를 크게 넓혀 놓은 업적을 먼저 꼽지 않을 수 없다. 양적인 면에서뿐만 아니라 노래의 내용도 국문으로 전해 오는 속요들과 전혀 다른 것이 대다수여서 고려 가요사가 두 사람의 노력에 힘입어 단조로움에서 벗어나게 되었음을 또한 들지 않을 수 없다. 이 또한 시사적으로 부각시킴이 옳다.

익재의 첫 번째 노래인 〈장암〉을 옮기면 다음과 같다. 윤성현의 《우리 옛노래 모둠》(보고사, 2011)에 실려 있는 해석문을 인용한다.

구구 우는 참새야 너 무엇하다가	拘拘有雀爾奚爲
그물에 걸린 어린 새끼 되었구나	觸着網羅黃口兒
눈알은 원래 어디에다 쓰려는지	眼孔元來在何許
가련토다 그물에 걸린 어리석은 참새야	可憐觸網雀兒癡

제목인 〈장암長巖〉은 지명으로, 《고려사》악지에 노래의 유래가 적혀 있다. 평장사 두영철이라는 이가 장암에서 유배생활을 할 때 한 노인과 친하게 지냈다. 그 노인은 두영철에게 향후 영달을 더 구하지 말라고 충고하였다. 그 뒤 얼마 지나 귀양에서 풀려난 두영철은 다시 벼슬살이를 하다가 그만 또 죄를 지어 예전에 유배생활을 하던 바로 그곳을 지나게 되었다. 이에 노인은 이 노래를 지어 그를 딱하게 바라보면서 질책하였다. 전문이 비유로 되어 있지만 창작 배경을 알고 읽으면 이 노래의 주지主旨가 무엇인지 쉽게 알 수 있다.

〈장암〉은 경계警戒·교술의 노래다. 이렇게 시작된 익재의 소악부는 인간이 세상을 살면서 지켜야 할 강상綱常과 세태 풍자에 속하는 노래들이 주류를 이루고 있다. 다음은 〈사리화〉다.

참새는 어디서 오가며 나는가	黃雀何方來去飛
한 해 농사는 아랑곳 않고	一年農事不曾知
늙은 홀아비 홀로 갈고 맸는데	鰥翁獨自耕耘了
밭 가운데 벼와 기장 다 먹어 치우네	耗盡田中禾黍爲

사회현실에 대한 그의 고언苦言과 비판은 〈사리화〉에서 탐관오리의 가렴주구를 고발하는 쪽으로 이동한다. 비유와 풍자의 기법으로 목민관의 수탈과 그로 말미암아 비참한 삶을 살고 있는 농

민의 지친 모습을 드러내는 데 초점을 맞추고 있다. 당시 여항에 떠돌던 여러 노래 가운데 굳이 이를 택하여 문자로 정착시켜 놓았다는 점에서 단순하게 보아 넘길 노래가 아니다.

번역된 시가 아닌 창작된 시에서 우리는 시인의 사유와 정서, 독자에게 전하고자 하는 메시지를 읽는다. 그러나 어디 창작시에서뿐이랴. 저잣거리에 떠도는 수많은 속가를 선별할 때 어떤 노래를 골랐는지를 보고도 고선考選한 사람의 생각과 사상, 세상을 보는 눈이 어떤지를 읽을 수 있다. 〈사리화〉는 익재가 시대와 사회를 어떤 관점에서 보았는지를 직감케 하는 가요다. 다시 두 편을 함께 인용한다.

도근천의 제방 무너져   都近川頹制水坊

수정사 안까지 물이 넘실대누나   水精寺裏亦滄浪

절 방에는 이날 밤 예쁜 처자 감춰 두고   上房此夜藏仙子

절 주인은 황모 쓴 뱃사공이 되었다네   社主還爲黃帽郎

— 〈수정사水精寺〉

밭두덕의 보리 쓰러진 채 두고   從敎壟麥倒離披

언덕의 삼대 또한 갈라진 채 내버려 두었네   亦任丘麻生兩岐

청자와 백미 한가득 싣고   萬載靑瓷兼白米

본토에서 뱃사공 오기만 기다리누나   北風船子望來時

— 〈북풍선자北風船子〉

위의 노래는 목록에서 본 바와 같이 익재 《소악부》의 끝자리에 놓여 있는 작품이다. 시의 내용을 일별하기에 앞서 두어 가지 관련 사실을 먼저 짚어 보기를 한다. 〈수정사〉·〈북풍선자〉 이 두 번안시는 급암의 《소악부》를 낳게 한 의미 있는 노래다. 위에서 열거한 작품 목록을 다시 살피면 〈장암〉 이하 〈정과정〉까지 9편이 익재가 일차 번해한 것이다. 그는 이것을 적임자로 생각한 급암에게 보내어 자신처럼 여항의 노래를 찾아서 악부체로 옮길 것을 권한다. 쉽게 말해서 공동 작업을 하여 편수를 늘리자는 것인데, 이로 보면 《소악부》에 대한 그의 의식과 애착이 예사롭지 않았음을 충분히 짐작할 수 있다. 이 두 편을 받아 본 급암은 익재의 관심이 주로 사회 비판에 있음을 1차 번해시를 받았을 때보다 더 확실히 간파하고 그제야 6편의 〈소악부〉를 보태게 된 것이다. 이 점에서 〈수정사〉·〈북풍선자〉의 특별한 의미를 찾을 수 있다.

두 편은 제주 민요다. 특히 〈북풍선자〉를 보면 이 노래가 고려와 원나라가 삼별초난을 진압하고 이어서 왜倭를 정벌하고자 제주에 군사를 주둔시켰을 때의 것임을 짐작할 수 있다. 그렇다면 23대 고종 말엽 이후의 민요였음이 확실할 것이다.

〈수정사〉는 한마디로 말해서 '승방僧房의 에로티시즘'에 해당되는 노래다. 따라서 이 노래는 남녀상열이 주류를 이루는 국문 속요의 목록에 포함시켜도 괜찮다. 익재는 이처럼 음사 계열의 민요에도 귀를 기울이며 관심을 표명하였다. 그는 최승로와 달리 속요—민요 전반에 비교적 관대하였다. 광종 이후 5백 년 동안 이어져 온 노래인 이상 왕조의 예술문화사 차원에서 싫든 좋든 인정하였다고 본다. 이렇듯 넓은 마음으로 수용하면서도 뼈가 있는 노래에 더욱 관심을 기울였기에 《소악부》가 탄생하였다고 판단한다. 어느 시대이든 음담패설이 남정네 사회의 단골 이야깃거리〔笑話〕인 점을 감안하면 그가 〈수정사〉를 택한 속내를 헤아리기에 어렵지 않다.

　　그러나 단순히 그런 취향 때문에 이 노래를 건사하였을까. 그의 내심을 유심히 들여다보면 의도한 바는 다른 데 있었음을 눈치챌 수 있다. 승방에서 사주社主가 예쁜 처자와 난잡한 성행위를 즐기는 것은 요컨대 불가의 타락상을 여실히 드러낸 것이며, 정숙해야 할 여인네들의 성적인 문란으로 대변되는 어지러운 세태 또한 풍자하며 고발한 것으로 귀결된다. 이렇게 해석해야 〈수정사〉의 본뜻이 제대로 드러난다고 할 수 있다. 단순히 음사淫詞로 보여 줄 양이면 공간 설정을 굳이 '승방'으로 할 이유가 없지 않은가.

　　〈북풍선자〉는 또 무엇인가. 고려와 원의 군대가 주둔함에 따라 논밭이 말 목장으로 둔갑하고, 그 때문에 농사를 짓지 못한 백성들의 참담한 생활상을 폭로한 것이 아닌가. 익재는 이 노래를 글로 옮기면서 "예전에는 전라도에서 질그릇과 쌀을 파는 장사가 때때로 왔으나 요즘은 뜸하다. 관청과 개인의 말과 소로 인해 농사지을 땅이 없고, 게다가 오가는 관리 영접에 벅차 백성들의 불행이 커지고 변란도 여러 번 일어났다"고 저간의 경위를 달아놓았다. 이 해설문과 함께 시를 읽으면 〈북풍선자〉가 말하고자 하는 바가 무엇인가를 쉽게 알 수 있다.

3. 《급암 소악부》의 시세계와 메시지

　　익재가 관심을 둔 민요들이 위와 같다면 급암은 어떤 노래를 택하여 번해하였는가. 그도 세태를 탄식하고 풍자한 노래들을 찾아서 기록문학으로 남긴다. 그 대다수는 예민한 주제로 일관하고 있다. 첫 번째 작품인 〈정인〉은 익재의 〈수정사〉처럼 어지러운 성행위를 다룬 것인데, 이를 드러내 놓고 묘사한 방법과는 달리 에둘러서 사찰의 문란한 풍기를 살짝 건드린 연가戀歌류의 풍가諷歌다. "정든 님 보고픈 뜻이 나거든 / 모름지기 황룡불사黃龍佛寺의 문에 당도하시라……"라고 운운한 것을 보아 그렇게 규정할 수 있다. 이런 야한 노래를 맨 먼저 번안한 것을 보면 아마도 익재의 2차 소악부 첫 번째 작품인 〈수정사〉와 유사한 것을 의도적으로 고른 것이 아닌가 싶다.

〈정인〉의 뒤를 잇고 있는 〈인세사〉와 〈흑운교〉는 특정한 어느 현상이나 사건을 다루면서 고발하고 타매한 것이 아니라 사람 사는 세상의 본질적인 허망함과, 방향 감각도 없이 무의미하게 헤매는 인간 군상을 그려 놓은 무거운 노래다. 달리 표현하자면 인생과 인세의 막막한 원초적인 문제를 회의적으로 바라본, 이른바 철학성이 짙은 노래라고 말할 수 있다.

물 가운데 떠도는 거품을 모아	浮漚收拾水中央
거칠고 성긴 베주머니에 부어 담고는	瀉入麤疎經布囊
어깨에 둘러메고 오는 그 모습	擔荷肩來其樣範
마치 인간 세상일 같아 황당하구나	恰如人世事荒唐

　　　　　　　　　　— 〈인세사人世事〉

검은 구름다리 끊어져 위태롭고	黑雲橋亦斷還危
은하수 흘러들어 물결 고요한 때	銀漢潮生浪靜時
이처럼 어둡고 깊은 밤중	如此昏昏深夜裏
거리마다 진흙탕길 어디로 가려는가	街頭泥滑欲何之

　　　　　　　　　　— 〈흑운교黑雲橋〉

허둥지둥 살아가는 사람들의 모습과 황당한 세상의 일을 비관적으로, 또는 절망적인 눈으로 투시하고 있다는 점에서 〈인세사〉와 〈흑운교〉는 똑같이 수평선상에 나란히 놓인다. 익재도 그랬거니와 그 많은 세간의 노래 가운데 굳이 이런 민요를 택한 것을 보면 급암의 인생관, 세계관이 어떤 것인지를 간접적으로 알 수 있다. 허무주의, 염세주의로 표현할 수 있을 것이다.

'물거품―성긴 베주머니―어깨에 메고 다님'·'끊어진 검은 구름 다리―어둡고 깊은 밤―거리마다 진흙탕길', 두 작품의 핵심어를 뽑자면 이와 같다. 그렇듯 허무하고 절망적인 언어가 뒤따르고 있는 한가운데에 인간은 서 있다. 자신들이 서 있는 그 자리가 그처럼 무의미하고 위태롭기까지 한 곳인 줄도 모르고 그들은 남에게 뺏길세라 바둥대면서 살고 있다. 〈인세사〉가 관념적 또는 추상적으로 사람 사는 세상의 터무니없음을 표출해 놓았다면, 〈흑운교〉는 구체적인 비유의 언어를 활용하여 현재 시간을 살아가는 인간의 헛되고 무가치한 삶을 형상해 놓았다. 거기에 비관주의적 인생관·세계관이 무겁게 관류하고 있다.

이처럼 인생과 세사의 근원적인 실존의 국면을 아프리만큼 들춰내던 급암은 방향을 바꿔서 익재식으로 부도덕한 특정의 사건을 포착하여 부각시킨다. 〈삼장〉과 〈월정화〉에서 그런 장면을 접할 수 있다. 전자 〈삼장〉은 국문 속요인 〈쌍화점〉 둘째 연을 번해한 것이다. 알다시피 〈쌍화점〉의 둘째 대목은 삼장사三藏寺의 사주社主가 절집을 찾아온 여인네의 손목을 잡은 행위를 묘사해 놓은 것이다. 〈쌍화점〉의 4개 연 가운데 하필 타락한 승려의 추악한 모습을 담은 연을 그가 택한 것을 보면 익재가 〈수정사〉에서 그려 놓은 불가의 패륜과 짝을 이루려 한 것이 아닌가 싶다.

많이 무너진 고려 말의 불교를 두 유자儒者는 그냥 지나치지 않고 기록으로 남겼다.

> 거듭거듭 진중히 거미에게 부탁하노니   再三珍重請蜘蛛
> 모름지기 앞길에 거미줄 그물 쳐 놓고는   須越前街結網圍
> 멋대로 등지고 날아가는 저 꽃 위 나비   得意背飛花上蝶
> 붙잡아 매어 제 허물 뉘우치게 하려무나   願令粘住省愆違
>   — 〈월정화月精花〉

거미에게 그물을 쳐서 꽃을 등지고 날아가는 나비를 붙잡아 달라는 내용인데 전문이 비유법으로 치장되어 있다. 꽃(여인)에게서 단물만 빨아먹고 종적을 감춘 남성을 저주하고 타매하며 고발한 노래임을 금방 느낄 수 있는데, 여기에는 배경이 되는 사건이 있다. 이 노래의 고향은 진주다. 그곳에서 사록 벼슬을 살던 위재만이 기생 월정화에게 혹하여 바람이 나자 그 부인이 속을 썩다가 그만 병사하고 만다. 이 사실을 안 진주 읍민들이 오입쟁이에게 망신을 주어 매장하는 한편 망자의 혼을 달래려고 이 노래를 지었다는 것이다. 뭇사람들이 지은 공분의 가요라는 점이 특기할 만하다고 하겠다. 제작 동기는 다르지만 신라시대에도 나라 사람들이 노래를 지은 예가 몇 편 있다. 제1부 〈향가 문학사〉에서 예로 든 〈남모가〉·〈해론가〉 등이 그것이다. 그런 전통이 고려시대에도 이어졌음을 놓쳐서는 안 된다. 이 〈월정화〉에 이르러 폭로와 질타, 그리고 교훈이 급암 《소악부》의 주제라는 점이 다시금 명료하게 드러난다.

4. 익재·급암 《소악부》의 시가사적 의의

두 사람의 악부시는 이처럼 뾰족하고 공격적인 것으로만 시종하고 있지는 않았다. 남녀 간의 밝은 연정을 소재로 한 노래도 끼어 있는데, 예컨대 익재의 〈거사연〉이 그런 작품에 해당된다.

까치는 울타리 가 꽃가지에서 깍깍 울고   鵲兒籬際噪花枝

거미는 상머리에 긴 줄 늘이네   蟢子床頭引網絲

고운 님 머지않아 돌아오시려나   余美歸來應未遠

마음이 먼저 내게 알려주누나   精神早已報人知

— 〈거사연居士戀〉

떠나 있는 임의 귀환을 기다리는 여인의 간절한 마음이 아주 청순하게 그려져 있다. 이 노래를 부부애가 넘치는 가요라고 한다면 익재는 이밖에 신라 때부터 전해 오던 〈오관산〉으로 '효孝'를, 〈정과정〉을 옮기면서는 '충忠'을, 〈서경별곡〉의 둘째 연이자 〈정석가〉의 끝 연인 이른바 '구슬사'를 택하면서는 '신信'을 연결지어 나타냈다. 이로 보면 그가 아무 생각 없이 일련의 국문 속요를 고른 것이 아니다. 인간이면 꼭 지켜야 할 '충', '효', '신', '부부애夫婦愛'라는 강상綱常 법도의 소중함을 넌지시 강조하고자 이런 노래들을 《소악부》의 일부로 자리 잡게 하였다고 생각한다. 이런 도덕적인 노래 이외 〈소년행〉에서는 동무들과 나비를 잡으려고 채마밭에 들어가 놀던 때를 회상하였고, 〈처용〉에서는 고려의 '처용희'를 관람하면서 느낀 소회를 진술하고 있다. 두 편 모두 옛날의 일을 되돌아보며 추억했다는 공통점을 찾을 수 있다고 하겠다.

작품 읽기는 여기서 매듭을 짓고 이 글을 시작하면서 예고한 《소악부》의 시가사적인 의의를 추가하기로 하자. 재차 말하거니와 익재와 급암의 번해시로 우리는 고려가요의 소재와 주제가 매우 다양하였다는 사실을 알 수 있었다. 그들이 채취한 노래들은 내용이 불순하거나 주석酒席 연회의 흥취를 돋우는 데 별로 도움이 되지 않기 때문에 궁중 속악으로 채택되지 않았음이 확실하다. 그런 기회를 잡을 수는 없었지만, 고려가요의 저변에는 이런 성향의 노래들이 넓게 자리를 잡고 남녀상열지사인 궁중 속요와 함께 두 갈래를 형성하였다. 이런 점이 《소악부》가 고려 가요사에 기여한 공헌이라고 하겠다. 평민들이 애창하던 노래들이 음사나 연가 말고도 사회성과 시대성이 짙은 별도의 민요로 존재했음을 밝혔다는 점에 《소악부》의 시가사적인 의의가 있다는 뜻이다.

더욱 중요한 것이 있다. 이것이 2차 의의의 핵심이다. 신라의 향가는 고려 사람인 일연이 《삼국유사》에 일부를 실어 놓기 훨씬 이전 그 당대인 신라 말에 《삼대목》에 의해서 수집되고 편찬되었다.

저 앞에서 《소악부》를 〈보현십원가〉와 등가等價의 것으로 규정한 바 있다. 이제 차원을 달리하여 이 《삼대목》을 연상하면서 고려의 《소악부》를 떠올릴 때 우리는 그 역사성에 큰 의미를 부여하지 않을 수 없다.

《삼대목》이 그랬듯이 《소악부》 또한 조선왕조 시대에 빛을 본 삼대 가집에 앞서 고려 당대에 엮어 놓은 오리지널한 악서다. 서로 다른 점이 있다면 《삼대목》이 향찰 표기이긴 하되 원가原歌 그대로를 기재해 놓은 것과 달리 《소악부》는 원가의 일부만을 번해하여 모은 작품집이라는 점이다. 그 점을 비롯하여 《삼대목》은 왕명에 따라 신라 전 시대의 향가를 가려서 편찬한 '큰 시가집'인 반면 《소악부》는 개인 차원에서 만들어 낸 '작은 가요집'이라는 점을 또한 들 수 있다. 이렇듯 서로 다른 점이 몇 있지만 거시적인 관점에서 조명할 때 옛 노래의 편찬을 후대에 넘기지 않고 당대의 자료로 남겨 놓았다는 점에서 평가하면 양자는 다른 점이 없다. 이 말은 다시 말하자면 《소악부》는 곧 '고려의 《삼대목》'이라는 뜻이다. 이 점이 시가사적인 면에서 《소악부》가 누릴 수 있는 가장 큰 미덕이다.

제7장 다양한 형식·특이한 말씨와 징서·
진기眞機의 세계·우리 시의 한시화 등

이제 여(속)요사의 긴 글쓰기를 마치면서 몇 마디 종결의 말을
남길 단계에 이르렀다. 이렇게 운을 뗐지만 막상 입을 열자니 무
슨 말을 어떻게 해야 할지 난감하다. 생각 같아서는 본론에서 언
급하지 않은 속요의 감춰진 몇 특성을 이 마무리 장에서 써 놓고
끝냈으면 참 좋으련만, 아쉽다. 그러므로 여태껏 기술해 온 것 가
운데 핵심이 되는 몇 가지를 요약하여 정리하는 방식, 일반적으
로 결론의 단락에서 손쉽게 쓰는 방법을 택할 수밖에 없다. 그것
도 큰 줄거리에 해당되는 서넛에 치중하겠으며 그런 과정에서 새
로운 내용 얼마쯤을 보태기로 한다.

먼저 화두에 올리고자 하는 것은 속요의 형식이다. 글쓰기의
원칙과 경우를 따지자면 이를 독립된 장으로 설정하여 진즉 논해
야 마땅하지만 설명거리가 많지 않다고 판단하여 이 결론 부분에
서 잠시 언급하기로 한다.

속요의 형식은 한마디로 말하여 '제가끔의 자유 형식', 향가·시
조·가사 등과 달리 일정하게 정해진 격식과 틀이 없는 '막된 형
식', 시가사의 중요 장르에서 쉽게 찾아볼 수 없는 유일한 '잡탕
식의 형식'이라고 하겠다.

이렇게 규정해 놓고 그 속을 들여다보면 연시聯詩(〈청산별곡〉·
〈서경별곡〉·〈쌍화점〉·〈만전춘 별사〉·〈정석가〉·〈동동〉)와 비연시非聯詩
(〈정과정〉·〈이상곡〉·〈고려처용가〉), 단형單型(〈유구곡〉·〈상저가〉·〈사모
곡〉)과 장형長型(〈고려처용가〉·〈동동〉·〈청산별곡〉)이 공존하고 있는
한편, 똑같은 구조와 내용의 연이 거듭해서 이어지는 반복형(〈쌍

화점〉·〈정석가〉의 본사)과 서로 다른 이질적인 노래를 합성해서 만든 편사형編詞型 또는 합사형合成型(〈만전춘 별사〉·〈서경별곡〉)도 있다. 10행체 향가 형식을 변용한 노래(〈정과정〉·〈이상곡〉)가 있는가 하면 당악 대곡의 일부를 따서 서사序詞로 활용한 작품도 있다. 고작 10수 내외의 노래들이 이처럼 각기 다른 외모를 하고 있는데, 조흥구助興句, 여음구餘音句를 대부분 거느리고 있는 것도 고려속요 이외 다른 갈래에서는 볼 수 없는 현상이다. 다른 하위 갈래에서도 전혀 구경할 수 없는 장면이라 하겠다.

속요는 왜 이런 외모를 갖추게 되었을까. 해답은 간단하고 명료하다. 형식이 통일되지 않은 각처(지방)의 민요가 그 모태였기 때문이다. 속요는 창작의 의도가 없이 떠돌아다니는 노래 그대로 지극히 자연스럽게 뿌리를 내린 장르다.

특별한 형식 말고도 귀가 따가울 정도로 들어온 이른바 남녀상열의 작품 세계 또한 거듭 부각시켜도 좋을 것이다. 장르 전체가 이처럼 하나의 내용으로 된 예는 다른 갈래에서는 볼 수 없다.《소악부》의 작품들은 그렇지 않아서 속요의 세계가 매우 다양하였다고 논급한 바 있지만, 고려가요 전체를 대표하면서 중심이 되는 노래는 속요였다.《소악부》는 살펴본 바와 같이 매우 중요한 자요임을 부인할 수 없으나, 그것은 이를테면 열외의 작품집이다.

형식의 내력은 위에서 적은 것처럼 어렵지 않게 알 수 있었는데, 남녀상열의 노래가 어찌하여 속요의 기둥 노릇을 하게 되었는지 앞에서도 의문으로 제기한 바와 같이 솔직히 말하거니와 도무지 알 수 없다. 민요 단계에서 그와 같았다는 것쯤은 충분히 짐작할 수 있다. 문제는 하필 그런 성격의 노래가 궁궐에 들어가서 속요로 정착했다는 데 있다. 혹시 이렇게 가정해 볼 수 있지 않을까. 즉 기록상 최초로 속가에 지나치게 빠져서 신하로부터 상소를 받은 광종에게 그 원인이 있지 않았는가 조심스럽게 헤아려 본다. 최승로의 상소에 따르면 그는 "음탕한 마음을 제멋대로 품게" 하는 음란하고 더러운 여악을 좋아하였기 때문에, 여항의 여러 노래 가운데서도 거기에 맞는 노래만 유입되었을 것이 분명하다고 짐작된다. 따라서 그를 최초의 원인 제공자로 지목하여도 무방할 것이다. 사태는 여기서 끝나지 않았다. 더 큰 문제는 광종의 개인적인 탐닉으로 종결되지 않았다는 사실이다. 조선 정조 때의 학자인 안정복安鼎福은 "뒤에 여러 왕들이 황음에 빠지는" 지경에까지 이르게 되었다고 증언하였다. 이 대목을 바꿔서 말하자면 광종에서 비롯된 음란한 노래의 애호가 마침내 고려 일대를 지배한 속요 장르의 탄생으로 귀결되었다는 뜻이다. 만약 후대 왕들의 대다수가 이를 배척하고 건전한 아정雅正의 노래에 경도되었다면, 그때 이미 황음방탕하다고 낙인찍힌 속요는 궁중가요가 되지 못하고 저잣거리의 민요로 남게 되었을 것이다. 그러나 뒤의 역대 여러 군왕들도 광종과 마찬가지로 마음을 뺏기고 이끌리는 바람에 속요는 세월이 흐를수록 더욱 형세가 커지면서 확장되었던 것으로 해석한다. 예사 사람이 아닌 나라의 최고 권력자인 임금이 흠뻑 빠지고 즐긴 것이 결정적인 계기가 되어서 궁궐의 노래가 형성되었다는 점에서 속요는 희한한 장르로 시가사에 남는다.

여러 작품을 읽으면서 익히 알게 된 것의 하나는 속요의 극단적인 언사와 표현이다. 후대의 시조·가사와 근·현대시에도 그와 같은 현상이 없는 바 아니지만 속요처럼 장르 전체가 그토록 심

하게 경도된 예는 없다. 부드럽고 감미로운 언어로 읊는 것이 애
정가요인 남녀상열의 노래가 취하는 표현기법이요 의장意匠이거
늘, 속요는 이러한 전형 또는 정형의 길을 마다하고 예컨대 "잠
따간 내 님을 생각하여 / 그런 열명길에 자러 오리잇가 / 종종 벽
력霹靂 생함타무간生陷墮無間 / 곧 죽을 내 몸이 / 종(마침내) 벽력
아 생함타무간 / 곧 죽을 내 몸이……(〈이상곡〉에서)", "어름 위에
댓닙자리 보아 / 님과 내가 얼어 죽을망정 / 정둔 오늘 밤 더디 새
오시라 더디 새오시라"(〈만전춘 별사〉 첫째 연)와 같이 극단의 언
어를 선호하고 있다. 번거로움을 피하기 위하여 인용하지 않는
〈정석가〉며 〈서경별곡〉이 다 그와 같다.

　속요에는 왜 이런 결이 곱지 않은 극단적인 표현으로 치장된
노래가 많을까. 5백 년 역사의 대부분을 내우외환에 시달린 결과
백성들의 마음과 정서가 각박해지고 말씨마저 거칠어진 나머지
극단적인 지경에까지 이르게 되어서 그와 같은 표현을 쓰게 되었
다는 견해가 오래전부터 거론되었다. 그럴 가능성을 배제할 수 없
기에 원인의 하나로 수용키로 하겠다. 이렇게 결정하기까지는 6·2
5동란 때 겪은 체험이 크게 영향을 미쳤다. 전쟁 이후의 말씨는
거칠고 험악한 말투로 변질되었다. 놀라우리만큼 모질고 억세졌음
을 그때를 살았던 지금의 고령자들은 훤히 안다. 21세기 현재 쓰
이는 언어도 그 이전과 달리 결이 곱지 않다는 점, 누구나 공감할
것이다. 말투는 시대에 따라 변한다. 원래 이런 문제는 문헌에 기
록되어 있는 것이 아니라서 정답을 찾을 수 없고, 막연히 추정하
여 정답의 근사치에 접근하는 수준에서 만족할 수밖에 없다.

　또 하나의 다른 원인으로는 이종찬李鍾燦 교수가 필자와 사석私
席에서 말한 바 선시禪詩의 영향도 적지 않게 받은 결과라는 주장

이다. 고려시대는 불교가 일상화되다시피 성행하여 승려를 중심으로 일부 일반인들까지도 선시에 매료되는 일이 시 창작의 일부를 차지하기에 이르렀다. 선시의 언사는 두루 알고 있는 바와 같이 언어도단言語道斷·불립문자不立文字를 선언하고 언외언言外言의 경지를 추구한다. 세속의 언어를 부정하는 까닭에 세속의 사람의 상식으로는 말이 안 되는 기괴한 말, 부처마저 부정하는 말, 일상생활의 표현을 뛰어넘은 극한의 말들을 아무 거리낌 없이 토해낸다. 이런 특수한 말이 사찰의 경내를 벗어나 세상에 점차 퍼지면서 끝내는 일반인들의 시와 언어생활에까지 침투하게 되었다. 그 결과 지금 우리가 논의의 대상으로 삼고 있는 속요의 극단적인 표현을 있게 한 하나의 요인으로 작용하기에 이르렀다고 헤아려진다.

어쨌거나 속요의 강한 표현기법은 향가에도 없는 최초의 것으로 시가사에 기록으로 남는다. 격한 표현은 격한 정서와 동전의 앞뒤 같은 관계를 유지한다. 전자가 있기 때문에 후자가, 후자 때문에 전자가 있게 된다는 뜻이다. 속요의 정서는 격정적이다. 사랑을 고백할 때도 그렇고, 〈가시리〉를 제외하면 임과 이별할 때도 격한 정서가 주류를 이룬다. 우리 시가문학의 봉우리가 되는 '향가—속요—시조' 세 장르를 나열해 놓고 정서적인 특질을 추출하자면 향가는 평담平淡, 평시조는 담백과 멋, 사설시조는 비속화卑俗化된 격정이 아닌가 싶고 그 사이에 놓여 있는 속요는 앞머리에 수식어가 빠진 '격정'이라고 하겠다.

넋두리·푸념·청승, 이 또한 속요의 곳곳에서 만나는 언사다. 임에게 하소하면서, 또는 혼자서 독백의 형식으로 탄식하면서 속요의 화자는 넋두리·푸념·청승맞은 목소리를 내고 슬픔에 젖기

일쑤다. 가냘픈 여인네의 음성으로 느껴지는 속요는 여성적인 가요다. 극단의 강한 표현과 격한 정서와는 거리가 있는 이러한 진술이 작품 세계의 일부를 차지하고 있다는 점에서 속요는 단순한 노래가 아니다. 강약强弱이 서로 마주하면서 공존하고 있는 장르라고 하겠다. 넋두리·푸념 등의 진술도 향가에는 없다. 그러므로 시가사에서 처음으로 나타난 말투라 하겠다.

최초의 진술법이라는 사실만이 문제가 아니다. 더욱 괄목할 만한 점은 이런 진술법이 후대 여러 갈래의 서정시가를 거쳐 현대시까지 이어지고 있다는 사실이다. 속요의 시가사적 파장과 계승의 위력은 대체로 이와 같다.

속요는 '진기眞機'가 유동하는 가요다. 위에서 말한 여러 가지 특성을 두루 살펴서 한마디로 간추려서 내린 최종적인 결론인즉 이와 같다. 시의 진기론은 고려시대의 것이 아니고 조선 후기 위항시인과 가객들이 제기한 것이다. 두루 알고 있는 바와 같이 조선시대 시는 한시는 말할 것도 없고 우리의 시가인 시조 같은 노래도 유가儒家의 교의敎義인 '이理'나 인격수양과 직결되는 존심양성存心養性·온유돈후溫柔敦厚에 기반을 두었다. 그렇기 때문에 대부분의 시는 교술성에서 벗어날 수 없다.

그러나 세상에 영원한 것은 없다. 그렇듯 강고强固하여 흔들림 없이 지속되리라고 예견되던 교조적인 시의 세계도 수명이 차고 때가 되자 서서히 퇴색되기 시작하였다. 18세기 전후 조선 후기 위항 지식인과 가객들이 들고 나온 진기론과 맞닥뜨리면서였다.

진기론자들은 인간의 꾸밈없고 굴절이 없는 본성 그대로의 성정과 본능의 세계를 중시하면서 이를 작품에 담아내는 작업을 자

신들이 담당하여야 할 시대의 소임으로 자임하였다. 《청구영언青
丘永言》의 발문을 쓴 마악노초(磨嶽老樵, 본명 이정섭李廷燮)의 설명
에 따라 진기가 어떤 것인지를 구체적으로 파악하자면 화평하고
즐거운 것, 애원하며 슬퍼하는 것, 유쾌하고 편안한 것[愉佚], 원
망하고 한탄스러운 것[怨歎], 미칠 듯 날뛰고 싶은 것[猖狂], 조잡
하고 거친 것[粗奔] 등 인간의 내면에서 자연스럽게 우러나는 여
러 형태의 심정, 바로 그런 것들이 진기의 본질이다.

　타고난 인성 그 자체인 이런 진기를 조선왕조 개창 이래 장구
한 세월 동안 주자주의朱子主義를 신봉하던 유자儒者들은 이른바
'즐거워도 다 드러내지 않고[樂而不淫], 슬퍼도 참고 표정으로 나타
내지 않음[哀而不傷]'을 고수하면서 일상생활에서도, 시를 비롯한
글쓰기에서도 반본성反本性·반본능反本能의 교조주의적 가르침을
실천하였다.

　이에 반기를 든 계층이 바로 위항시인과 가객들이었다. 한시와
시조의 역사가 그들의 반란으로 일대 전기를 맞이하면서 우리 시
가사가 요동을 치기에 이르렀다. 음탕하고 비속한 노래[淫蛙卑藝之
詞]까지도 시로 나타내는 문학의 새로운 시대가 일각에서 열렸던
것이다.43)

　첫머리로 되돌아가서 고려의 속요를 거듭 조명해 보기로 하자.
속요의 본질을 자연의 진기라고 정의를 내렸거니와 이는 고려가
건국한 이후 8백 년쯤 뒤인 18세기에 새로 등장한 시론詩論을 차

---

43) 김흥규, 《조선후기의 시경론과 시의식》, 고려대학교 민족문화연구소, 1982에
　　'진기'와 관련된 이론과 내용, 그리고 이를 반영한 조선 후기 사대부 및 위항
　　委巷 시인들의 작품에 관한 논의가 상세히 기술되어 있다. 이 책의 '진기'에
　　대한 설명은 그의 견해를 요약한 것이다.

용하여 언급한 것이다. 이러한 정의는 진기의 시정신이 조선 후기에 첫 등장한 것이 아니고 진작 고려 속요에 반영되어 활력 있게 작용하였다는 사실을 에둘러 말한 것이기도 하다. 고려 때 진기라는 용어를 사용하지 않았을 뿐 속요의 본질과 특성은 18세기의 그것과 다를 것이 없다. 개별 작품의 하나하나를 살펴보면 마악노초가 거론한 요소들이 겉과 속에 생생하게 드러나 있거나 내장되어 있음을 쉽게 알 수 있으니 자세히 논할 필요가 없다.

이른 시기에 속요에서 비롯된 진기의 시가풍詩歌風은 조선왕조 건국 이후 짧지 않은 수백 년 동안 숨죽이며 억눌려 있다가, 후기 시조·가사·잡가 등의 갈래에서 되살아나더니 마침내 20세기 전후 근·현대시의 세계에 이어졌다. 근·현대시에서 접하게 되는 진기의 시정신이 박래舶來의 외국문학이 주도하여 작품으로 나타난 것이라는 견해를 부인하지 않는다. 많은 영향으로 우리나라의 근·현대문학이 새롭게 걸음을 내디뎠음을 온전히 인정한다. 그러나 오랜 세월 동안 잠재해 있던 민족 고유의 정서 또한 적잖게 작용하였다는 사실도 함께 수용하여야 한다. 장구한 세월 동안 무의식적으로 다져지고 모르는 사이 형성된 민족 정서는 외압에 의하여 한때 중단될지언정 소멸되거나 축소되지 않는다. 이것은 만고불변의 진리다.

정리한다. 속요의 진기와 조선 후기 일부 양반 계층도 가담한 위항문학의 진기는 지금 21세기 현대시에 이어져서 생동하고 있다. 이 점 시가사에 기록으로 남겨야 한다.

익재·급암의 《소악부》에 실린 작품들의 특별한 세계와 시가사적인 의의에 대해서는 본론에서 필자 나름의 관점에서 짚어 보았다. 그러나 일찍이 〈고려말기의 소악부〉라는 논문을 발표하여 이 방면의 초기 연구의 길을 연 이우성李佑成의 견해 가운데 일부가 매우 중요하여 여기 결론의 장에 간추려서 인용하기로 한다.

그는 신라의 향가와 한문학漢文學이 하나로 접목되지 못하고 각기 다른 제 갈 길로 간 것을 안타깝게 생각한다. 이 말의 속뜻을 다시 천착하면, 향가와 한문학 가운데 어느 하나가 소멸되어 다른 하나의 문학에 흡수되지 않은 것이 유감스럽다는 것이 아니다. 둘이 각각 독립하여 존재하면서 한문학은 소재와 의경意境을 모두 우리나라의 것으로 채우고, 그러기 위해 향가와 접목이 바람직한데 그렇게 되지 않았으며, 또한 향가를 한문학으로도 표현하여 제삼의 시문학을 창조해 내지 못한 것을 아쉽게 여기는 것이라고 하였다.

이처럼 신라 향가와 교류하지 못했던 한문학이 《소악부》에서 고려 속요와 접목하며 '우리나라 문학으로서 한문학의 토착화'라는 전통적인 명제의 성취과정에 중요한 한 이정표가 된 것을 그는 획기적인 일이라고 평가하였다.44) 중국의 한문학이 아니라 소재와 의경 등이 모두 우리의 것으로 된 고려풍의 한문학이 마침내 《소악부》에서 성취된 것이 반갑다는 뜻으로 이해된다. 이를 또한 속요, 곧 우리 문학이 동아시아로 진출할 수 있는 가능성, 곧 국제화 가능성을 염두에 둔 말로 확대해석해도 망발은 아니라고 판단한다. 만약 익재·급암이 《소악부》를 17수의 작품으로 마감하지 않고 그보다 몇 배 더 많은 노래들을 번해하여 더 큰 《소악부》를 편찬하였거나, 두 사람 이외 악부체에 능한 몇 사람이

---

44) 이우성, 〈고려말기의 소악부〉, 《한국한문학연구》 1, 한국한문학회, 1976, 7~9면.

이 작업에 가담하였다면 예의 '가능성'은 현실화되었을 확률이 높았다고 본다. 이렇게 주장할 수 있는 근거로 우리는 고려 초기 향가로 된 것을 최행귀가 한시로 옮긴 〈보현십원가〉를 들 수 있다. 불경을 옮긴 것이라서 《소악부》와는 성격이 다르지만 우리 시의 한시화라는 점에서는 서로 다른 점이 없다. 본론에서 말한 바와 같이 한시화한 〈보현십원가〉를 한토漢土의 문인·학자·승려들이 받아 보고 경탄하였다는 사실을 우리는 기억하고 있다. 이런 점을 '확대된 더 큰 《소악부》'에 대입해 보면 국제화가 실현 불가능한 것이 아님을 예단할 수 있다.

　《소악부》는 이런 시각에서도 조명될 수 있는 번해 속요집이다.

맺음말

　우리 문학의 여명기를 밝힌 두 장르의 역사를 조명하는 작업을 마치고 이제 몇 마디 결사結辭를 쓸 차례가 되었다. 원고를 집필하는 동안 저자로서 느낀 두서너 가지 소회를 밝히고자 한다.

　먼저 향가다. 천수백 년의 향가사를 쓰는 동안 필자의 뇌리를 내내 떠나지 아니한 생각은 신라인의 기재시가記載詩歌에 대한 강한 집념이다. 향가는 원래 존재할 수 없는 시가였다. 표기수단이 없는데 무슨 수로 문학의 경지에 오를 수 있었겠는가. 구비문학으로 남거나 한시漢詩로 자족하는 방법밖에 다른 길이 없었다. 그럼에도 향가는 시가의 모든 요건을 갖추고 문학사의 새벽을 밝혔다.

　향가가 신라를 만난 것은 크나큰 행운이었다. 없으면 없는 대로 산다는 말이 있듯이 문자가 없으면 없는 대로 지내는 것이 정한 이치다. 문명의 시대라는 21세기 지금도 자국의 글자가 없어서 타국의 문자를 빌려 쓰거나 심한 경우 아예 문자 없이 지내는 나라도 있다.

　그러나 신라인은 달랐다. 현대에 견주면 여러모로 뒤떨어진 시대인 그때, 그들은 없으면 없는 대로가 아니라 기어이 새것을 만들어야 한다는 강한 의지와 정신, 그리고 집착력을 지니고 있었다. 향찰문자를 창안해서 이 나라 시가문학의 남상濫觴이요 효시인 향가로 하여금 구비문학이 아닌 기록문학으로 출발케 하였다.

만약 그때 향찰문학인 향가가 없었다면 우리말과 글자로 된 최초의 시가문학은 훈민정음이 창제된 이후 〈용비어천가龍飛御天歌〉 등의 악장과 속요의 한글 정착을 거쳐 시조에서 본격적으로 시작하였다고 볼 수밖에 없으리라. 한자漢字를 변용하는 글자라고 해서 낮추어 보거나 멸시하지 않았다는 데서 신라인의 창조성과 함께 자긍심을 읽을 수 있다.

속요사를 쓰면서 느낀 소감은 '천만다행이다'였다. 밑도 끝도 없이 무슨 말인가. 풀어서 설명키로 한다. 살펴본 바와 같이 속요의 신세는 실로 딱하였다고 말할 수 있다. 음사라는 이유 때문에 장르 초기에 해당하는 광종 이후 왕조의 미래를 걱정하는 뜻있는 사대부들에게 내내 시달림을 당한 일을 익히 알고 있다. 그럼에도 속요에 경도된 군왕들이 이어졌고, 일부 고위 관료들 또한 그 행렬에 동참한 것은 말할 것도 없고 세를 더욱 확장시켰다. 이런 군주들과 사대부들에게 속요는 골칫거리가 아니고 외려 흥겹고 신명나는 예술이었다.

문제는 이들과 생각을 달리한 현종, 뜻을 이루지 못하였으나 속요의 확대를 막으려고 애를 썼던 문종 같은 임금과 최승로 등의 신하였다. 그들의 성화 때문에 속요의 신세가 늘 편치 않고 그 처지가 불안하였다는 얘기다. 만약 교방을 폐하고 기녀들을 풀어 준 현종과 반속요反俗謠의 군주였던 문종 등이 더욱 강하게 대응하여 철퇴를 가하였다면 속요의 맥은 11세기, 구체적으로 지적하자면 광종 이후 1백 년 안에 끊어지고 말았을 것이다.

그렇게 되지 않고 생명을 이어 갈 수 있어서 참으로 '천만다행'이라는 말이다. 왜 이런 표현이 가능한지는 반대일 경우를 떠올리면 쉽게 간파할 수 있다. 속요가 단명하여 사라졌다면 고려

시가의 공백이라는 사태로 이어졌을 것이 분명하다. 그렇다면 고려의 시단詩壇은 신라시대보다 훨씬 발전되고 성숙된 외래 노래인 한시漢詩 천하가 되었을 터이고, 우리말 노래는 기껏 민요 단계에 멈춰 있었을 것이다. 그렇게 된 상태를 가상하면 온갖 구박과 멸시를 받으면서도 장르로서 흔들림 없이 탄탄하게 존립한 그 생명력이 대단하고, 우리 시문학에도 천만다행이라는 것이다.

현대에 와서 속요의 위상이 학문적으로 얼마나 높은지는 모두 다 아는 사실이다. 인간의 본능과 본성의 세계를 솔직히 드러내어서 진기의 시 정신을 이른 시기에 구현한 시가라는 높은 평가를 받고 있으니 더 이상 덧붙일 말이 없다.

이상은 좋게, 때로는 감탄하면서 느낀 소감을 피력한 것이다. 몇 가지 더 들 수 있으나 지나침은 되레 좋지 않은 것임을 아는지라 여기서 그치고 그 반대의 것, 빈 구석의 것을 찾아보기로 하겠다. 여럿 가운데 중한 것을 한둘 들기로 한다. 첫 번째로 향가와 여요 모두 '자연'에 시종 무관심한 점을 지적한다. 이에 관해서는 이미 본론에서 언급한 바 있지만 그럼에도 다시 말하는 까닭은 아쉬움이 매우 크기 때문이다.

자연에 시선을 돌리고 몰입하기 위해서는 시간이 더 필요했던가. 두 장르에 자연의 그림자가 전혀 드리워져 있지 않은 것은 아니다. 단지 비유의 수단으로 활용되고 있을 뿐이며 자연 그 자체를 노래한 예는 전무하다.

화제를 바꾸어 향가의 실용성에 관해서 생각해 보기로 한다. 몇 작품, 예컨대 〈찬기파랑가〉, 〈모죽지랑가〉 등을 제외한 나머지 대부분의 노래들은 국가나 개인이 겪고 있는 당면의 문제, 주로 어려움이나 궁지에서 벗어나기 위하여 활용된 노래다. 요즘 말로 쉽게 말하자면 해결사 노릇을 한 작품들이다. 이 점이 향가의 긍정적인 특성으로 받아들여지고 있다. 옛날, 아주 먼 옛날에는 노래 한 자락으로 만사를 해결하였다는 얘기가 나오게 된 계기로 이해하면 미담이 될 수 있다.

이렇게 넓게 이해하고 인정한다. 하지만 현대시에서 이른바 순수시로 일컫는 노래가 소수라도 있어서 예의 실용시·해결시와 공존하였으면 보기에 한결 좋았을 걸 하는 아쉬움을 지울 수 없다.

속요의 결정적인 약점은 〈정과정〉·〈이상곡〉을 빼고는 창작가요가 없다는 점이다. 향가에서 싹이 트고 성장하여 숙성의 경지에 이른 민족의 뛰어난 '노래 만들기' 실력이 고려에 와서 왜 작동되지 않았는지 그 까닭을 도무지 알 수 없다.

그때쯤이면 창작 능력이 몇 단계 상승하여 다수의 뛰어난 절창絶唱이 양산되었을 것이다. 함에도 겨우 지은이를 모르는 '민요→속요'만이 장장 5백 년 동안이나 어엿한 한 왕조의 여항과 궁중의 가단歌壇을 지배하였으니 참으로 이해하기가 어렵다. 그래서 지금과는 달리 1950년대, 나아가 1960년대까지만 해도 국문학계에서는 고려시대를 우리문학의 공백기로 규정하였다.

〈정과정〉·〈이상곡〉이 있었던 것을 상기하면 '창작여요創作麗謠'를 얼마든지 기대할 수 있다고 확신한다. 고유문자가 없어서 지을 수 없었다고 변명한다면 말도 안 되는 핑계에 지나지 않는다. 향찰을 차용하여 향가와 변별되는 성향의 노래를 창작할 수도 있고, 아니면 구전에 의탁하되 이름을 밝히고 민요의 차원에서 벗어난 시가를 만들어 낼 수도 있는 것이다. 왜 그런 길을 택하지 않고 긴긴 세월을 민요만 붙잡고 허비하였을까. 현전의 속요에 마음을 앗기면서도 너무도 속이 상해서 자문自問한다.

　이쯤에서 줄인다. 마무리 짓는 글을 쓰는 일이 본론을 집필하는 일보다 더 어렵다는 점을 숨김없이 진술한다. 본론의 글은 이미 떠올라 있는 분명한 논제를 분석하고 논증하는 것이라서 방향이 뚜렷한데, 맺음말은 화두로 삼을 것이 분명치 않음에도 애써 찾아내어서 의미를 부여해야 하기 때문에 쉽지 않다. 그래도 독자들의 관심은 본론에 있다는 점에 안도하며 대미大尾를 맞는다.

참고문헌

1. 저서

姜銓燮, 《韓國古典文學研究》, 大旺社, 1982.

고가연구회, 《고려가요 연구사의 쟁점》, 보고사, 2016.

_____, 《한국시가 연구사의 성과와 전망》, 보고사, 2016.

고가연구회 편, 《향가의 깊이와 아름다움》, 보고사, 2009.

김대문 지음/조기영 편역, 《화랑세기》, 장락, 1997.

金大幸, 《韓國詩의 전통 연구》, 개문사, 1983.

金大幸 편, 《高麗詩歌의 情緖》, 개문사, 1985.

金東旭, 《韓國歌謠의 研究》, 을유문화사, 1961.

_____, 《韓國歌謠의 研究 : 續》, 二友出版社, 1980.

김명준, 《고려속요의 전승과 확산》, 보고사, 2013.

_____, 《고려 속요 집성》, 다운샘, 2002.

_____, 《악장가사 연구》, 다운샘, 2004.

김명준 옮김, 《시용향악보》, 지만지, 2011.

_____, 《악장가사》, 지만지, 2011.

_____, 《악학궤범》, 지만지, 2013.

金文泰, 〈《三國遺事》의 詩歌와 敍事文脈 연구〉, 태학사, 1995.

김성룡, 《한국문학사상사》 1권, 이회, 2004.

김수경, 《고려 처용가의 미학적 전승》, 보고사, 2004.

金承璨, 《한국상고문학론》, 새문사, 1987.

_____, 《향가문학론》, 새문사, 1989.

金承璨, 《신라 향가론》, 부산대학교 출판부, 1999.

金烈圭, 《韓國民俗과 文學硏究》, 일조각, 1971.

金烈圭·鄭然粲·李在銑, 《향가의 語文學的 硏究》, 서강대학교 인문과학 연구소, 1972.

김영수, 《古代歌謠硏究》, 단국대학교출판부, 2007.

金雲學, 《新羅佛敎文學硏究》, 현암사, 1976.

金鍾雨, 《향가문학론》 硏學文化社本, 1971.

김종인, 《날카로운 첫 키스의 추억》, 나남, 2008.

金哲埈, 《한국古代社會硏究》, 지식산업사, 1975.

金澤東, 《韓國現代詩人 硏究》, 민음사, 1977.

金學成, 《韓國古典詩歌의 硏究》, 원광대학교 출판국, 1980.

_____, 《國文學의 探究》, 성균관대학교출판부, 1987.

_____, 《한국 고시가의 거시적 탐구》, 집문당, 1997.

金興圭, 《文學과 歷史的 人間》, 창작과비평사, 1980.

_____, 《조선후기의 시경론과 시의식》, 고려대학교 민족문화연구소, 1982.

朴京珠, 《景幾體歌 硏究》, 이회, 1996.

朴炳采, 《高麗歌謠語釋硏究》, 宣明文化社, 1968.

박종기, 《고려사의 재발견》, 휴머니스트 출판그룹, 2015.

박혜숙, 《형성기의 한국樂府詩 硏究》, 한길사, 1991.

서대석, 《무가문학의 세계》, 집문당, 2011

서철원, 《향가의 유산과 고려시가의 단서》, 새문사, 2013

_____, 《한국 고전문학의 방법론적 탐색과 소묘》, 역락, 2009.

_____, 《향가의 역사와 문화사》, 지식과 교양, 2011.

성호경, 《고려시대 시가 연구》, 태학사, 2006.

_____, 《신라향가연구》, 태학사, 2008.

송방송, 《한국음악통사》, 일조각, 1988.

辛恩卿, 《古典詩 다시 읽기》, 보고사, 1997.

신재홍, 《향가의 해석》, 집문당, 2000.

신재홍, 《향가의 미학》, 집문당, 2006.

梁柱東, 《朝鮮 古歌 硏究》, 박문서관, 1942.

梁柱東, 《麗謠箋注》, 을유문화사, 1959.

_____, 《(增訂)古歌研究》, 일조각, 1972.

양태순, 《고려가요의 음악적 연구》, 이회, 1997.

_____, 《한국고전시가의 종합적 고찰》, 민속원, 2003.

양희철, 《삼국유사 향가 연구》, 태학사, 1997.

_____, 《향가 꼼꼼히 읽기》, 태학사, 2000.

_____, 《고려향가연구》, 새문사, 1988.

윤성현, 《속요의 아름다움》, 태학사, 2007.

_____, 《가려뽑은 고려 노래》, 현암사, 2011.

尹榮玉, 《新羅詩歌의 硏究》, 형설출판사, 1980.

李基文, 《國語史槪說》, 민중서관, 1974.

李基白, 《新羅政治社會史研究》, 일조각, 1974.

李都欽, 《화쟁기호학, 이론과 실제》, 한양대학교 출판부, 1999.

李明九, 《高麗歌謠의 硏究》, 新雅社, 1973.

李丙燾·金載元 공저, 《韓國史》 古代편, 을유문화사, 1959.

이어령, 《한국인의 정신적 고향》 上, 삼성출판사, 1968.

李姸淑, 《신라향가문학연구》, 박이정, 1999.

이익 지음/이민홍 옮김, 《해동악부》, 문자향, 2008.

이정선, 《고려시대의 삶과 노래》, 보고사, 2016.

李鍾恒, 《韓國政治史》, 박영사, 1963.

林基中 편저, 《우리의 옛 노래》, 현암사, 1993.

林基中 등, 《경기체가연구》, 태학사, 1997.

任東權, 《韓國民謠史》, 집문당, 1964.

_____, 《韓國民謠集》, 집문당, 1980.

임주탁, 《고려시대 국어시가의 창작·전승기반 연구》, 부산대학교 출판부,
    2004.

임형택, 고미숙 엮음, 《한국고전시가선》, 창작과비평사, 1997.

鄭東華, 《韓國民謠의 史的展開》, 일조각, 1981.

鄭炳昱, 《韓國古典詩歌論》, 신구문화사, 1979.

鄭炳昱, 李御寧, 《古典의 바다》, 현암사, 1977.

鄭尙均, 《韓國中世詩文學史硏究》, 翰信文化社, 1986.

조동일, 《한국문학통사》(3판) 1·2·3권, 지식산업사, 1994.

趙潤濟, 《韓國詩歌史綱》, 을유문화사, 1954.

池憲英, 《鄕歌麗謠新釋》, 정음사, 1947.

車柱環, 《中國詞文學論考》, 서울대학교출판부, 1982.

_____, 《韓國道敎思想硏究》, 서울대학교출판부, 1984.

崔珍源, 《國文學과 自然》, 성균관대학교출판부, 1981.

崔　喆, 《新羅歌謠 硏究》, 개문사, 1979.

黃浿江, 《향가문학의 이론과 해석》, 일지사, 2001.

2. 논문

고운기, 〈향가와 그 배경설화의 수록 양상에 대한 재검토〉, 《한국고
　　전시가의 근대》, 보고사, 2007.

權寧徹, 〈維鳩曲攷〉, 김열규·신동욱 편, 《高麗時代의 가요문학》, 새문사, 1982.

_____, 〈鄭瓜亭歌新硏究〉, 황패강·박노준·임기중 공편, 《鄕歌麗謠硏
　　究》, 二友出版社, 1985.

金起東, 〈신라가요에 나타난 불교의 誓願思想〉, 《佛敎學報》 1집, 1963.

金大幸, 〈雙花店과 反轉의 의미〉, 《高麗詩歌의 情緖》, 개문사, 1985.

金東旭, 〈신라 淨土思想의 전개와 원왕생가〉, 중앙대 《論文集》 2-1, 1957.

_____, 〈종교와 국문학〉, 《韓國思想史大系》 1집, 1973.

_____, 〈時用鄕樂譜歌詞의 背景的硏究〉, 《震檀學報》 17호, 진단학회, 1955.

金東華, 〈신라불교의 특성〉, 《韓國思想》 1, 2호, 1959.

김명준, 〈정과정과 향가의 거리〉, 《한국고전시가의 모색》, 보고사, 2008.

金三守, 〈韓國社會經濟史〉, 《韓國文化史大系》 Ⅱ, 고려대학교 민족문화
　　연구소, 1965.

金尙憶, 〈讚耆婆郎歌試考〉, 동국대학교 석사학위논문, 1960.

金尙憶, 〈鄭石歌考〉, 김열규·신동욱 편, 《高麗時代의 가요문학》, 새문사, 1982.

_____, 〈〈청산별곡〉 연구〉, 《국어국문학》 30호, 국어국문학회, 1965.

金善祺, 〈翰林別曲의 작자와 창작년대에 관한 고찰〉, 《語文硏究》 12,
　　어문연구학회, 1983.

金烈圭, 〈〈怨歌〉의 樹木(栢) 상징〉, 《국어국문학》 18호, 국어국문학회, 1957.

金榮洙, 〈찬기파랑가, 민중구제의 醫王찬가〉, 《삼국유사와 문화코드》,
　　一志社, 2009.

_____, 〈처용가 연구의 종합적 검토〉, 《국문학논집》 16, 단국대국어
　　국문학과, 1999.

金煐泰, 〈신라 불교 대중화와 그 사상연구〉, 《불교학보》 제6집, 동국
　　대학교 불교문화연구원, 1969.

_____, 〈僧侶郎徒考〉, 《佛敎學報》 7집, 동국대학교 불교문화연구원, 1970.

_____, 〈新羅의 觀音思想〉, 《佛敎學報》 13집, 동국대학교 불교문화연
　　구원, 1976.

金圓卿, 〈처용가 연구〉, 《서울敎大논문집》 3집, 1970(국어국문학회 편,
　　《신라가요연구》, 정음사, 1979에 전제).

金在用, 〈〈靑山別曲〉의 재검토〉, 《西江語文》 2집, 서강어문학회, 1982.

김충실, 〈西京別曲에 나타난 離別의 정서〉, 《高麗詩歌의 정서》, 개문사, 1985.

金泰永, 〈삼국유사에 보이는 一然의 역사인식에 대하여〉, 강만길·이우
　　성 엮음, 《韓國의 歷史認識》 上, 창작과비평사, 1976.

金宅圭, 〈別曲의 구조〉, 국어국문학회 편, 《高麗歌謠硏究》, 정음사, 1979.

金興圭, 〈장르論의 전망과 景幾體歌〉, 《韓國詩歌文學硏究》(백영정병욱선
　　생화갑기념논총 Ⅱ), 新丘文化社, 1983.

金興圭, 〈高麗俗謠의 장르적 多元性〉, 《한국시가연구》 창간호, 한국시가학회, 1997.

羅貞順, 〈履霜曲과 정서의 보편성〉, 《高麗詩歌의 情緖》, 개문사, 1985.

閔丙河, 〈최씨정권의 지배기구〉, 《한국사》 7(고려—무신정권과 대몽항쟁), 국사편찬위원회, 1984.1.30.

민영규, 〈일연의 선불교〉, 《진단학보》 36집, 진단학회, 1973.

박병채, 〈한국문자발달사〉, 《韓國文化史大系》 Ⅴ, 고려대학교 민족문화연구소, 1965.

朴菖熙, 〈武臣政權時代의 文人〉, 《한국사》 7, 국사편찬위원회, 1977.

史在東, 〈'薯童說話' 연구〉, 장암 지헌영선생 화갑기념논총 간행위원회 편, 《장암 池憲英선생 화갑기념논총》, 1971.

_____, 〈武康王傳說의 연구〉, 《百濟研究》 5, 충남대학교 백제연구소, 1974.

徐首生, 〈兜率歌의 성격과 詞腦歌〉, 《東洋文化研究》 1집, 경북대학교 동양문화연구소, 1974.

徐在克, 〈麗謠 註釋의 문제점 분석—동동·청산별곡을 중심으로—〉, 《어문학》 19, 한국어문학회, 1968.10.

_____, 〈栢樹歌연구〉, 《국어국문학》 55~57호, 국어국문학회, 1972.

_____, 〈風謠 연구〉, 《池憲英선생화갑기념논총》 1971.

_____, 〈獻花歌연구〉, 《상산李在秀박사 환력기념논문집》, 형설출판사, 1972.

_____, 〈薯童謠의 文理〉, 《청계金思燁박사 송수기념논총》, 학문사, 1973.

_____, 〈노래 動動에서 본 高麗語〉, 한국어문학회 편, 《高麗時代의 言語와 文學》, 형설출판사, 1975.

_____, 〈고려 노래 되새김질〉, 백강 서수생박사 환갑기념논총간행위원회 편, 《韓國 詩歌研究》, 형설출판사, 1981.

서철원, 〈떠난 사랑이 돌아오면 행복할까—속요의 '그리움'과 '미련'을 통해 본 고전시가의 행복론〉, 《고전과 해석》 10집, 고전문학·한문학연구회, 2011.

성기옥, 〈景幾體歌〉, 《國文學新講》, 새문사, 1985.

成賢慶, 〈〈靑山別曲〉攷〉,《국어국문학》58~60합집, 국어국문학회, 1972.

_____, 〈滿殿春別詞의 구조〉, 한국어문학회 편,《高麗時代의 言語와 文學》, 형설출판사, 1975.

宋在周, 〈서동요의 성립 年代에 대하여〉,《池憲英선생화갑기념논총》, 1971.

申東旭, 〈문학작품에 나타난 꽃의 의미〉,《文學의 해석》, 고려대학교 출판부, 1976.

_____, 〈靑山別曲과 평민적 삶의식〉, 김열규·신동욱 편,《高麗時代의 가요문학》, 새문사, 1982.

梁柱東, 〈신라가요의 불교문학적 우수성(주로 讚耆婆郞歌에 대하여)〉, 《佛敎思想》11집, 1962.

_____, 〈'德'字辨－願往生歌의 작자문제〉, 동국대학교 국어국문학과《논문집》3집, 1962.

양태순, 〈〈서경별곡〉과 이별민요의 이별의 양상과 정서〉,《한국고전시가의 종합적 고찰》, 민속원, 2003.

呂增東, 〈滿殿春別詞歌劇論試考〉, 진주교대《논문집》1집, 1967.

_____, 〈西京別曲考究〉,《청계金思燁박사 송수기념 논총》, 學文社, 1971.

_____, 〈고려 처용 노래 연구〉, 국어국문학회 편,《高麗歌謠硏究》, 정음사, 1979.

_____, 〈雙花店考究〉, 황패강·박노준·임기중 공편,《鄕歌麗謠硏究》, 二友출판사, 1985.

柳仁熙, 〈東洋人의 영혼觀〉,《韓國思想》16집, 1978.

尹江遠, 〈靑山別曲의 새로운 이해〉,《廣場》116호, 1983.

尹徹重, 〈鄭石歌硏究〉, 상명대학교 논문집《상명여자사범대학》10호, 1982.

李家源, 〈鄭瓜亭曲硏究〉,《李家源全集》2, 정음사, 1986.

李基東, 〈新羅 花郞徒의 社會史的 고찰〉,《歷史學報》82집, 역사학회, 1979.

李基白, 〈三國遺事의 史學史的 意義〉,《한국의 역사인식》上, 창작과비평사, 1976.

李能雨, 〈향가의 매력〉,《現代文學》 21권, 1956.

李都欽, 〈헌화가의 문화사회학적 시학〉,《한양어문연구》 10집, 한양어문학회, 1992.

_____, 〈처용가의 화쟁기호학적 연구〉,《한국학논집》 24집, 한양대학교 한국학연구소, 1994.

_____, 〈화랑세기의 사료적 가치에 대한 국문학적 고찰〉, 이종학 외 지음,《화랑세기를 다시 본다》, 주류성, 2003.

李丙燾, 〈薯童 說話에 대한 新考察〉,《歷史學報》 1집, 역사학회, 1952.

李勝明, 〈靑山別曲硏究〉, 한국어문학회 편,《高麗時代의 言語와 文學》, 형설출판사, 1975.

李龍範, 〈處容說話의 一考察〉,《震檀學報》 32, 진단학회, 1969.

李佑成, 〈三國遺事소재 處容설화의 一分析〉, 여당 김재원박사 회갑기념사업위원회 편,《金載元박사회갑기념논총》, 을유문화사, 1969.

_____, 〈고려말기의 소악부〉,《한국한문학연구》 1, 아세아문화사, 1976.

李壬壽, 〈履霜曲에 대한 문학적 접근〉,《語文學》 41집, 한국어문학회, 1981.

李正善, 〈《鄭瓜亭》의 編詞와 문학적 해석〉,《한양어문연구》 14, 한양어문학회, 1996.

_____, 〈香 문화로 본 〈만전춘 별사〉 연구〉,《순천향 인문과학 논총》 제32권 2호, 순천향대학교 인문과학연구소, 2013.

李惠求, 〈시나위와 '詞腦'에 대한 고찰〉,《국어국문학》 8, 국어국문학회, 1953.

李弘稙, 〈삼국유사竹旨郎條雜考〉, 황의돈선생고희기념논총편찬회 편,《해원黃義敦선생古稀기념史學논총》, 동국대학교 사학회, 1960.

_____, 〈萬海詩에 있어 法身의 현현과 보살정신〉,《한국문학의 불교적 탐구》, 월인, 2011.

印權煥, 〈一然論〉,《韓國文學作家論》, 형설출판사, 1977.

林基中, 〈신라가요에 나타난 呪力觀〉,《東岳語文學》 5, 동악어문학회

(구 한국어문학연구학회), 1967.

林基中, 〈高麗歌謠 動動考〉, 국어국문학회 편, 《高麗歌謠硏究》, 정음사, 1979.

임주탁, 〈유구곡의 해석〉, 《옛노래 연구와 교육의 방법》, 부산대학교 출판부, 2009.

_____, 〈고려 〈처용가〉의 새로운 분석과 해석〉, 《한국문학논총》 40 집, 한국문학회, 2005.

張孝鉉, 〈《履霜曲》 語釋의 再考〉, 《語文論集》 22집, 고려대학교국어국문 학연구회, 1981.

_____, 〈履霜曲의 生成에 관한 고찰〉, 《국어국문학》 92, 국어국문학회, 1984.

정 민, 〈서동과 선화, 미륵 세상을 꿈꾸다〉, 《불국토를 꿈꾼 그들》, 문학의문학, 2012.

정종대, 〈이제현의 시와 사대부의식〉, 《한국 한시 속의 삶과 의식》, 새문사, 2005.

鄭鎭炯, 〈향가와 찬〉, 화경고전문학연구회 편, 《고전소설연구》, 一志社, 1993.

趙潤美, 〈高麗歌謠의 受用양상〉, 이화여자대학교 석사학위논문, 1988.

趙芝薰, 〈新羅歌謠硏究論攷〉, 《民族文化硏究》 1집, 고려대학교 민족문화 연구소, 1964.

_____, 〈新羅國號硏 究論攷-신라원의고-〉, 《고려대학교 五十주년 기 념논문집》, 고려대학교 경영대학, 1955.

池憲英, 〈'薯童說話'硏究의 評議〉, 한국어문학회 편, 《'新羅時代'의 언어 와 문학》, 형설출판사, 1974.

趙芝薰, 〈향가연구를 둘러 싼 혼미와 의문(風謠에 관한 諸問題를 중심 으로)〉, 《語文論志》 1집, 충남대학교, 1972.

車溶柱, 〈李齊賢論〉, 《한국문학작가론》, 형설출판사, 1977.

車柱環, 〈高麗史 樂志唐樂考〉, 《震檀學報》 23호, 진단학회, 1962.

_____, 〈韓國詞文學硏究 I -자료정리를 중심으로-〉, 《아세아연구》 제 7권 3호, 고려대학교 아세아문제연구소, 1964.

車河淳,〈歷史와 文學性〉,《世界의 文學》, 1981 봄號.

崔東元,〈高麗歌謠의 享有계층과 그 성격〉, 김열규·신동욱 편,《高麗時代의 가요문학》, 새문사, 1982.

崔正如,〈高麗의 俗樂歌詞論攷〉, 국어국문학회 편,《高麗歌謠研究》, 정음사, 1979.

최 철,〈고려처용가의 해석〉, 처용간행위원회 편,《처용연구전집》Ⅱ―문학2, 역락, 2005.

하희정,〈〈履霜曲〉에 나타난 욕망의 구조〉,《연구논집》14집, 이화여자대학교 대학원, 1986.

許暎順,〈怨歌考〉,《國語國文學誌》3, 부산대학교 국어국문학회, 1961.12.

_____,〈古代社會의 巫覡思想과 그 歌謠의 연구〉, 부산대학교 석사학위논문, 1962.

玄容駿,〈處容說話考〉,《국어국문학》39~40 합집, 1968.

_____,〈月明師兜率歌의 배경설화고〉,《韓國言語文學》10, 한국언어문학회, 1973.

현혜경,〈滿殿春別詞에 나타난 和合과 斷絶〉,《高麗詩歌의 정서》, 개문사, 1985.

黃在南,〈삼국유사 水路夫人條 散文記錄의 분석〉,《語文學報》4집, 1979.

찾아보기

ㅂ

ㅇ

ㅈ

ㅌ

ㅍ

ㅎ